小宅門 中

文創風 050

陶蘇 著

目錄

第十二章　拜見正房奶奶

這跪在眼前的，分明就是知府千金侯芳的表姊柳弱雲。在她身後站著的，可不就是那日對她無禮的蓮芯？

怪不得，怪不得那日她去侯府送蠟燭，侯小姐留她說了許多話；怪不得那日侯家人都故意刁難她；怪不得柳弱雲每次見她都是陰陽怪氣；怪不得蓮芯那日要找她茬。

金秀玉突然便想通了很多事，只是另外又有其他的疑惑生了出來。這柳弱雲既是侯芳的表姊，侯府何等尊貴，身為侯府親戚，如何就淪落到做人侍妾的地步？

那侯芳既是柳弱雲的親戚，當日在侯府為難她倒還合情，她出嫁前一日送來貴重賀禮，卻不合理了。她這舉動分明就是示好，只是這示好的目的何在？難不成是希望她金秀玉做了李府大少奶奶後，能對柳弱雲寬容相待？

她又想起李家那兩位極品親戚上官氏和柳氏來。柳氏當日口口聲聲她姪女兒，柳弱雲姓柳，李承之又只有這一個侍妾，自然她便是柳氏口裡那位琴棋書畫女紅廚藝無所不能，既美貌且賢慧的姪女兒了。

她腦子裡閃過無數念頭，看著柳弱雲的目光不由得便直愣愣的了。

真兒暗道這大少奶奶素來聰明的，怎麼這會兒出問題了？忙貼到後頭，暗扯著她的袖子。

金秀玉這才回過神來，忙道：「起來吧。」

她只說了這三個字，「妹妹」什麼的稱呼，實在說不出口。哪個人要同跟自己搶丈夫的女人稱姊道妹！

蓮芯忙上前扶住柳弱雲，不滿地看了金秀玉一眼。柳弱雲在袖子底下暗暗捏住了她的手，慢慢地站起身來。

金秀玉這會兒才又想到，正房頭一回見妾室，也是得給個見面禮的，只是她兩手空空，什麼也拿不出來。好在有真兒這個巧丫頭在，不等她為難，便道：「春雲，還不快將大少奶奶給柳姑娘備下的見面禮賞下去。」

春雲先是茫然地看她一眼，接收到對方飛過來的一記眼刀，才猛然想起，早起那會兒，真兒是將一根金簪子塞給她保管來著。

她忙忙地取出來，遞到金秀玉手上。

金秀玉這會兒也知道是這兩個丫頭機靈，暗鬆一口氣，將簪子遞給柳弱雲道：「頭次見面，我也沒甚好東西，這簪子便與妳添個首飾吧。」

她也不笑，也不板臉，只微微眯著眼睛，倒是將正房奶奶的威嚴做了個似模似樣。青玉在李老夫人身後瞧得真切，肚裡暗笑，這少奶奶的神情分明與大少爺如出一轍。

李老夫人見這柳姑娘一跪，媳婦兒便看得眼睛都直了，目光便往柳弱雲身上落去。

柳弱雲今日上身穿了折枝梅花的白色小衫，露出一抹鵝黃色的錦緞抹胸，繫了一條淺綠色的百褶羅裙，裙襬上也是點點梅花，腰上纏著五彩絲線，正中間紮著如意結，兩枚小小的翡翠珠子掛在裙上，身體一動，便跟著搖曳生姿。

往臉上看去，只娥眉淡掃，唇上淺淺地點了一抹胭脂。她眼睛本就大，又是水汪汪，臉盤子又小，嘴巴也小，如今這麼個素容，下巴一收，眼睛一抬，那可真叫一個楚楚動人。

李老夫人立馬便皺了眉頭。

金秀玉這會兒也發現了，頭幾回見到柳弱雲，妝容都是較為豔麗的，怎麼今兒個倒這般素面朝天起來？

柳弱雲接了金秀玉的簪子，又跪下磕頭謝禮，然後才在蓮芯的攙扶下，走到金秀玉的側後方，低眉俯首，老老實實站定。

青玉這才說道：「大少奶奶，接下來見的是各位管事娘子。」

金秀玉一顆心提了上來，抿了嘴，對她點點頭。

青玉示意，又有小丫鬟出門而去。

不多時，兩排婦人低著頭，整整齊齊走進廳來，分三排站定，齊齊給李老夫人問了安，又齊齊給金秀玉行了禮。

金秀玉這會兒可是比昨日大姑娘上轎還緊張，只學著李老夫人的樣子抬了抬手，說聲：「嬤嬤們不必多禮。」

李老夫人擰著眉，從左到右將這群管事娘子打量了遍，頓覺一個腦袋兩個大，屁股底下如扎了針一般坐不住。

「媳婦兒啊，往後這家裡的內務就交給妳了，奶奶這腦袋實在有些疼，就不陪著妳了，有什麼事兒，妳叫青玉同妳分說便是。我這便回長壽園去，阿平大約也醒了，我得瞧瞧去。」她匆匆忙忙撂下話，提起腳來便走，一隻手還躲在袖子底下拚命招著。

秀秀眼尖，早看出她的意思，一擺手，呼啦啦一群人都簇擁上來，圍著李老夫人，三步併作兩步地出了正廳。

這廳裡，如今便只有金秀玉坐著，身後是真兒和春雲，旁邊一個青玉，右手邊離一臂遠處，站著柳弱雲和她那厲害丫鬟蓮芯。其餘伺候茶水的小丫鬟們都遠遠站在角落裡，目不斜視。

金秀玉就這麼看著面前烏壓壓三排人頭，同管事娘子們大眼瞪小眼。

好在青玉及時發了話。「咱們家往日裡雖是我管著事兒，不過只是因為老太太年紀大了，家裡沒個正經主子。如今既然大少奶奶進了門，少不得要請大少奶奶當家。妳們都是府裡的老人，大少奶奶初來家中安排，妳們便將自個兒的姓名和所司職事一一報來。」

「是。」眾人異口同聲應了。

頭一個上來的是個青衣藍裙的婦人，衝金秀玉一福，口裡道：「奴婢是來順家的，管著大廚房一應採買用項。」

來順媳婦退下去，又上來一個圓臉盤的婦人，依樣行禮道：「奴婢是福生家的，管著府裡布疋針黹的用度。」

如此這般魚貫上來，說的都是一樣的言語。

金秀玉初時還能聽著，這一個接一個流水一般不停歇，她便懵了，原先記著的也給混錯了，心裡一急，越發糊塗起來，索性一個也不去記。

等著二十幾個管事娘子都報完了自家執事，靜靜地候著，等這位大少奶奶示下。

金秀玉也不說話，端起茶來，慢悠悠地撇了茶葉子，湊到嘴邊微微抿了一口，眼睛卻透過杯蓋子打量各人神色。

廳裡靜悄悄，人人都盯著自個兒腳下的影子。

金秀玉掃了一圈，倒是盼有個刺頭兒，好讓她學王熙鳳一般打一個立立威。只是這李府原是在青玉手上的，青玉是多麼厲害的一個人物，眾娘子都叫她管得服服貼貼，如今要換主子看臉色，先不說這新少奶奶脾性如何，單看青玉還在旁邊站著，便沒人敢表個不服出來。

這卻叫金秀玉為難了，她本是平民出身，哪裡管過這許多人手，就是眼下開口該說些什麼，肚子裡也還沒打出個草稿來呢，只得慢條斯理地又喝了一口茶。

這舉動落在眾管事娘子眼裡，反而覺著這大少奶奶只怕不是個好相與的，大家還是謹慎為好，都老老實實站著，沒一個出聲。

金秀玉總算是將茶杯給放下了，微微張嘴，人人都以為她要說話，不想卻是拿了帕子將嘴角拭了一拭。

「這當家嘛，向來是個討人嫌的活兒。」

這位大少奶奶頭一句話，便叫眾人不明所以，面面相覷。

金秀玉也不理會，只接著道：「我既然做了這府裡的大少奶奶，這當家的活兒嘛，也只得接著。想必妳們人人都知道，我是蠟燭匠的女兒出身，大約妳們人人都比我更見過大世面。」

有機靈的婦人立刻便應道：「奴婢們不敢。」

金秀玉極為滿意，點點頭道：「妳們各人心裡頭的想法，那只有自個兒才知道，千萬可都捂住了，莫要讓我聽見。」

她拿手指一個一個點著，被點到的人都越發將頭低了一寸。

「我如今是初初接手，這府裡的行事，哪裡有利哪裡有弊，還須細細觀瞧。妳們各人行事只管按照舊例來辦，我也只按著舊例來批，只是若有不合理處，我這邊改了規矩，便須得令行禁止，錯了半點兒，有家規放著，咱們按家規處置便是。」

她語帶機鋒，嚴肅且凌厲，眾管事娘子中難免有當初小瞧了她的，如今也不敢掉以輕心，只跟著其他人唯唯諾諾應了。

金秀玉滿意地點點頭，側著臉看了青玉一眼。

青玉道：「大少奶奶的訓導都須謹記在心，行事須循規蹈矩，若有違抗主子、偷奸耍滑的，可不論誰有臉沒臉，一律家規處置。」

眾人又應了一回，青玉這才讓她們退了出去。

金秀玉暗暗鬆一口氣，又伸手去捧拿茶杯。

春雲先一步捧了茶遞到她手上，不無欽佩地道：「往日奴婢只曉得少奶奶心疼下人，如今才曉得，少奶奶當起家來，那也是威風得很。」

金秀玉瞪眼道：「再有調笑主子的，按家規處置。」

春雲嚇了一跳，見對方目光促狹，才曉得是玩笑，噘嘴道：「少奶奶如今果然架子大了，奴婢往日循規蹈矩，再不敢多一句嘴。」

她委委屈屈地福了一福，遭金秀玉拍了一下腦門，重又笑嘻嘻站起身來。

「少奶奶今兒倒是立了威，真正的當家事兒卻還在後頭呢。」青玉微微笑著，卻是不辨喜怒。

金秀玉道：「飯要一口一口吃，這當家的事兒也得一件一件來，青玉姊姊是府裡的老人了，秀玉少不得要請教呢。」

青玉福了一福，也不答話，只說道：「老太太離不得我半日，奴婢這邊告退了。」

金秀玉擺擺手，由她去了。

回過身來，見柳弱雲低著頭還站在原地，一絲一毫不曾動過，那丫頭蓮芯倒是左顧右盼，不像個安分的主兒。

「柳姑娘可有事兒要辦？」

柳弱雲答道：「奉了老太太的命，賤妾每日都要教導三小姐女紅，今兒也已到教習時辰了。」

「可是到長壽園去教導？」

「正是。」

金秀玉點點頭，道：「那妳這便去吧。」

柳弱雲又深深福了一福，帶著蓮芯便去了。看著她遠去的背影，春雲憤憤道：「少奶奶可得提防這柳姑娘，奴婢瞧著，她那雙眼睛多情得很，怕是個勾人的狐媚子。」

金秀玉看了她一眼，意味深長地一笑。

春雲不滿地看著金秀玉，嘟著嘴道：「還笑，依我說，這柳姑娘嬌嬌弱弱、楚楚可憐，最是討男人疼惜。少奶奶可別被她那模樣給騙了去，這樣子的人心眼兒最多呢！」
金秀玉看著她道：「那依妳說，我得怎麼對付她才好？」
「依我說呀，少奶奶得頭一天就給她吃點排頭，好叫她知道您的厲害，往後她自然便小心做人了。」春雲一面說，一面惡狠狠地握了一下拳頭。
金秀玉頗瞧不上她這模樣，什麼事兒都寫在臉上，巴不得人家有防備才好。也不理會她，只轉頭問真兒道：「咱們家往日裡都什麼時辰吃中飯？」
「午時整開飯。」
金秀玉點點頭，離吃飯還有好長一段時間呢。
「走，咱們也去長壽園探望探望阿平，順便也瞧瞧阿喜是如何學習女紅的。」
春雲頓時喜笑顏開道：「我就說嘛，少奶奶定是有計較的，才不叫那柳姑娘專美於老太太跟前兒。」
金秀玉瞟她一眼，主僕三個離了正廳，立馬又有兩個小丫鬟跟了上來。
一路到了長壽園，早有人稟了李老夫人知曉。
金秀玉一行人剛邁進正院上房，李老夫人便笑道：「妳來得正好，青玉正同我說明日見親戚的事兒，妳也來聽聽，拿個章程。」
秀秀搬了春凳，就放在老太太腳跟前，金秀玉上去坐了，挨著老太太說道：「奶奶倒是一點都不心疼孫媳婦兒，這剛進門，又是要掌當家大權，又是要見親戚，沒個消停的時候，奶奶莫不是存心要看我的笑話？」

李老夫人拿手指點著她，對眾人笑道：「妳們聽聽，這回呀，偏娶進來一個會賣嘴的。」她轉而對著金秀玉道：「那妳說說，倒該怎麼辦才好？」

金秀玉就等著她這句話，忙接道：「孫媳婦兒剛進門，正是兩眼一抹黑，什麼事兒都還沒弄清楚呢，這麼著，明兒見親戚的事，便都託青玉安排吧。她辦事，奶奶定是放心的。」

李老夫人點頭稱是。青玉在旁邊聽著，也不出聲，只拿眼睛看了看金秀玉。

「這話說得也在理，妳還得慢慢熟悉咱們家的家務。青玉，明兒的事，妳先安排著。」

「是。」青玉先應了，福了一福，站起身來道。「我原打算著，少奶奶一進門，我好卸了滿身重擔，只管輕輕鬆鬆服侍老太太便是。如今瞧著，少奶奶呀，只怕跟老太太一般，天生是個懶人物，這往後的日子，只怕還有得我操勞呢！」

金秀玉捂嘴偷笑，李老夫人也笑道：「妳是能者多勞！沒看見，這滿府上下，人人都怕妳敬妳呢！」

青玉撇嘴道：「是呀，這滿府上下都說我是母大蟲呢，老太太，怪不得我到這個年紀還嫁不出去，只怕您老得養我一輩子呢！」

李老夫人道：「這府裡還不缺妳一張嘴吃飯，別說一輩子，八輩子我也養著妳。」

滿屋子的丫鬟僕婦都笑起來，青玉不滿地瞪了李老夫人一眼。

金秀玉笑道：「只怕改日青玉找了如意郎君，吵著鬧著要出閣，依我說，奶奶還是早早替她備了嫁妝，省得到時候手忙腳亂。」

大家又都笑起來，青玉也紅了臉，跺腳嗔道：「少奶奶好不曉事，又將活兒推給我做，又要取笑人，哪裡有這般便宜！」

金秀玉道：「真是我的不是！日後妳出閣，我厚厚地備上一份嫁妝，只當給妳賠禮，如何？」

眾人哄堂大笑，老太太拿手虛點著她，直道：「這嘴利的！」

青玉爭不過她，只拿眼睛狠狠地盯著取笑的眾人，大夥兒都收了聲音，低下頭去，嘴上卻仍止不住笑意，肩膀都是一抽一抽的。

「奶奶，怎不見阿平，可是還在屋裡休養？」金秀玉瞧了一圈，見李越之不在，便問了一聲。

李老夫人收了笑聲，說道：「正是呢，他那身疹子還未消退，大夫說不可吹風，我叫人按他在屋裡歇著，妳且去瞧他一眼。」

金秀玉正有此意，站起身來招了春雲，對真兒道：「我去瞧瞧阿平，妳在這兒陪老太太說話解悶，不必跟著了。」

「是。」真兒應了。

金秀玉帶著春雲出了正院上房，往偏院走去。

偏院同正院一般的格局，上房、東西二廂，上房東面屋子是李越之的臥室，西面屋子是李婉婷的臥室。東廂是書房，西廂是林嬤嬤、張嬤嬤，以及幾個大丫鬟的住所。

金秀玉進了上房，見西面屋子空蕩蕩，不見一個人影，想起方才進院時，書房那邊有些響動，大約便是柳弱雲在那屋子裡教導李婉婷女紅。

她邁步進了東面屋子，林嬤嬤剛餵李越之喝了藥，忙起身給她行禮。

「嫂子！」李越之仰著小臉喚道。

金秀玉立刻快步走上前摸摸他的小臉，笑道：「果然沒再發燒。」又細細瞧了他露在衣裳外頭的脖子、手臂等地方，紅疹子也都消下去一多半，只剩淺淺的引子，再喝一劑藥，大約便可好了。

「你這小可憐，大喜的日子，倒生了一場病。」金秀玉一面憐惜地說著，一面在小丫頭端過來的春凳上坐了下去。

李越之只是抿抿嘴，享受被嫂子呵護的感覺，卻不說話。

倒是林嬤嬤，又是憐惜又是惱怒地道：「阿平素日裡不吃牛肉，人人都曉得，昨日也不曾吃什麼牛肉做的菜式，怎麼就發了病呢？」

金秀玉皺眉道：「昨兒是誰在身邊伺候的？」

「奴婢一直跟在身邊，中間就離開過一回。不曾想，那起子奴才竟連這一點子辰光都靠不住，就讓阿平出了事兒。」

金秀玉搖頭道：「我思忖著，既是常在身邊伺候的人，不會不清楚阿平的飲食習慣，況且老太太也特特吩咐了昨夜筵席之中，不可給阿平上有牛肉的菜式。」

「這卻古怪了。」林嬤嬤皺起了眉頭。

只怕真的有古怪呢，金秀玉暗想著。

「嫂子，怎不見哥哥？」

李越之一句話，將她的心神拉了回來。

「今兒是每月巡鋪的大日子，你哥哥自然是出門巡鋪去了，說好中飯回來吃的。」

李越之點點頭，扭了扭身子，可憐兮兮地道：「嫂子，我想出去，這屋子裡悶得很。」

林嬤嬤立刻緊張地道：「可使不得，大夫說了，這疹子消退前，可不能吹風。」

金秀玉也道：「阿平且再忍耐半日，等那疹子都退了，誰也不拘著你。」

李越之愁眉苦臉地在床上扭來扭去，金秀玉正想著找點什麼事兒給他消遣，外頭突然大大一聲脆響，將所有人都嚇了一跳。

春雲道：「是書房，怕是將個花瓶兒給砸了。」

金秀玉皺眉立身，一面往外走，一面道：「柳姑娘不是正在教阿喜女紅嗎，怎麼會摔了東西？」

春雲跟在身後，不以為然道：「我早說那柳姑娘不是好人，定是她惹三小姐生氣了。」

主僕一行出了上房，徑直進了東廂書房，只見地上果然一只青瓷花瓶粉身碎骨，屋內小丫頭人人畏縮噤聲。

窗戶大敞著，窗下放著一張大大的繡綳，撐著極白的一疋紗，紗面上又扔著一只圓圓的小繡綳。地上翻著一只春凳，柳弱雲和蓮芯就站在旁邊，隔著一地碎片與李婉婷對峙。

李婉婷站在花盆架子底下，小小的身體充滿了戾氣，原本狹長的桃花眼如今瞪得有銅鈴那麼大，咬著一口小白牙，像是要吃人。

金秀玉立時沈下臉喝道：「都站著做什麼，還不快將地上收拾了！」

小丫頭們身子一動，立刻都簌簌地聚過來，蹲到地上撿了碎片往帕子裡包。

春雲護著她繞過地上的狼藉，走到了柳弱雲和李婉婷中間。

「這是怎麼回事兒？」

李婉婷鼓著小臉，瞪著眼睛不說話。

柳弱雲先福了一福，答道：「是賤妾的不是，惹小姐生了氣。」

她話音剛落，蓮芯便立刻搶上來大聲道：「可不干我們姑娘的事，是小姐自個兒無緣無故鬧起來，砸了花瓶子。」

「蓮芯！」柳弱雲低聲喝斥。

蓮芯自覺該為主子說話，只緊緊地抿了嘴。

金秀玉皺起了眉。

春雲喝斥道：「好不曉事的奴才，主子們說話，哪裡有妳插嘴的分兒。這事兒的緣由，少奶奶自然會問清楚，哪裡用得著妳這般急著為主子出頭？」

蓮芯大怒，她主子雖是府裡不受喜愛的妾室，她自身卻是個厲害的丫頭，自覺人人都敬畏她幾分，從沒人敢惹她，如今這春雲不過一個陪嫁丫頭，雖是少奶奶貼身的，到底是個新人，竟敢當眾給她沒臉。

「妳又是什麼東西……」

「蓮芯！」

柳弱雲大聲喝住了蓮芯，聲音之響讓金秀玉都暗暗心驚。

「妳若是為我好，就閉上嘴，一個字也別說！」柳弱雲又轉為低聲喝斥，音量不大，卻透著不可違抗的氣勢。

蓮芯雖沒再說什麼，臉上卻仍然氣鼓鼓的。

金秀玉不理這主僕二人，轉過頭去，對李婉婷道：「阿喜，妳來說，這是怎麼回事兒？好端端的為何砸了花瓶？」

李婉婷小臉脹得通紅，胸口一起一伏，眼裡竟逼出兩泡淚水，抬手一指柳弱雲，大聲嚷道：「嫂子若是疼我，立時就將這女人趕出府去！」

李婉婷此話一出，柳弱雲眼神一凝，蓮芯卻越發憤怒，金秀玉也是大吃一驚，看看這個，又看看那個，這會兒剛好小丫頭們已經將地面都收拾乾淨。

「阿喜，來。」金秀玉挽了李婉婷的手。

小婉婷猶自僵持了一下，金秀玉一拿溫柔又責備的眼睛看著她，她便弱了氣勢，委委屈屈地由她拉了過去。

春雲早已扶起春凳，用帕子擦拭乾淨，金秀玉往上面一坐，將小婉婷攬在懷裡。

她轉過頭去對蓮芯道：「與妳家姑娘也搬個凳子過來坐了。」

蓮芯尚未消氣，不過正房奶奶吩咐，也不敢不聽，端了個春凳過來，柳弱雲給金秀玉道了謝，挨了半邊屁股坐了。

金秀玉在屋內掃了一圈，見小丫頭們都站在門口處，低眉順眼地候著。她對其中一個白衣黃裙的女孩子招了招手，小丫頭走到跟前福了一福，口裡道：「見過大少奶奶。」

「妳叫什麼名兒？」

「奴婢銀碗。」

金秀玉差點沒樂了。「誰與妳取的名兒？」

銀碗沒吭聲，小婉婷拉了拉金秀玉的袖子，小聲道：「我取的。」

金秀玉點了點她的額頭，嗔道：「人家好好一個女孩子，不取個花兒朵兒的名字倒也罷了，怎的叫她銀碗？我看哪，妳不僅要學女紅，這學問也得請個老師好好教導。」

小婉婷嘟著嘴，淚眼汪汪。

金秀玉不理她，又對銀碗道：「方才，妳可在屋裡伺候？」

「是。」

「那妳將方才的情形同我說一遍，一個字也不許漏。」

銀碗小心地看了看李婉婷，對金秀玉說道：「小姐跟著老太太回來沒多久，柳姑娘便來了。原是定了每日這個時辰教習女紅，只是小姐一直不願，頭先幾天也沒學成，今兒柳姑娘來，小姐倒是聽話，先拾了手繃，繡了幾針，小姐嫌手繃小不得勁兒，又換了大繃，只是才上了幾針，小姐便不耐起來。柳姑娘今兒也是脾氣大，喝斥了小姐，小姐哪裡受過這等委屈，一氣便將花瓶給砸了。」

金秀玉點了點頭。

蓮芯搶話道：「我們家姑娘一片好心來教小姐女紅，小姐不領情倒也罷了，怎能拿花瓶砸人？我們姑娘好歹也是大少爺的妾室，若是有個損傷，不是給大少爺添堵嗎？」

金秀玉心內不快，李承之添堵不添堵，她不知道，不過蓮芯這丫頭，明顯是給她添堵來了。

春雲冷冷道：「蓮芯姑娘這話卻是怎麼說的？小姐那是正經主子，侍妾可是個奴才，主子打罵奴才，如何就成了給大少爺添堵？」她特意將「奴才」、「侍妾」咬得重重的。

蓮芯一滯，無話可反駁，臉上頓時下不來。

這時，柳弱雲細聲細氣地道：「原是我做事魯莽，惹怒了小姐，還請少奶奶責罰。」說著，便離了春凳，俯首站著。

金秀玉猶豫著。

小婉婷扭著身子對金秀玉道：「嫂子，我不喜她，妳莫再讓她教我女紅了。」

金秀玉道：「阿喜可是忘了，女孩兒家若不會女紅，可是嫁不出去的。」

小婉婷立時想起豬肉榮的典故，一張小臉皺成了苦瓜模樣。「那、那換個人教，總使得吧？」

金秀玉想了想，這柳弱雲是老太太指定的人選，還是請示過老太太為好。

「這事兒卻得老太太定奪，都跟我去見老太太吧。」

她站起身，牽著小婉婷，帶著柳弱雲等人到了正院上房。

小婉婷剛進門，便一頭栽進李老夫人懷裡了，青玉、真兒、秀秀等人趕忙又騰出座椅，另備茶水，伺候金秀玉坐了。

「我方才聽得那頭砸花瓶子，卻是怎麼回事兒？」

李老夫人問了，金秀玉便將事情說了一遍。

小婉婷在李老夫人懷裡扭來扭去，不依不饒道：「奶奶，我不要學那勞什子，妳最疼我，就依我一回嘛。」

這嗓音兒甜膩得老太太的心都要化了，正準備答應她，青玉及時扯了袖子，擺擺手。

李老夫人這才想起當日青玉所說的一番話，為了孫女兒日後著想，這會兒必得狠下心叫她正經學些東西，只是她既然如此厭惡柳弱雲，倒不如換個人來教，眼前這孫媳婦可不就是一個合適的人選？

「我瞧著，倒不如這樣辦，往後阿喜的女紅，便由豆兒來教導如何？」

金秀玉沒立刻答應，倒是站在一旁的柳弱雲，突然地開了口。「賤妾斗膽，有句話，不知當說不當說。」

李老夫人道：「妳有話，只管說來便是。」

柳弱雲上前走了幾步，說道：「賤妾以為，小姐的學問技藝，原是該有專人細心教導，只是賤妾素日裡不過吃喝閒坐，於這府中無半點產出補益，心裡十分愧疚，如今好不容易這麼一樁事情，可盡棉薄之力，卻又惹小姐厭煩，賤妾實在慚愧。只是少奶奶如今初初進府，府中內務千頭萬緒，已是十分勞心勞力，若再加上教習小姐女紅的重任，只怕於少奶奶身體有礙。思及此，賤妾便斗膽，請老太太恩准賤妾繼續教導小姐，為少奶奶分憂。」

她說得誠懇，李老夫人聽著竟也覺得句句在理。自從抬了她進府，倒真沒叫她動過一個手指頭，府中養著這麼一號閒人，也是尷尬。如今既然正經媳婦兒已經進門，倒不如將這位侍妾也提到明面兒上來，橫豎有她正房管制著。

老太太正猶豫著，青玉俯到她耳邊，輕聲道：「越是厭煩之人，只怕越能磨了阿喜的性子。」

李老夫人向來最聽她的話，聽她這麼一說，便狠下心來，對小婉婷道：「阿喜，這回妳鬧得可忒不像樣，奶奶既然吩咐了柳姑娘教導妳女紅，妳就該認認真真學習，怎能如此頑劣？」

李婉婷目瞪口呆，半天說不出一句話來。

「我今兒就發了話，打今日起，妳每日都要學習女紅三個時辰，晚飯前將當日所繡的物件呈與我過目，有偷奸耍滑的，一律不准用飯！」

小婉婷愣愣地看著她，突然大哭起來，嚎得慘烈無比。

李老夫人頓時頭大如斗，嚷道：「張嬤嬤呢？張嬤嬤快來！」

「來了來了！」張嬤嬤一路跑進屋來，身上的衣裳尚且有一絲凌亂。

李老夫人瞪眼道：「妳這奴才到哪裡偷閒去了？」

張嬤嬤脹紅了臉，輕聲道：「這……人有三急嘛……」

「嗤！」有人竊笑出聲，張嬤嬤抬眼看去，人人都低下頭去。金秀玉也忍不住咳了一聲，掩飾了將出的笑意，難怪張嬤嬤方才就不在書房，原來如此。

小婉婷見沒人理她，突然又加大聲音，嚎哭得更加響亮。李老夫人忙道：「快將這祖宗帶走，帶走！」

張嬤嬤趕緊上前將小婉婷從她懷裡扯了出來，小婉婷死命掙扎，張嬤嬤打眼色，幾個小丫頭立刻上來幫著她挾了這小祖宗，抱出門去。

李老夫人忍不住抹了把虛汗，對柳弱雲道：「明日妳仍是這個時辰過來，教習她女紅。」

柳弱雲俯身道：「是，賤妾定當盡心盡力。」

李老夫人揉著額角，道：「叫阿喜這一鬧，這會子頭疼得很。」

金秀玉忙站起來說道：「奶奶先歇息著，媳婦這便告退。」

她要走，柳弱雲自然也不能留下，也跟老太太告了退，一行人先後從上房走了出來，青玉親自送她們出門。

柳弱雲走在後頭，剛出了院子，竟又回身對青玉道：「方才多謝青玉姑娘出言相助。」

前頭的金秀玉聽到這話，自然而然地回頭看來。

青玉冷冷地看了柳弱雲一眼，當著她的面又往金秀玉臉上看了一眼，再轉回目光，道：「妳只管好生教導小姐，如今既有了大少奶奶，妳只管本分做人，其餘事務，少奶奶自有分寸。」

她說完話，也不理會對方的神色，只管對金秀玉福了一福，道：「恭送大少奶奶。」

金秀玉點點頭，回身走了，柳弱雲自然不敢再逗留。

一行人出了長壽園，半路分道揚鑣，一邊回明志院，一邊回清秋苑。

且不說金秀玉那邊，單看柳弱雲這面，只她跟蓮芯二人，連個小丫頭也無。

四下無人，蓮芯說話自然沒了顧忌，憤憤道：「小姐，我早就說過，往日妳總是過於沈靜，於府中事情全不插手，如今弄得連個小孩子都敢欺負妳。如今那大少奶奶又進了府，咱們的心願，只怕越發難以達成。」

柳弱雲淡淡地看她一眼，說道：「妳莫看那少奶奶面上一派穩重，不過十幾歲的小姑娘，如何當得重任？這往後的日子有得她操心呢，妳只管瞧著罷。」

這話沒讓蓮芯有半分寬心，她擔憂地道：「蓮芯只是害怕，怕小姐忘了當初是為了什麼才設下計謀，又是為了什麼才攀上大少爺，進了這李府的高牆。」

她這話，顯然又觸到了柳弱雲的痛處，她腳下一踉蹌，抬手便捂住了心口。

「小姐！」

蓮芯忙伸手扶住她，臉上又是擔心又是懊悔。

「慎言！我如今已不是柳家小姐，不過是李府的一名侍妾，只許稱呼姑娘，怎敢稱為小姐！」柳弱雲面色蒼白，嘴裡說著，眼裡卻漸漸湧出霧氣。

蓮芯只覺心中一片苦澀，眼圈兒一紅，道：「是，姑娘。」

慢慢地那淚水又乾了下去，柳弱雲咬住了嘴唇。她堂堂柳家小姐，成了李府的一名卑微的侍妾，拜誰所賜，她可是記得清清楚楚，從來不敢有片刻的忘記。

不到半日工夫，又是見了府中眾位管事娘子，又是處理了一檔子妾室與小姑的糾葛，金秀玉從來不曾這般勞心過，只覺得腦子裡一團漿糊，身子往那單翹頭尾部上捲的貴妃榻上一倒，便動也不想再動了。

春雲備了茶水點心在榻邊的小几上，吩咐兩個小丫頭守著，自個兒拽了真兒出門，扯到無人角落裡。

真兒甩了她的手，揉著腕子，蹙眉道：「做什麼鬼鬼祟祟的？」

春雲瞪著眼睛，道：「真兒，妳過去在老太太身邊伺候，同青玉定然相熟。我倒要問妳，那青玉是個什麼意思？」

真兒一愣，道：「這是什麼話？」

春雲哼了一聲，冷冷道：「莫當我是個傻的，方才在老太太屋裡，不是青玉同老太太嘀咕幾句，老太太會同意讓柳姑娘繼續教導阿喜小姐？那柳姑娘出門時還特特地向青玉道謝，我瞧著，這青玉只怕是同我們少奶奶不相厚，否則怎的幫著那柳姑娘？」

她自覺察言觀色，揪出了青玉這個隱藏的敵人。

真兒卻冷冷一笑，道：「妳把青玉瞧得也忒低了，妳倒來說說，她為何要與少奶奶作對？又為何要與那個卑微的侍妾相好？」

這卻還不曾想到，春雲腦中轉了幾轉，說道：「依我看，她的心思也不難猜，無非是想攀上大少爺，也好做個人上人。」

真兒忍不住想搧她個大嘴巴子，乜斜著眼，冷冷道：「春雲啊春雲，妳可真是自作聰明，青玉當初八歲進府，大少爺做了多少年的家主，她便當了多少年的家，就是這柳姑娘沒來之前，她同大少爺也是相厚的。她若是要做大少爺的屋裡人，還用等到現在？更何況，她同大少爺的情誼，別說柳姑娘了，只怕是大少奶奶，現今也還比不上，她何必捨了自個兒的情分，要去攀那柳姑娘的交情？」

春雲聽得糊塗起來，皺眉道：「這、這倒也是……」

真兒又道：「不妨再叫妳知道，青玉如今虛歲也有十九，比大少爺還長上一歲，尋常女子早已出嫁，她至今仍待字閨中，不過是因為老太太捨不得，兼著家裡內務離不得她，生生給拖累了。老太太不是沒問過她的心思，她那時一番回答，我如今仍記得真真切切。」

春雲立刻急道：「她怎麼回答？」

「她說了，她雖是老太太跟前的貼心人，也不過是個奴才。但身為下賤，卻也要做那清高的人，絕不做個爺兒們的妾。這府中滿眼的人，她一個也不想嫁，只等著將來外頭，有那家世清白的好男子明媒正娶，便是吃糠嚥菜，她也甘心。」

春雲吃驚道：「果然寧做貧家妻，不做富家妾。她倒真是個脂粉隊裡的英雄了。」

「妳總算說句中聽的話。」真兒笑了一笑，道。「當初老太太還問了，若是沒個這樣的男子來娶她，她當如何？青玉便說了，若是到了二十歲上還沒有，她便絕了嫁人的心思，只守著老太太一輩子，老太太將來若是百年歸去，她便絞了頭髮做姑子，給老太太唸經，來生還得投胎做服侍她的人，以報今生的恩情。」

春雲佩服道：「果然忠僕。」

真兒眼裡露出崇敬，說道：「這事兒滿府上下都知曉，也就只有妳這新來的丫頭片子，敢這般揣度青玉的心思。好叫妳再知道知道，老太太可是早早就許諾了青玉，將來她出閣，李家會撥給她兩個莊子做嫁妝，到時候還她戶籍，當嫁小姐一般，風風光光送她出門。」

春雲羨慕道：「老太太真箇是菩薩心腸！」

真兒斜眼看她，冷笑道：「這會兒倒是羨慕起人家來，方才不是還懷疑她有著腌臢心思嗎？」

春雲嘻嘻笑著，膩到她身上說道：「姊姊知道我是個糊塗人，方才的話，只當我放屁。」

真兒作勢拿帕子在臉前甩動，罵道：「果然好臭！」

春雲脹紅了臉作勢要打她，姊兩個鬧作一團，又好了起來，正打鬧著，一個小丫頭跑過來氣喘吁吁道：「兩位姊姊叫我好找！」

真兒道：「可是大少奶奶有吩咐？」

小丫頭搖頭道：「大少奶奶不曾吩咐，只是奴婢瞧著不大好，自個兒來找姊姊們。」

春雲吃驚道：「怎麼不好？出了什麼事？」

小丫頭皺著小臉道：「奴婢也說不好，青玉姊姊一來，少奶奶便不好了，還是請兩位姊姊趕快回去看看吧。」

春雲一聽跟青玉有關，又拿眼睛瞪著真兒，真兒反瞪著她。

春雲忙擺手道：「我如今可是佩服得緊，可不敢隨意揣測她，咱們還是快去瞧瞧吧。」

兩個人手拉手，跟著小丫頭快步往上房走。

情形果然有些不好。

春雲、真兒一進門，就見青玉站在屋子中央，少奶奶金秀玉坐在貴妃榻上，眼睛看著那桌子上高高的一摞冊子，直直地發愣，一張臉慢慢慢慢便皺成了苦瓜。

青玉說道：「少奶奶好沒出息，這還不過是咱們府裡的總帳，那細帳我還未曾搬來呢！」

金秀玉苦著臉道：「人人都道做了大少奶奶是享福的，卻哪裡知道，位高權也重，享福必先操勞。好姊姊，妳這許多帳目，我瞧著頭都暈了。」

青玉沒好氣道：「少奶奶卻不想想，這些帳目我往日可是每月都要打理一遍，每天都要登記查閱。如今既有少奶奶管家，少不得將帳目也要交接過去。」

金秀玉抿著嘴，眼珠一轉，道：「好青玉，我如今連人還沒認全呢，這管帳的事兒嘛，先不著急，咱們且慢慢來。」

她瞧著青玉要張嘴，正好春雲、真兒進來，便搶先道：「春雲、真兒，可有事稟報？」

春雲、真兒早在門外瞧了個清楚，正好有小丫頭來稟報中飯得了，便邁進門檻，說道：「來順媳婦回話，中飯已備下了，請大少奶奶至中廳用飯。」

金秀玉立時從榻上往下一跳，大笑道：「民以食為天。咱們先吃中飯要緊，只怕老太太還等著青玉伺候用飯呢，咱們快走，其他事體容後再說。」

她一面說著，一面便衝真兒、春雲打眼色。

兩個丫頭機靈得很，一個上來就扶了她往外走，一個就拉住了青玉，連道伺候主子們用飯才是頭等大事。小丫頭們也聰明得很，一擁而上，熱熱鬧鬧地往外哄。

青玉連嘴也來不及張，只得跟著眾人往外走。

這中間隔了許多的丫頭，金秀玉同青玉離得老遠。

她捏著春雲的手，笑道：「怎來得這般及時？」

春雲笑咪咪，將小丫頭來找她跟真兒救場的事兒給說了。金秀玉讚道這小丫頭倒是機靈，問叫什麼名字。

春雲一時沒想起，思忖了一會兒，才道：「是了，叫小秋。」

金秀玉點點頭，記下了這名字。小秋，只怕是第二個秀秀呢。

老太太的長壽園離中廳近，果然比她們早到了。金秀玉等人恭恭敬敬地行了禮，才落了坐。

「奶奶，相公何時回來？」

「下人回稟，已進了二門，想來片刻便到。」李老夫人說完，又笑道。「妳這丫頭也是不曉事，哪有問奶奶要丈夫的，往後可得妳自個兒上著心。」

金秀玉紅了臉，應了聲：「是。」

只聽對面李婉婷刮著臉，道：「嫂子羞羞。」

金秀玉瞪她一眼，作勢對李老夫人道：「我瞧著，這阿喜對女紅一竅不通，每日三個時辰只怕還少了些，不如……」

小婉婷沒等她說完，立刻嚷起來。「好嫂子、好嫂子，我再不敢取笑了，妳饒了我！」

李老夫人笑道：「妳切莫惱她，好容易才答應了呢，這會子招她，又是大鬧一場。」

金秀玉竊笑著望過去，果然小婉婷眼圈還是紅的，只怕方才哭了好一陣子呢。

小婉婷氣鼓鼓地瞪她，說道：「當初嫂子可是最疼我了，如今進了門，反倒處處幫著別人欺負我！」

門口下人問好，李承之正邁著大步進來，聽見了她的話便笑道：「妳嫂子如何欺負妳，妳說與我聽。」

「哥哥！」小婉婷跳下凳子，往李承之身上撲去，抱住了他的腰，扭著身子道。「哥哥，你媳婦兒最愛欺負人，你可得好好管教。」

李承之笑道：「那阿喜說說，如何管教才好？」

小婉婷轉了轉眼珠，想起當初幾次被金秀玉按著打屁股，這個仇可得報，便大聲道：「要重重地打她屁股！」

眾人哄堂大笑，金秀玉脹紅了臉。

李承之眼睛看著妻子，嘴上回答著小婉婷：「聽阿喜的，哥哥回頭便管教她。」一面說著，一面便瞇起了桃花眼，意味深長。

金秀玉心裡暗暗發虛，下意識地將手放到了腰臀之間。

孫子、孫女，還有孫媳婦，如此和睦融洽，李老夫人是打心眼兒裡高興，祖孫四個團團坐了，滿屋子的丫鬟僕婦伺候著，正要開始用飯，只聽青玉說道：「怎麼不見柳姑娘？」

李承之頓時皺眉道：「如何提起她來？」

青玉笑了笑，說道：「往日裡吃飯都用不著她，她只在自個兒的清秋苑裡起居，但如今大少奶奶進了府，她這做妾的，理該晨昏定省，一日三餐伺候才是。」

李老夫人點點頭，道：「論理，是該如此。」

金秀玉倒也有自己的心思，李承之越是皺眉，她越發好奇，便沒有說反對的話。

青玉安排了人去通傳，還加了一句「老太太、大少爺、大少奶奶們都等著呢，叫她快些來」。

不多時，柳弱雲果然攜著蓮芯來了，依然那般清柔素雅，嫋嫋婷婷。

第十三章　誰精明誰糊塗

這頓飯，別人都吃得好好的，就李承之，如芒刺在背，肉也吃不香，湯也喝不暢，不為別的，就為金秀玉那意味深長的眼神。

這李老夫人，青玉、秀秀伺候著；李婉婷，張嬤嬤伺候著；金秀玉呢，真兒、春雲伺候著；偏只有他，柳弱雲伺候著。

按說，柳弱雲也是個窈窕淑女，伺候得又盡心，凡事不用他開口，事先便給他弄好了。只是每每金秀玉往他臉上看一眼，嘴角微微一挑，李承之便覺得不自在，擔心她又因為這個小妾跟他鬧矛盾。

好不容易這頓飯吃完，柳弱雲還要伺候小夫妻兩個回明志院，李承之索性趕緊讓她退下了。李老夫人和小婉婷照例飯後要小睡一覺，自有青玉、秀秀還有張嬤嬤伺候，回了長壽園。

小夫妻兩個徑直回到明志院，李承之下午還有得忙，不過片刻的午休時間，僅夠小睡，金秀玉和真兒、春雲，三人手腳利索地替他除了外衣，脫了鞋子，解了頭髮，伺候他睡了。

金秀玉對真兒招手道：「妳跟我來。」

春雲理所當然地跟著，金秀玉隨手從梳妝檯上取了一把葵扇，塞在她手裡，道：「妳在這兒守著少爺，免得他有事找不到人。」

打發了春雲，她拉著真兒出了屋子。春雲明知道她們說話，不帶著她，賭氣往凳子上一坐，啪啪啪啪葵扇搖得風車一般。

明志院正房後頭還有個小花園，花木繁盛，中間的亭子幾乎被花木掩了起來，白日清爽得很，晚間只怕蟲子多，金秀玉正尋思著，這花木過盛容易藏匿蛇蟲，得尋個花匠來修整一番。

「真兒，來，坐下。」她拍了拍身邊的石凳。

真兒側目道：「少奶奶可別客氣，您有話，只管問我就是。」

金秀玉不會拐彎抹角，也不勉強，便問道：「妳也是府裡的老人了，那柳姑娘進府的時候，妳還在老太太身邊伺候吧。妳且同我說說，當初她是怎麼進的府？又是如何成了眼下這般光景？」

真兒想了想，反問道：「這話兒，少奶奶可曾問了大少爺？」

金秀玉搖頭道：「他不大喜愛那柳姑娘，只怕問了要生氣。」

真兒吁口氣道：「虧得少奶奶聰明，這事兒要問少爺，說不準還真會惹他發脾氣。少爺從小到大，只怕就只有這一件事辦得糊塗。」

金秀玉覺得這話裡有話，只怕事情有些曲折，便認真聽起來。真兒理了理思路，這才將柳弱雲進府的前後因果，一五一十地說來。

「那柳姑娘原也是好人家的小姐，柳家雖不比咱們李家富貴，在淮安也是富戶。只是柳家家主死得早，留下柳姑娘是長女，另有一個兄弟。柳姑娘與這兄弟並非一母所生，當初柳家主母去世，柳姑娘的父親後娶的繼室，繼室過了門才生得公子。

「柳家也是經商的生意人，打頭做的是珠寶生意，同咱們李家在京城的珠寶生意有些瓜葛，那時大少爺過幾個月總得跟柳家談一次生意。因著柳家沒家主，一個少爺年紀又小，柳姑娘一個千金小姐可不能拋頭露面，家中也沒個能指望的人，這生意上的事便都著落在那繼室夫人身上。這位柳夫人，是個厲害的，大少爺頭先也在家提過幾回，很是潑辣痛快。

「因著每回談生意，都是在柳家店鋪旁的酒樓，大少爺同柳家有了交情，前後似乎也見了柳姑娘一、兩回。」

聽到這裡，金秀玉便問道：「這麼說，他是自個兒中意柳姑娘，才抬進門來的？」

真兒搖頭道：「大少爺最重情義，若是心甘情願抬了柳姑娘進門，哪裡會如此冷落！」

金秀玉正待再問，真兒抬手阻了她，說道：「少奶奶莫急，且聽我說下去便是。」

她閉了嘴，真兒便接著道：「這說起來，這事兒到現在仍是一筆糊塗帳。那日大少爺如往常一般去同柳夫人談生意，席間巧遇了柳姑娘，柳夫人拉著柳姑娘給少爺敬酒，謝李家一直以來對柳家的關照，途中另有合夥人找柳家店鋪掌櫃，柳夫人便撂下了柳姑娘和大少爺，去了店鋪。」

聽到這裡，金秀玉直覺該到重點，越發凝神。

果然，真兒說道：「也是奇怪了，少爺的酒量雖然不算太好，但也還能喝上半斤八兩的，想來就是柳夫人、柳姑娘加起來，又能喝上多少杯？那日卻意外得很，少爺喝了沒幾杯便醉了，剩下的事兒糊裡糊塗，總之是少爺醒來後就發現自個兒跟柳姑娘共處一室、同榻而眠，雖是不明不白，到底柳姑娘的清白是交代在他手裡了。」

原來是倒貼！金秀玉恍然大悟。「就是這般，將人抬了進來？」

「可不是，柳姑娘雖也算大家閨秀，行這般事體，說出來也是沒臉沒皮得很。少爺自覺遭了算計，老太太也不情不願，這才只叫她做了個沒名沒分的侍妾。那柳家也奇怪，柳夫人沒半點嫁妝與柳姑娘，當初進府時不過一乘小轎，柳姑娘和蓮芯主僕兩個，一人一只包袱，算是淨身出戶、淨身進府了。她原先在家做姑娘的時候也薄有賢名，只是到了咱們家，因著主子們都不喜愛她，便冷落了下來，這算起來也有三月的光景了，大少爺可是一次都沒有在她那院子裡宿過呢。」

真兒目光炯炯地看著金秀玉，像要從她臉上看出朵花兒。金秀玉微微紅了臉，嗔道：「瞧著我做什麼？」

真兒扭過臉去，只當看天色，嘴裡卻說道：「我只看著，聽說少爺從不去那柳姑娘房裡留宿，少奶奶可有些高興的模樣。」

金秀玉斜睨了她一眼，壓著嘴角不讓它上挑，只說道：「說了半天話，只怕妳大少爺要醒了，咱們還是快回去吧。」

真兒扭著福了一下身子，道：「少奶奶說回去，奴婢跟著便是，哪敢有半分違抗。」

金秀玉擰了一把她的臉。「這府裡頭人人都愛賣嘴，偏妳最是賣得歡。」

主僕兩個笑著回到上房，李承之果然已經醒了，春雲已替他穿好衣裳，正繫著腰帶。

金秀玉嘴角抿著笑，擺擺手，將真兒和春雲都揮退了，掩上了房門。

李承之正奇怪地看著她，她卻微微笑著走上來，踮了腳尖在他臉上親了一下。

「嗯？」李承之不明所以。

金秀玉湊在他耳邊，輕聲道：「今兒曉得你懂事，賞你的。」

李承之握了她的腰肢，笑道：「這賞賜不嫌輕了些？」

金秀玉一笑，提溜一轉，掙脫開去，推他一把道：「人心不足的傢伙，快些出門去吧。」

李承之拿手指點著她，狠狠道：「等著瞧吧。」

金秀玉離他遠遠的，歪著腦袋只眨巴眼，抿著嘴微微笑。李承之又點了她幾點，才不甘心地開門出去了。

金秀玉跟在後頭出的門，春雲和真兒不知從哪裡冒出來，身後呼啦啦跟了一群小丫頭，人人都是一臉的促狹。

這小夫妻倆新婚燕爾，正是蜜裡調油，連出個門都得關在屋裡說會兒悄悄話。

「妳們這群小蹄子，好的不許，淨跟著真兒、春雲兩個使壞，瞧我不扣了妳們的月錢去！」

小丫頭們也不害怕，嘻嘻哈哈。

金秀玉搖頭，往院子外頭走，真兒、春雲兩個自然又帶了丫頭跟上，其餘人等，各回各位各司其職。

春雲一面走一面問道：「少奶奶，咱們這會兒是去哪裡？」

金秀玉也不回頭，說道：「長壽園那邊還關著人呢，這阿平是怎麼吃的牛肉、怎麼發的病，還得細細查清楚，有得忙呢！」

這家院大就是累，從早起到這會兒，光這明志院都進出幾回了。

金秀玉到了長壽園的時候，李老夫人便對她道：「這每日來回也累得慌，往後若是承之中飯不回，便叫他們將飯擺在我這兒，妳陪著我老婆子一塊兒吃得了，省得來回跑。」

金秀玉笑道：「奶奶心疼我，我自然樂得省腳力。」

秀秀這時端了茶來給她，她指著這丫頭道：「我瞧著秀秀同真兒一般的能幹，就這嘴呀，比真兒可厚道多了，從來不調侃人。」

秀秀微微一笑，退到一旁。

李老夫人也笑道：「說的是，咱們這滿府裡頭，丫頭們個個都是愛笑愛說愛鬧騰的，偏這丫頭文文靜靜，倒像個大家小姐。」

青玉在旁邊正有一針沒一針地替她做著抹額，撩著眼皮子道：「照老太太的話說，我可是最愛鬧騰的，往後只拿繡花針縫了嘴，一個字也不吐才好。」

真兒笑了一聲，說道：「這卻怎麼使得，不說話倒也罷了，這吃不下飯，莫非妳要成仙？」

大家都笑了一會子。

金秀玉這才提起審問阿平身邊那群下人的事。

李老夫人道：「這事兒妳只管去辦，不必有顧慮，這起子奴才只怕也給寵慣了，好好拾掇一陣也好。說起來，我這裡有個人，只怕妳能用得上。」

「誰？」

李老夫人指著秀秀道：「就是她的姊姊，叫鳳來。」

金秀玉讚了一聲。「這名兒，倒是貴氣。」

真兒在身後道：「原來買進府裡的時候，同咱們三小姐的小名撞了，叫阿喜。青玉姊姊說，名兒得改，既是因小姐的緣故，不如便起個貴氣的名字，這才叫了鳳來。」她自個兒說著自個兒卻樂了起來，捂著嘴竊笑。

金秀玉納悶道：「妳笑什麼？」

原本就真兒一人笑，她這一問，人人都笑起來，就她跟春雲兩個一頭霧水。

秀秀微笑道：「少奶奶不知。這事兒也是府裡的老笑話了，我那姊姊，人倒是挺好，旁的沒有，就只是有個症候，在府裡的兩位少爺面前都出過醜。」

金秀玉自然追問是什麼症候。秀秀抿了抿嘴，確實覺得不好意思，細聲細氣地吐出來幾個字。「花癡症。」

花癡？

金秀玉第一反應，這是罵人的話；後面才反應過來，醫學上確實是有個花癡的病症，叫做「油菜花癲病」，一般春季容易發病，表現為因人腦分泌激素紊亂而誘發的精神性幻想或分裂，很多時候是對異性產生幻想，跟現代罵人花癡有一定區別。

又想起當日在金家，李婉婷不願被李越之叫小名兒，就是因為家中有個花癡丫頭與她同名。只不過，奶奶是什麼意思呢？找個花癡丫頭給她，對於查下人的事情有什麼幫助？

她疑惑地看著李老夫人，老太太見她一臉茫然，便笑道：「妳不知，因著她那花癡的名聲，府裡不論男女，人人都怕她。我給妳這個寶貝，妳只管用她去嚇唬那起子奴才，包管說實話。」

金秀玉點點頭。

老太太又嘆氣道：「其實，鳳來這孩子也是委屈了，她那病倒沒有多嚴重，只是三人成虎，人們口口相傳，便將她的名聲都敗壞了。可憐吶，如今都十九了，還沒找著人家。」

累。」

秀秀聽得臉色沈重，低下頭去。

老太太拉著她的手，將她拉到近前，憐惜地道：「幸而秀秀跟著我老婆子，沒的叫她姊姊連累。」

金秀玉暗想古人愚昧，大約將那花癡症當作傳染病，才人人怕那鳳來。

這時候，青玉說道：「老太太、少奶奶，奴婢已派人將鳳來叫來了，就在外面候著呢。」

老太太說道：「外面大太陽下火的，別叫她中暑了，快叫進來吧。」

青玉使個眼色，小丫頭打起竹簾，一個鵝黃衣褲的姑娘走了進來。

「奴婢鳳來，見過老太太，見過大少奶奶。」

她的聲線較別的女孩子要粗沈一些，金秀玉仔細打量，見她身材也比同齡女子更加高壯，雖跟秀秀是親姊妹，長得卻一點也不像，秀秀長得小小巧巧的，眉目溫婉，像個江南女子；這鳳來卻高高大大，鼻高目深，皮膚也比較黑，看著倒有點異族女子的風情。這要放在她前世，倒也算是個性美女。

老太太對金秀玉道：「人已到了，暫且就給妳使喚著吧。」

「是。」

青玉從腰上解下兩把鑰匙，遞到金秀玉手上，道：「阿平身邊的小廝和丫頭都分開關押在耳房裡，這是鑰匙。老太太說了，少奶奶便在那邊廂房裡審問吧。」

金秀玉接了鑰匙，帶著真兒、春雲、鳳來等人出了上房，往那邊廂房去了。

小丫頭們先一步搶到廂房裡，那桌椅上本就乾淨，眾人又擦拭了一回，等金秀玉進來了，往那椅上一坐，真兒、春雲便打點了茶水伺候。

她先不忙著提人審問，先思考了一會兒，這才吩咐下去，一面讓春雲去問廚房要當日婚宴的菜單，還要當日負責各桌上菜的丫鬟名單；一面將鑰匙給了真兒，讓她和鳳來去將人一個一個提出來。

金秀玉就在廂房正中坐著，單單又為真兒在旁邊設了個審問的書案，真兒往那案子後頭一坐，倒跟衙門老爺似的。

只見鳳來先提了一個丫頭出來，真兒問了她當日所司何職、哪個時辰在哪裡做什麼，一一問清了，便往角落裡一指，叫她站在一旁等候，如此這般又傳訊第二個。

真兒問，鳳來便在旁邊虎著眼睛看人，果然每個人進來見到鳳來都是渾身一哆嗦，站得離她遠遠的，深怕跟她挨上點衣角，也傳染了那花癡的病症。

金秀玉任由她二人審問著，自個兒就在旁邊坐著聽，手邊放著春雲取回來的一份菜單和一份名單。

丫鬟小廝們一個一個進來，問了話都往旁邊一站，雖是相挨著，但在少奶奶跟前，這麼多人眼睛雪亮的盯著，可沒人敢私下說一個字。

阿平屋子裡的丫頭小廝加起來總共十二個，光這些人便花了真兒跟鳳來一個時辰。

這批問完了話，金秀玉又按著春雲取來的名單點了相關的人，又派人傳喚前來，真兒和鳳來依樣又問了話。

金秀玉聽著，心裡慢慢有了計較。

這批後來的人也問完了，真兒和鳳來的任務便算完成了。

金秀玉望著眼前高高矮矮一片人頭，共有二十好幾人。

「該問的方才已經問了，該說的方才也已經說了。二少爺誤吃牛肉發了病的事兒，我這裡也已經有了定論。你們這些人，該在哪兒上職的，便都回哪兒去，盡心當差，莫再出岔子。」

「是。」

眾人齊齊應了，魚貫出了門，各有去處。

春雲著急道：「少奶奶，奴婢還糊塗著呢，到底是誰害了二少爺？」

金秀玉沒直接回答她，轉頭問真兒道：「真兒可知道了？」

真兒皺眉道：「只怕是個無頭案。」

金秀玉點點頭，嘆道：「只怕真是無頭案。」

春雲瞧瞧這個，再瞧瞧那個，仍然一頭霧水。

金秀玉取了桌上的菜單，指著其中一道菜的名兒給她看，說道：「當日婚宴上每一道能瞧出其食材的菜，阿平都不至於吃錯，只有這道菜，是能夠動點手腳的。」

春雲探了腦袋過去，張大眼睛看了半天，抬手撓了撓頭皮，訕訕道：「這字兒，我不認得。」

金秀玉吃驚道：「當日在一品樓，妳不是說自個兒認得些字，還算得一些帳？」

春雲脹紅了臉，低著頭拿腳尖畫著圈，半晌才道：「那日少爺買奴婢時，說是給小姐做幫手，奴婢怕小姐不要我……」

真兒拿手指在春雲腦門上一點，笑罵：「妳這糊塗蟲，竟也有精明的時候。」

金秀玉以手覆額，長嘆一聲，指著菜單上那道菜名兒一字一字說道：「福祿壽喜丸。」

「福祿壽喜丸？」春雲愕然道。「不就是四喜丸子嗎，平日常見的菜色。」

真兒搖頭道：「這福祿壽喜丸可不是普通的四喜丸子，是咱們一品樓大廚的拿手好菜呢。」

金秀玉道：「只怕當日，就是這道菜害了阿平。」

「少奶奶是指……」

方才詢問的過程中，她一直聽著，阿平身邊的人均沒有下手的時機，只有當日一個上菜的丫頭，在上福祿壽喜丸的時候中間出了點岔子，也就那麼一會兒的工夫。

真兒皺起了眉。「如此說來，便是有人故意調換了菜色，故意害二少爺發了病。這人熟悉府中的情況，能知道二少爺的飲食習慣，但既然這般處心積慮，為何只是害二少爺發了一次病，並無性命大礙？」

金秀玉咬著嘴唇。「只怕是醉翁之意不在酒。」

春雲看看這個，又看看那個，滿腦子的漿糊。

真兒再次拿手指點著她的腦袋。「妳呀，還是個糊塗蟲。」

金秀玉搖著頭，道：「罷了，找老太太覆命去吧，咱們今兒可也當了一回問案的老爺呢！」

她站起身來，真兒、春雲這兩位焦不離孟孟不離焦的，自然還得跟著，倒見那異域風情的鳳來，安安靜靜地站在角落裡。

倒把她給忘了。

金秀玉想起她方才只不過安安靜靜往那裡一站，人人都望而生畏，只是這丫頭倒淡定得很。

「鳳來，妳過來。」

鳳來走上前來一福。

金秀玉點頭笑道：「今兒雖是老太太吩咐，也要多謝妳來幫忙。」她從手上除下一只紅寶石金鐲子，拉起鳳來的手放到她手心裡。「這鐲子，我便送與妳，只當今日的謝禮了。」

鳳來忙道：「奴婢只是盡了本分，如何當得起少奶奶的謝字？」

金秀玉握住她的手，道：「我既賞妳，妳只管收著便是。莫非，還瞧不起這禮不成？」

「奴婢不敢。」鳳來只好收下了。

金秀玉帶著幾人出了廂房，到上房回覆了李老夫人，說了自個兒的處置。

李老夫人點頭道：「如此看來，阿平身旁這幫子奴才還算信得過，既是合用，便留著吧。這事兒既然是樁無頭案，便也不必深究了，只是有心人故意為之，往後妳可得多留些意。」

金秀玉應了，又將鳳來還給老太太，婆媳兩個又說了些明日見親戚的事宜，不過閒聊罷了，這般說說笑笑，外面那日頭漸漸地就西沈了。

小婉婷蹦蹦跳跳從外頭進來，照例是要一頭撲進李老夫人懷裡的，只是今兒個她轉了性，沒往李老夫人身上撲去，反倒徑直膩到了金秀玉懷裡。

「嫂子！」她扭股糖也似的在她身上扭來扭去。

金秀玉摸摸她的小臉，道：「上哪兒耍去了？弄得一腦門子的汗。」

小婉婷仰著小臉任她給自己擦臉，笑道：「上後花園放風箏去了。」

「這麼大熱天放風箏，虧妳想得出來。」金秀玉詫異道。

只見那張嬤嬤走到近前，苦笑道：「少奶奶，妳可不知道，這說是放風箏，不過是丫頭們放著，小姐在亭子裡看著。這累的，可是小丫頭們。」

她一面說，一面指著身後。

金秀玉抬眼看去，果然三、四個小丫頭渾身發紅、滿臉大汗，顯然是在日頭底下跑了半日，個個都氣喘吁吁。

「妳這妮子！」金秀玉點著李婉婷的腦門。「沒的這般折騰人家。」

小婉婷噘著嘴道：「明兒我可要日日學習女紅三個時辰呢！還不叫人找些痛快！」

金秀玉笑道：「奶奶妳瞧，這小嘴噘的，都能掛個醬油瓶子，可見阿喜這怨念有多重。」

李老夫人苦笑道：「她呀，也該有些長進了，她哥哥都已娶了妻，這沒幾年就得輪到她出嫁，再這般胡天胡地的，有什麼人敢娶她？」

小婉婷嚷道：「沒人娶，奶奶便養我一輩子。」

「奶奶可活不到那麼長，哪天沒了，妳可怎麼處？」李老夫人笑侃。

小婉婷整個人都縮到了金秀玉懷裡，甜甜笑道：「那就叫哥哥嫂嫂養著我。」

李老夫人拿她沒辦法，指著她無奈道：「妳呀，合該做個老姑娘！」

小婉婷不以為意地嘻嘻笑著，忽而想到什麼，抬頭對金秀玉道：「嫂嫂，今兒與我同睡可好？」

「嗯？」金秀玉一愣。

小婉婷高高地仰著小臉，黑漆漆的眼睛眨巴著，無辜地道：「阿喜想跟嫂嫂睡，嫂嫂今兒陪阿喜睡好不好？」

「這個……」金秀玉猶豫著。

春雲和真兒對視一眼，暗道，這要是應了三小姐，只怕大少爺今兒要發飆了。

「阿喜，今兒與奶奶同睡可好？」

小婉婷對李老夫人的誘哄視而不見。「我只要跟嫂嫂睡。」

「為什麼突然要跟嫂嫂睡呢？」

小婉婷不吱聲，埋著腦袋，像隻小烏龜。

真兒和春雲一個勁兒地衝金秀玉擺手，張大了嘴巴做著嘴形。金秀玉瞪著眼睛，她當然知道，晚上若是將李承之一個人扔在明志院，只怕明兒屋頂都得飛了。

也不知道小婉婷是不是背後長眼睛了，突然就抬起頭來，差點撞了她的下巴。

「今夜嫂嫂若是不陪我睡，明兒我還是不會學女紅的。」她鼓著小臉，十分堅決地對眾人宣佈。

「絕對不會！」她又特別強調了一次。

李老夫人的眼神立時就變了。這丫頭若是鬧起來，那可真叫天翻地覆，她都能預見明兒會是如何的雞飛狗跳。

「豆兒，妳今晚就陪阿喜睡吧。」

李老夫人的風向轉得快，金秀玉為難道：「這……」

真兒和春雲對視一眼，同時從對方眼中看到三個字：天塌了！

當夜，明志院裡，李承之大馬金刀地坐著，面無表情，渾身散發出陣陣寒意。春雲和真兒站在旁邊，恨不得縮成貓兒一般大小。

「妳們少奶奶呢？」

春雲拿胳膊頂頂真兒，真兒胳膊肘一拐，反將她頂了出去。李承之的目光頓時刀子一樣射了過來。

春雲回頭瞪了真兒一眼，扭過臉來，硬著頭皮訕訕道：「少奶奶她……今兒在長壽園，陪三小姐睡了。」

李承之冷冷道：「用膳時怎麼沒提？」

「呃……」春雲詞窮，那會兒誰敢提呢。

李承之倒也不需要她回答，自顧自地問下一個問題。「她既在長壽園，妳倆回來作甚？」

春雲實在承受不了他那刀子一樣的眼神，嚥了下口水，扭頭看著真兒，齜牙咧嘴。

真兒自管低眉順眼，視而不見。

「擠眉弄眼做什麼，問妳話呢！」

春雲倏然回頭，尷尬道：「少奶奶……怕少爺晚上無人使喚，吩咐我們回來……」

李承之冷笑一聲，道：「我一大老爺們兒，橫豎還有許多丫頭小廝在，還離不了妳們主僕三個不成？」

春雲訕訕笑著。真兒縮了縮脖子，少爺這回氣兒可不小呢。

李承之坐在那裡，就如同一尊冷面閻羅。春雲挪著腳一點一點後退，終於退到了真兒身邊，一伸手便捏住了真兒的胳膊，真兒忙反握住她的手指，用眼角餘光警告著。

「夜了，睡吧。」

李承之說完，猛然站起，卻是往外頭走。

真兒和春雲面面相覷，異口同聲喊道：「少爺！」

李承之腳步一頓，春雲拿眼睛瞪著真兒，這會兒真兒只好又開口道：「少爺，夜深了，還要出門去哪兒？」

「少爺的去向，還需要跟妳交代嗎？」

真兒脖子一縮。

李承之突然側了側頭，真兒、春雲只能看到他一個側面的線條，還有眼角的餘光。

「少爺今兒要去清秋苑宿著，妳們兩個不用跟著伺候了。」

真兒和春雲大吃一驚。

打自柳姑娘進了李家的門，大少爺可從來沒到她那院子裡歇過一回。

慾求不滿的男人太可怕了！

李承之一腔暗火，一路從明志院走到了清秋苑。直到進了清秋苑的門，頭腦才有些清醒過來。

他這是在做什麼！

「大少爺？」

蓮芯愣愣地看著他，像是不相信自個兒的眼睛，又用力地眨了一下，待確定了真是李承之，方才喜笑顏開道：「大少爺今兒怎麼來了？快請進來，奴婢這就通知姑娘去。」

她樂顛顛地往上房跑，一面跑一面還喊著：「姑娘！姑娘！大少爺來了！」

李承之扶了扶額角，四處打量著清秋苑。

清秋苑，果然名副其實，外頭還是炎炎夏日，這清秋苑之中卻是清清靜靜。柳弱雲身為侍妾，本身伺候的下人便不多，只兩個小廝、四個小丫頭罷了。這一入夜，清秋苑中不過掛了幾盞燈籠，半明不明，各房也無甚人走動。

隨著蓮芯的喊聲，整個院子像是突然活了過來。

上房的門一開，柳弱雲腳步匆匆地出來，口裡問著：「哪個說少爺……」等看到李承之，那剩下的半截話便消失在喉嚨裡。

「賤妾見過大少爺。」她回過神來，立時便往下一福。

李承之忙伸手扶住，柳弱雲往旁邊一讓，將他讓進了屋裡。

「這起子奴才，剛入夜便挺屍去了。」蓮芯低聲咒罵著，一面匆匆往那幾間下人房走去，準備挨個拖起來。

柳弱雲替李承之斟了茶水，輕聲道：「大少爺，今兒怎麼會來？」

李承之正看著屋內的陳設，雪洞一般，一色的古玩擺設皆無，窗前不過一張大繡繃，牆上掛了一把琵琶，梳妝檯上倒是滿滿插了一水晶囊的菊花。

看到菊花，李承之才想起來，如今已是秋季了。淮安城地處南方，氣溫高，既是入了秋，也還是秋老虎，熱得很。

「居然已經有菊花開了嗎？」

柳弱雲笑道：「少爺莫非沒瞧見，我這茶也是菊花茶呢。」

李承之低頭一看，果然是菊花茶。

「今年的菊花確實開得早，昨兒在後院瞧見，稀奇得很，便摘了一束來。」柳弱雲款款說著，她人長得本就秀麗，大家出身，自有其氣質。李承之才發覺，這個女人並不像他想像的那麼討厭。

「我聽說老太太讓妳教導阿喜女紅，只道妳繡工了得，卻不知，原來妳還會彈琵琶。」

柳弱雲順著他的目光看去，原來是說她牆上掛的琵琶。

「只怕少爺不知道的，還多著呢。」柳弱雲一笑。

李承之也笑道：「可否彈奏一首？」

柳弱雲起身一福。「敢不從命。」

她回身走到牆邊，摘了琵琶下來，往窗底下一坐，調了弦，錚錚彈了起來。

李承之喝著菊花茶，見那月光如水，灑在她身上；大約她原是準備睡下的，髮髻已經解了，一頭長髮瀑布一般披散，直垂到腰下。

他突然想起，新婚之夜，金秀玉將他扔在浴盆中，自個兒解了外衣，他一回頭，見到的也是這般如瀑的烏髮。

曲聲戛然而止。

李承之回過神來，疑惑道：「為何停了？」

柳弱雲慢條斯理地將琵琶放下，微笑道：「少爺心有所繫，只怕聽不出這曲中的意思。」

好聰明的女子！

「這曲子聽著不是淮安曲調，倒像是柳州一帶的曲風。」

柳弱雲驚喜道：「少爺居然聽得出這曲風！賤妾的母親是柳州人士，這曲子便是她教於賤妾的。」

李承之點點頭。

這時，蓮芯端著一盤千層酥進來，笑道：「少爺，大廚房都已歇下了，咱們這裡只有這千層酥是今兒剛做的。」

李承之皺了皺眉，他可記得今兒明志院裡奉的點心，是新鮮的千層酥、桂花糕還有雪梨銀耳羹，莫非大廚房的欺負清秋苑，竟短了她們的食用不成？

蓮芯自然察覺出了他隱約的不滿，這正是她想要的。她心內暗喜，偷偷給柳弱雲遞了個眼色。

柳弱雲淡淡一瞥，不置可否。

「賤妾記得今兒是巡鋪的大日子，少爺想必在外頭累了一天，不如叫下人燒了熱水來，賤妾服侍您沐浴，夜間睡得也清爽。」

她這麼一說，李承之也覺得身上膩得慌。只是在清秋苑沐浴？

蓮芯不容他猶豫，搶上來道：「是奴婢愚鈍，這就叫人燒水去。」

她腳跟一旋，等不及出門便已喊起人來，大嗓門倒讓李承之吃了一驚。

柳弱雲笑道：「少爺莫怪，蓮芯就是這麼個急性子。」

李承之想著，倒是跟金秀玉身邊的春雲一個脾氣，聽風就是雨的。

「只是……」柳弱雲為難道。「清秋苑裡沒有少爺的替換衣物，是否派個小廝回明志院去取？」

李承之忙道：「不必了，今兒原本就是過來小坐，因此不曾帶衣物來。」

柳弱雲的笑容頓時斂了下去，淡淡道：「原來如此，卻是我奢望了。」

她勉強笑了一笑，慢慢地坐了下去。

李承之不覺心裡有些愧疚。雖說當初糊裡糊塗，到底她的清白是給了他，既抬了人家進來，無名無分倒也罷了，從進門至今便受冷落，如今瞧著，連下人也敢欺負她，這般種種，都叫他心生愧疚。

柳弱雲突然站起來，走到門口喚了蓮芯。

「姑娘，何事吩咐？」

柳弱雲道：「吩咐小丫頭不必燒水了，少爺這會兒便要走。」

蓮芯愕然道：「少爺今兒不留宿嗎？」

柳弱雲牽起嘴唇笑了一笑，回過身，對李承之福了一福，柔聲道：「少爺，夜已漸深，莫讓少奶奶久等了。」

李承之站起身來，道：「妳這兒的菊花茶不錯，改日再來叨擾。」

他沒說別的，乾乾脆脆便走人。

蓮芯跺腳道：「我的姑娘，咱們盼了多久才等到這個機會，妳怎麼輕易就放了手？」

柳弱雲淡淡道：「心急吃不了熱豆腐，他既然能來第一回，自然還有第二回、第三回。」

「哼，只怕那少奶奶知道了，就不會再有下一回了。」蓮芯不以為然。

柳弱雲笑著拍了拍她的臉，道：「妳這小丫頭，方才少爺不是還說了嗎，咱們這兒的菊花茶不錯。」

蓮芯噘著嘴。「只怕是個客套話。」

正說著，只聽大門響，小丫頭跑去開了門，不一會兒提進來一個食盒。

「這是大少爺吩咐大廚房給姑娘送來的。」

蓮芯接過食盒，打開一看，一碗雪梨燉銀耳、一碟子桂花糕。她驚喜地抬頭，只見自個兒的主子柳姑娘，淡淡地露出一個勝利的笑容。

真兒、春雲可是十萬火急將金秀玉給拉回明志院的，李婉婷來不及撒嬌鬧騰，人就已經被拽走了。

「我的少奶奶，這回可了不得了。」春雲咋咋呼呼，嚷得金秀玉心煩意亂。

李承之生氣是在她意料之中，但後果的嚴重卻遠在她意料之外。

「他不是說去了清秋苑嗎，妳們倆這會兒叫我回來，又有何用？」金秀玉也慍火呢，這傢伙倒是乾脆，長夜漫漫無心睡眠，只管找小妾便是。

真兒著急道：「奴婢最瞭解少爺的脾性，他今夜必不會在清秋苑留宿。少奶奶只管想法子，等少爺回來了，如何才能讓他消氣！」

金秀玉為了難。

這事兒，兩輩子加一塊兒也沒遇上過，新婚第一天沒洞房成，第二夜丈夫就去找小三了，這可怎麼處？

她也氣得很，只是畢竟自個兒冷落了他，也算有錯在先，發脾氣可不是好法子。聰明的女人，這會兒該怎麼辦呢？

金秀玉滿屋子打轉，真兒和春雲也跟著著急。

「妳們倆，別跟著攪和，去，吩咐了燒熱水來，少爺在外頭跑了一天一定累得很，正需要洗個熱水澡解乏。晚飯我瞧著少爺吃得不多，今兒的雪梨倒不錯，吩咐大廚房做碗雪梨粥來，要快些。」

真兒忙叫了小丫頭吩咐燒水，春雲則親自去了大廚房，金秀玉想了想，又道：「真兒，快來與我卸妝。」

她往梳妝檯前一坐，真兒替她卸下了簪環首飾、解了髮髻，金秀玉也不用她幫忙，自個兒挑了頭頂的長髮編成辮子，盤得乾淨利索，其餘長髮披散在肩上，拿梳子梳得整整齊齊。

真兒不知何時出了屋子，到那院子裡摘了一朵粉色白邊的月季回來，還帶著晚間的露水，往金秀玉鬢邊一戴。

「這會兒才是人比花嬌呢。」

金秀玉笑著，洗了臉，重新搽了珍珠粉，其他的妝一概不必多化，只在唇上淺淺塗了一層胭脂蜜。

梳了頭髮，又將原來的衣裳也換了，從那箱子裡取了淺綠色雲茜紗滿地桃花的衫裙，裡面是白色錦緞綠線繡了幾片葉子的抹胸。

這衣衫清新靈秀，真兒讚嘆道：「少奶奶這麼一穿，就跟水仙花兒似的，透著鮮嫩。」

春雲這會兒也端著一盅雪梨粥進來，往桌上一放，看著金秀玉道：「少奶奶早該這樣打扮，可不把那柳姑娘給蓋下去了！」

金秀玉白她一眼，道：「妳們倆都去外頭守著，少爺若是來了，只管說一聲，不必再進來。」

春雲、真兒會意，雙雙退了出去，悄悄在門外咬耳朵。

「少奶奶這會兒可是要使美人計？」

「要我說，早該如此。洞房花燭鬧了那麼一齣，只怕少爺早慪著火呢。」

兩個丫頭自行嘀咕著，若是叫外頭人瞧見了，才真箇要感嘆李家風氣。

李承之這會兒氣倒是發散了不少，一回明志院，只見四處燈火通明，春雲、真兒兩個俏丫頭站在上房門口，巧笑嫣然，齊聲喚道：「大少爺回來啦。」

李承之蹙著眉，好笑地看著這兩丫頭，道：「這唱的是哪一齣？」

真兒笑道：「少奶奶正等著少爺呢。」

「她今兒不是宿在長壽園嗎？」李承之疑惑道。

真兒、春雲相視一眼，笑而不語，只回身叩門。

「少奶奶，少爺回來了。」

金秀玉正等得心焦，坐立不安，一聽人回來了，往起一站，「砰」一聲，撞桌角上了。

李承之一進門，就見她弓著腰疼得淚都掉了，直抽氣。

「這是怎麼了？」他一大步上前，伸手就將人抱在了懷裡。

春雲在外頭聽到動靜，剛探了一個腦袋，金秀玉隔著李承之的肩衝她擺手，真兒手一伸，捏著春雲的耳朵將人提溜出來，將門一關，金秀玉這才放下了心，到底還是真兒聰明。

李承之一迭聲道：「撞了哪兒？倒是說句話！」

金秀玉淚眼汪汪，指了指左邊膝蓋。

李承之一手抱著她的背，一手往腿彎下一插，將人打橫一抱，大步往內室走去。到了床前，他往床上一坐，將人放在膝蓋上，伸手便去提她裙子。

金秀玉一抬手，將他的手掌按在了自個兒膝蓋上，一雙烏溜溜的眼睛幽幽地看著他，怯怯地露出一絲歉意。

李承之一進門，一腔氣已叫她嚇跑一半，如今一見她這楚楚可憐的模樣，哪裡還有什麼脾氣，拿手擰著她小巧的鼻尖道：「今兒不是陪阿喜睡嗎，怎麼又回來了？」

金秀玉噘嘴道：「相公都氣走了，哪裡還有心思哄小姑子。」

李承之哼了一聲，沒好氣地瞥她一眼。

金秀玉抿抿嘴，柔聲道：「今兒累了一天，不如洗個澡解解乏，我已命人燒好熱水了。」

方才在清秋苑浮起的那一絲乏意，被她一說，頓時加倍翻湧上來。想起新婚夜，擁了她進浴盆，那出水芙蓉、曲線畢露的風情，心頭頓時一熱，俯身過去，在她耳邊低笑道：「昨夜未完事，今兒可繼續。」

金秀玉臉一紅，推開他跳下來，側臉恨恨地瞟了他一眼，扭身去叫人。

李承之卻只覺這一眼分明就是欲拒還迎的邀請，今夜定能得償心願。

金秀玉吩咐了春雲、真兒，熱水早已備下來，她說了一聲，小丫頭們便提了熱水進來，將那黃花梨座屏衣架後頭的大浴盆又倒得滿滿。

金秀玉揮退了眾人，褪了手上的鐲子，挽了袖子，替李承之寬衣，伺候他坐進浴盆。

新婚那日李承之是醉了的，今兒卻是清醒的，金秀玉舀了水替他洗頭擦身，難免被動手動腳，不多時自己身上也濕了大半。

「這盆子大，妳不妨也一起洗浴，省得丫頭們又要多燒一次水，費時又費柴。」

金秀玉擰了他一把，嗔道：「當我不知道你那點子心思，堂堂首富之家，還缺這點柴？」

她回身從衣架上取了備好的睡衣睡褲扔給李承之，道：「自個兒穿去。」自己頭也不回，轉過衣架，去了外室。

李承之在裡頭穿著衣裳，聽到她在外頭說道：「我瞧你晚飯吃得少，這會兒怕是餓了，叫下面燉了雪梨粥來。」

李承之一面綁著衣帶，一面走出來道：「我倒不太餓。」

金秀玉正將粥從盅裡盛出來，聞言抬起頭，雙眼晶亮，嘴角含笑道：「我倒忘了，你方才去了清秋苑，大約在那裡吃了好點心。若是真不餓，我便將這粥賞了春雲吧。」

李承之忙道：「妳不說不覺得，這一說，我這獨自倒唱起空城計來了。」他一面說，一面便往桌前一坐，捧過那碗兒。

金秀玉小小滿足地笑了一下，回頭又開了門，吩咐丫頭們換水。

浴盆裡頭又換了乾淨的熱水，金秀玉吩咐真兒、春雲進來替自己沐浴。

李承之在外頭聽著裡面的水聲，吃著雪梨粥，覺得這東西哪裡清涼潤肺了，分明是替他上火來了。

「夫人的肌膚真滑……」

隔著衣架聽到春雲小聲地說了一句，接著一聲擊肉的動靜，大約是被金秀玉拍了一下，便沒有再出聲響，李承之只覺這屋子裡越發熱了。

磨磨蹭蹭地，兩丫頭總算給她沐浴完畢，換了一襲輕薄的睡衣。

隔著座屏衣架，外頭的李承之看不見，金秀玉紅著臉道：「哪裡來的這件衣裳，快於我換了。」

春雲按住她道：「我的少奶奶，這衣裳可金貴著呢，最輕薄的雲茜紗，光料子就得五十多兩銀子，還有這手工、這繡花，哪樣都不便宜。」

真兒笑道：「少奶奶，這還是老太太特意吩咐人去雲州訂製的，咱們淮安的繡娘和裁縫還做不出這樣兒好看又舒適的衣裳來。」

金秀玉滿臉一個囧字，吶吶道：「還是奶奶叫人做的？」

真兒上下掃了一眼，自家還是黃花閨女，這衣裳確實大膽了些，不由也紅了臉，道：「老太太也是聽了管師傅的話，說是宮裡最時興的衣裳，這才叫人去訂製了來，其實只怕這衣裳做好後，老太太還不曾瞧見過呢。」

又是管師傅?!這個管師傅到底是何許人也？

春雲倒是不以為意，她向來神經大條，借著燈火望著金秀玉的穿著，只覺叫人挪不開眼睛。

真兒扯了她一把，低聲道：「哪有這樣盯著主子看的！這夜都深了，可別打擾大少爺和大少奶奶安歇，還不快退下。」

她先跟金秀玉告退，扯著春雲出來，又跟李承之告退，腳步匆匆地拉著人退出屋去。

李承之巴不得她們走，跟在後面就上了門閂。

金秀玉擰著衣角，低著頭，扭扭捏捏從那衣架後頭走了出來。

李承之正進了內室，一抬眼便愣住了。

只見金秀玉穿了一個白色錦緞繡大紅牡丹花的抹胸，下面是一色的錦緞薄綢睡褲，肩上披了一件紫色輕紗的薄衫，渾圓的肩頭、精緻的鎖骨，還有線條優美的雙臂，在燈光下影影綽綽，若隱若現。

金秀玉只覺對方眸子裡似要噴出火來，瞧得她心裡害怕，真想抬手捂住他的雙眼。

沒等她出聲，李承之已經一步竄上來，一把將她抱起。

「啊……」

她剛驚呼了半聲，李承之便在她嘴上重重一啄，喘著粗氣道：「好豆兒，今夜才是洞房花燭呢！」

話音未落，腳下一動，抱著人往那拔步大床上一倒，帳簾便水一般傾瀉下來。

香冷金猊，被翻紅浪，任寶奩閒掩，月上簾鈎。

諸般妙事，欲說還休，直呼冤家也，怎生消受。

第十四章　妾的手段

李承之睡夢之中，只覺睫毛發癢，一抬手便抓住了那搗亂的小東西，狹長的桃花眼緩緩睜開，有一抹獵人抓住了獵物的得意。

映入眼簾的是一張熟悉的小臉，臉上帶著睡飽了的健康紅暈，那一雙黑白分明的眼睛，卻一點沒有獵物被抓住時的驚慌，微微一彎，便成了兩彎月牙兒，那紅潤的嘴唇兩側，也露出了一對深深的梨渦。

他伸手擰住她的鼻尖，笑道：「妳這小妖精，大清早便開始搗蛋，看來昨夜太輕饒妳了。」

金秀玉頓時臉紅到耳根，她這般模樣反而叫對方意動，被子底下，那隻大手順著腰間的曲線就滑了上來。

「啊……」她身體一縮，受驚的兔子一般往外一滾。

李承之正感受著手掌下驚人的弧度，還有細膩的觸感，哪裡由得她逃竄，長臂一伸，輕輕鬆鬆將人撈了回來。

金秀玉嬌小的個子幾乎能埋進他的懷裡，李承之忍不住便想要欺負她。經過昨兒一夜，他對自己這個小妻子可是有了更深入的瞭解，完全曉得她哪裡最敏感。

「李承之，你這……」金秀玉扭著身子，氣喘吁吁，這個男人居然一大清早就呵她的癢。

她一面驚呼，一面不停地躲避那無處不在的邪惡之手，恨不得拳打腳踢，只是整個人都被對方抱在懷中，哪裡掙脫得開，反倒把那男人的邪火又給勾了上來。

「別！」她兩手一撐便將身後的男人給抵住了。

李承之喘息的熱氣噴在她後頸。「好豆兒……」

金秀玉轉過頭去，眼睛雪亮，鄭重道：「我還有話要同你說。」

「往後再說也不遲……」

「不行！非今兒說不可。」

李承之瞪著她，她也不客氣地回瞪，最終還是男人挫敗地嘆了一口氣。

金秀玉伸手從拔步床內置的小櫃子上取了衣裳披到肩上，斜睨著眼睛，說道：「昨夜，相公去了清秋苑。」

李承之心裡頓時咯噔一聲，好嘛，秋後算帳來了。

沒等他回話呢，金秀玉繼續說道：「如今家裡一妻一妾，相公可得拿出個章程來，每月哪幾日宿在清秋苑。到時候，妾身也好吩咐人準備換洗衣裳及日常所用物件，與那柳姑娘送去。」

李承之猛然抬頭，瞪著眼睛看她。

金秀玉低下頭去，怯怯道：「相公身為李家長孫，開枝散葉乃是肩頭重任，妾身年歲尚小，柳姑娘倒是合宜人選，相公不妨往那清秋苑多去些日子，也好早早為李家添一香火後代。」

李承之繼續瞪著眼睛看她。

金秀玉眼角瞥了他一眼，又說道：「柳姑娘入府多時，尚未有好消息，必是相公冷落的緣故。如今妾身既進了門，自然當規勸相公，必使雨露均沾才是。」

李承之差點笑出來，雨露均沾？這妮子從哪裡學來這詞兒，用得這般不倫不類。
那邊廂，金秀玉猶自低眉順眼，垂頭等候他回覆。這邊廂，李承之一起身，撲過去將她壓在了身下。
金秀玉叫了一聲，雙手護在胸前，拿兩個小拳頭抵住了對方的胸膛。
「哪裡學來的這些混帳話兒，倒演的好戲！」李承之緊緊勒住了她的腰，臉對臉，魅魅笑著說道。
金秀玉抿著嘴唇，雙眼發亮，道：「妾身說的不對嗎？去妒可是婦德之一呢。」
「這話顯見的不是真心，若真箇去妒，昨兒何必忙忙跑了回來！」李承之手上一緊，勒得金秀玉重重地喘了口氣。
因身上重壓的關係，呼吸沒有往常一般順暢，她一張小臉漸漸發紅，嘴上猶自強硬道：「那麼相公便拿個章程出來，妾身往後只循規蹈矩，絕不搶佔了柳姑娘的分例。」
李承之抬手又擰了擰她臉頰上的嫩肉，道：「我若拿出章程，妳當真能遵循？」
金秀玉心一沈，賭氣道：「相公只管說便是，妾身雖是寒門出身，也懂得三從四德。」
李承之哼了一聲，道：「那為夫便定了，每月到頭，凡大月妻金氏占三十一天；凡小月妻金氏占三十天；凡閏月者，妻金氏伺候全月。如何？」
他說完，一翻身下去，往旁邊重重一躺。
金秀玉胸腔解放，大大呼了口氣。方才他說話太快，她先在腦子裡過了一遍，繼而才翻身過去，盯著他的眼睛道：「相公方才所說，可當真？」

李承之板著臉道：「君子一言九鼎。」

金秀玉沒說話，抿著嘴，漸漸卻有了一絲笑意。

李承之眼角一瞥，早瞧見她眼裡的精光，一伸手又擰了擰她的鼻尖。

「好妳個小妮子，心裡得意著呢，還藏著掖著做什麼！」

金秀玉終於噗哧笑了出來，歪著小臉道：「相公既已定下章程，妾身無不依從……」

李承之又是猛地一翻，緊緊抱住了她，粗聲粗氣道：「還敢自稱『妾身』，妳這小妮子，要瞞應我到幾時？」

金秀玉笑聲如玉珠滾落，聲聲清脆。李承之恨不得將這小妖精一口吞進肚子裡，碾化了方才解恨。

小夫妻兩個正嬉鬧著，聽見外頭有人咳咳幾聲，硬邦邦說道：「大少爺、大少奶奶，該起了，這日頭都有三竿了。」

李承之和金秀玉的動作同時一停，撥開帳子一角，往那窗紙上一看。

這哪裡是日上三竿，只怕都快中午了。外頭說話的分明是青玉，卻沒聽到真兒和春雲的聲音。

金秀玉捶了李承之一拳，咬牙切齒。

今兒可是見親戚的大日子，必是昨夜折騰過度，今日起得太遲，老太太那邊等得不耐煩，叫青玉來催了。

金秀玉忍不住捂住了臉，尷尬地呻吟起來。

李承之拍了她一掌，道：「還不快些起身。」

他這一拍正拍在她半邊臀上，金秀玉頓時身子一彈，「咚」一聲坐了起來。

小夫妻兩個忙忙地取了衣裳披了，方才喚了人進來。

內室門一開，真兒、春雲帶著小丫頭捧著洗漱用具魚貫而入，果然後面跟著橫眉冷目的青玉，還有兩個婦人。

「見過大少爺、大少奶奶，奴婢奉老太太之命，請大少爺、大少奶奶洗漱完畢，到中廳用飯。」

金秀玉偷偷扯了春雲的袖子，低聲問是早飯還是中飯，春雲無聲地比了個嘴形，她這才鬆了一口氣，好在是早飯。

青玉卻冷冷地瞥了她一眼，道：「少奶奶，這會兒已是巳時一刻了。」

金秀玉嚇了一跳，竟然已經巳時了！

青玉那眼睛往那床上一掃，衝兩個婦人使了眼色，兩個婦人二話不說上了拔步床，挑開被子，將那床單換了下來。

「恭喜大少爺、恭喜大少奶奶，奴婢這就給老太太回話去了。」

兩個婦人捧了那床單告退，青玉也跟著退了出去。

金秀玉後知後覺，才想起來她們這是什麼意思，頓時又鬧了個大紅臉。這老太太身邊的人都可惡得很，非得把事兒說出來才甘休，生生地叫人尷尬。

真兒那邊已經替李承之換好了衣裳，紫色長袍，露著白色錦緞的裡衣，腰上紮了一條鹿皮的腰帶，長袍的領子和袖口也翻著同款的鹿皮，襯得他人越發修長精緻。

金秀玉今日裡面穿的是白色錦緞繡淺紫色玉蘭花的抹胸，外頭是一色的紫色衫裙，繡了白色的玉蘭花。

春雲替她綰了秀麗的流雲髻，這丫頭也曉得她不愛髮髻高聳，所以綰得低低的，倒添了幾絲嫵媚。金秀玉年齡小，這般髮髻倒能使她顯得沈穩些。

小夫妻兩個收拾停當，帶著一幫子丫鬟，到了中廳。

李老夫人帶著李婉婷和李越之早早就等在中廳，今兒是新媳婦見親戚的日子，昨夜特意吩咐今日全家人同到中廳用早飯，以便商談事宜，卻不想老太太帶著兩個小祖宗早早地到了，兩位正主兒則半天不到，她這才派了青玉去催促。

雖說昨日青玉已將當家大權交給了金秀玉，只是這府裡頭上上下下，不說瞭若指掌，這該知道的重要事兒，她可是都知道。昨夜小夫妻兩個鬧彆扭，她更清楚得很，金秀玉人就是從長壽園被拉走的呢，正因如此，她才帶了兩個婦人去。

這會兒李老夫人已收到了回稟，正高興著，哪裡顧得上生氣，也就那李越之和李婉婷兩個小傢伙等得不耐煩，嘴巴噘得能掛兩油瓶。

金秀玉跟在李承之後頭，怯怯地給老太太行了禮問了安。老太太笑咪咪地叫他們二人坐下，又特特拉著金秀玉的手坐在自己旁邊，噓寒問暖，詢問早飯是否合心意。

金秀玉唯唯諾諾應著，見對面李承之悶頭偷笑、只顧吃著，自然料到老太太是因那床單之事對她熱情，只覺屋內人人都知道了夫妻私事，恨不得一頭埋進眼前的碗裡去。

好容易掙扎完了這頓早飯，剛把碗筷都撤掉，下人就來稟報，親戚們的馬車都到了。

老太太吩咐道：「開門迎接，將眾位老爺、太太及親眷們都迎到正廳用茶。」

她牽起金秀玉的手道：「孫媳婦兒，今兒才是妳真正的大日子呢！」

金秀玉深深地吸了一口氣。

什麼叫濟濟一堂？這才叫濟濟一堂呢！

金秀玉跟在李老夫人和李承之身後走到正廳門口的時候，真箇被廳內的熱鬧景象給震驚了，以至於腳步都踉蹌了一下。

真兒和春雲牢牢地扶住了她，真兒低聲道：「少奶奶，這李家的媳婦，都得有這麼一趟，您挺挺也就過去了。」

金秀玉深吸一口氣，氣沈丹田，穩穩地邁進了門檻。

剎那間，滿廳的目光齊唰唰射了過來，金秀玉只覺渾身上下彷彿都成了透明，那目光就好似千萬道利劍。

李老夫人已經在上首坐下了，李越之和李婉婷人小，都在老太太手邊坐著。李承之坐在李老夫人下首第一位，眼睛看著金秀玉，衝她點了點頭。

金秀玉頓時找回了主心骨，嘴角含笑，腳下穩著步伐，一步一步走了進去，兩邊的目光如影隨形，就跟著她移動。

青玉和秀秀早吩咐小丫頭替她留好了位置，就在李承之的下首，緊緊挨著他。

金秀玉轉過身，往下一坐，感覺到袖子底下伸過來一隻溫暖的手，輕輕地捏了捏她的，心內又是一安。

李老夫人清了清嗓子，道：「豆兒，這些都是咱們的叔伯親戚，等會兒，青玉便會一一為妳引見，禮數要周正，說話要得體，切不可失了我李家的體面。」

「是。」金秀玉應了，站起身來。

真兒、春雲忙一邊一個虛扶著她。

青玉領著她，先從左首第一位開始，同她引見。

之前李老夫人已經同她說了李家的親戚關係，金秀玉當日聽得頭昏腦脹，今兒少不得將人一一對號入座。

李家老爺這一輩總共有兄妹四人，後來便分出了四房。大老爺李繼祖，便是李老夫人早死的丈夫、李承之的爺爺。李承之這一支，便是大房。人口關係也簡單得很，李老夫人生了兩位爺，大爺李敬、二爺李銘，如今都已經沒了，只有大爺李敬留下的三個子孫，大少爺便是李承之，加上二少爺李越之和三小姐李婉婷。

二房老爺名諱繼業，育有兩子一女，大爺李晃、二爺李賢、三姑李蓉。三姑李蓉出嫁後已是外姓人，如今自然不在親戚邀請之列。大爺李晃育有一對雙胞胎女兒，均已出嫁，身屬外姓，今日自然也沒來。二爺李賢先頭有三個兒子，都早夭了，餘下一女一子。二房如今還未分家，按整支論資排輩，便是六小姐李若和七少爺李壽。

李若是個寡婦，如今居住在娘家，今日也有來到。

李壽娶妻方氏，閨名純思。李壽和方純思這對小夫妻，一個打理著李家名下的兩棟酒樓一品樓和天會樓，一個打理著李家繡坊，李家商行裡的夥計們都尊稱一聲七爺、七奶奶，雖說於輩分上有僭越，但因著都叫開了，況且跟上一輩也不至於叫混，慢慢地也就成了共識。

三房的當家人其實是姑太太李珍珠，因李珍珠是招贅的，並無改姓，便也屬於李家一支。李珍珠只育有一子，隨母姓，命李誠。李誠也只育有一子，名李慎。李慎年輕，還未娶妻成家，如今打理著李家貨棧跟南邊柳州、嘉譽兩府的走貨，人人都喚他慎哥兒。

四房老爺名諱是繼孝二字，如今已經歿了。四老爺娶的正室便是金秀玉已經見過的上官氏。上官氏育有一子一女，大爺李鐸、二姑李蕙。跟同族的小姐們一樣，已經出嫁的李蕙今日並不在場。李鐸娶的正妻，便是金秀玉曾見過的柳氏，鐸大奶奶是也。李鐸和柳氏膝下也只有一子，名喚李勳，是個鬥雞走狗輕薄兒，最愛風花雪月胡天胡地，李氏一族最遊手好閒的紈袴子，全淮安都有名。

金秀玉跟著青玉一個一個見禮，長輩就福個全禮，得個賞封兒；同輩就福個半禮，對方往往還得還她半禮。

春雲攙扶著她一個一個行禮過去，真兒則端著一個大托盤，收著長輩們賞下來的紅包與物件兒。

整個李氏家族，輩分最大的，也就是李老夫人、二老爺李繼業、姑太太李珍珠和四房老太太上官氏。

二老爺李繼業，素來不苟言笑，對於金秀玉這個大房的長孫媳婦並無特別好惡，不過例行囑咐遵守婦德、相夫教子罷了。

姑太太李珍珠，因著孫子慎哥兒在李家商行做大總管，同李承之相厚，對金秀玉便很是和顏悅色。

「瞧著聰敏，又是個有福相的，大嫂子只怕不久便能抱上個大胖的曾孫子了！」

姑太太這麼笑言，賞給金秀玉的物件兒也貴重，是一對金鑲紅寶石的鐲子，還有一顆極為難得的南海夜明珠。

李老夫人聽到姑太太這樣的話，自然也是高興的。

四房的上官老太太，面對金秀玉的大禮參拜，大約原本也想挑點刺兒，只是金秀玉做得好，挑不得毛病，不過冷著臉，賞了一對白玉珮罷了。

其餘二房的晃大爺、賢二爺，三房的誠大爺，還有四房的鐸大爺，不過同二老爺李繼業一般，例行囑咐，各有賞賜。幾位爺的正室太太，也都和和氣氣，問候了金秀玉幾聲，賞下的物件兒雖有不同，都是一般的豐厚。

只有四房的鐸大奶奶柳氏，金秀玉一個福身，對方便伸手挽了她的手去，尖著嗓子道：「哎喲，這手糙的，到底是寒門出身，這做了李家的少奶奶，往後於這婦容也得多多上心，方不失我李氏體面。」

金秀玉暗暗撇嘴，她不過手上肌膚粗糙了些，於李氏家族體面有何干係，鐸大奶奶分明是雞蛋裡挑骨頭。不過身為後輩，自然還是虛心受教了。

同輩之中，二房的六小姐李若寡居在家，平日只是吃齋念佛，對金秀玉，面上淡淡，倒也透著一股和氣。

而金秀玉見到七少爺李壽和七少奶奶方純思，忍不住暗嘆一聲，好一對金童玉女。李壽的相貌與李承之並不屬於同一類型，李承之的長相是十分陽剛的，只有那狹長的桃花眼為他添了幾分邪魅；而李壽，則面如冠玉、目燦如星，十分的爽朗。站在他身邊的七少奶奶方純思，瓜子臉、丹鳳眼，秀麗絕倫，又顯得十分精明內斂。兩夫妻往那兒一站，確實一對璧人。

金秀玉同李壽和方純思互相見了半禮，就聽李老夫人在上首笑道：「豆兒，妳可得好好謝謝小七媳婦兒，於妳成親一事上，她出的力可不小呢。」

金秀玉忙又對方純思再行半禮，方純思忙回了禮，笑道：「嫂子不必同我如此客氣。」

青玉又為金秀玉引見了三房的少爺李慎，提及新房內的家具都是慎哥兒從柳州專門訂製運回來的，金秀玉又對他道謝一番。慎哥兒臉皮薄又未成家，這麼個嬌滴滴的新婦於他行禮道謝，他反倒微微紅了臉。

金秀玉同李慎見完禮，只剩下四房的少爺未見禮，正轉過身去，原本攙著她的春雲不知怎麼的失了神，直直地站著，將她絆了趔趄。

金秀玉身子一歪，往前面一倒，一雙手飛快地伸過來扶住了她，只聽頭頂上一人笑道：「嫂子如此大禮，豈不折殺我了！」

這聲音顯得輕浮，金秀玉眉頭一皺，春雲已是醒悟過來，忙攙起了她。

只見對面一個年輕男子，油頭粉面，臉上笑得輕薄，明明俯身於她行禮，偏偏那眼角往上挑著，緊緊盯著她。

「兄弟李勳，見過嫂子。」

金秀玉忙回了半禮。

李勳笑嘻嘻道：「先頭見過承哥哥的妾室，端的是畫一般的美人，如今娶的這位新嫂子，雖小家碧玉，倒也嬌俏可人，哥哥果然好福氣！」

他這話顯見的輕浮了，人前金秀玉不好表現出什麼，只微微蹙了眉，扶著春雲的手轉回去，只聽後面一聲輕響，她微微側了眼角餘光看去，真兒正背著眾人狠狠瞪了一眼李勳。

原來李勳見真兒年輕貌美，乘機在她手上摸了一把，真兒雙手端著托盤，未曾躲過，只能瞪他一眼解恨。

金秀玉立馬對這個李勳厭惡起來。

主僕三人在青玉引領下又回到原先的位置上，春雲伺候金秀玉坐了。

這麼一圈下來，金秀玉發現，這李氏一族中，多有早夭之人。二房人丁是最旺盛的，最底下也不過三個小姐、一個少爺。三房、四房都是三代單傳，人丁單薄得很。

尤其有個怪現象，金秀玉冷眼瞧著，李氏幾位老爺、幾位爺兒們，除了正妻之外，也都少有妾室，尤其那子女必是正妻所出，無一妾生。這般看來，李家重視正妻、不愛納妾倒是傳統，怪不得李承之這把年紀了，也只有柳姑娘一個侍妾。

雖說正經親戚們不算多，但這一圈行禮下來，金秀玉也是氣喘吁吁，為著李家體面，還得控制著自個兒的儀態，實在辛苦得很。

等到坐回座位上，春雲替她遮了半個身子，金秀玉就躲在後頭大大地灌了一口茶水。真兒也藉著春雲的遮擋，拿帕子狠狠擦拭了自己的手。

李承之旁邊錯眼瞧見，一面暗笑妻子灌茶的舉動，一面又心疼她，偷偷在袖子底下遮過手去，輕輕捏了捏她的手，以示嘉獎和撫慰。

因方才李勳提到了李承之的妾室，鐸大奶奶找到了由頭，又高聲說道：「我那姪女兒呢，怎麼不見她？」

這般場合，柳弱雲身為侍妾，哪裡敢站在檯面上，自然夾雜在丫鬟僕婦中站在後頭，如今聽到鐸大奶奶呼喚，才端端正正走出來，福了一福，口裡道：「姪女兒見過姑媽。」

鐸大奶奶立時便笑開了花，伸手將她拉到了身邊，挽了她的手衝李承之笑道：「如今承哥兒已是娶了正妻成了家，是不是也好抬了這丫頭的姨娘了？」

金秀玉心一緊，李承之的手還握著她的，她便反過來緊緊握住了。

李承之微微用眼角看了她一眼，她坦坦蕩蕩，仰著脖子挑了眉，一副你敢答應試試的模樣。

李老夫人臉上卻是一冷，輕輕咳嗽了一聲。

只聽二老爺怒道：「這是什麼場合、說的什麼話！這樣媳婦，弟妹可得好好管教才是。」

上官老太太脹紅了臉，見自個兒媳婦柳氏還待張嘴，立馬低斥一聲道：「還不閉嘴。」

這個媳婦兒，雖是同她一條心，但實在蠢笨得很，每每說話都不知場合禮數。哪有在正房媳婦兒拜見各家親戚的時候，提出抬姨娘身分的事兒，這不是打李承之的臉嗎？

果然殺豬出身，腦子也跟那畜牲一般。

鐸大奶奶在人前落了好大一個面子，臉色也同豬肝一般了。柳弱雲極有眼色，立馬便悄悄退了下去。

這見親戚的儀式不過是個由頭，眾人開始原本說著家事，三句兩句便扯到了生意上頭。李氏一族，十個人裡頭有八個在李家商行裡頭供職，個個都有一本生意經，自然說的都是買賣的事。

金秀玉在旁邊聽得枯燥乏味，如坐針氈，真兒俯身過來耳語幾句，給了她一個主意。

她輕輕咳了一聲，站起身來，對李老夫人說道：「孫媳婦兒瞧著時辰將近，正要下去安排中飯，奶奶可有其他吩咐？」

李老夫人笑道：「好孩子，還數妳細心，去吧。」

金秀玉福了一福，帶了真兒、春雲等人退下去。柳弱雲身為侍妾，身分就是跟在正房奶奶身邊以供使喚的下人，自然也得跟著出了正廳。

中飯自然是豐盛的筵席，男女不同桌，又按長幼分了桌次，又是熱熱鬧鬧一廳。

李老夫人、姑太太李珍珠、四老太太上官氏，加上二房的晃大奶奶、賢二奶奶，三房的誠大奶奶，還有四房的鐸大奶奶，正好一桌，自有她們各自的妾室丫鬟們伺候著。

能夠不跟四房那對極品婆媳同桌，金秀玉是大大地鬆了口氣。她這桌都是年輕的媳婦子，二房的六小姐李若、七少奶奶方純思，慎哥兒雖未曾娶妻，算不得成家，倒有一個姨娘，也是個乖巧的人兒，加上李婉婷這個丫頭，再加上金秀玉自個兒，也有五個人，一般的由各自姨娘丫頭伺候。

金秀玉一邊坐的是李婉婷，另一邊坐的就是方純思。她對這位二房的七少奶奶、商行裡頭人人稱為七奶奶的女人，很有好感，既漂亮且精明，又顯著一股子大家風範。

「這滿桌的山珍海味，嫂子不吃，卻盯著我做什麼？」方純思笑著對金秀玉道。

金秀玉一笑，端了個小酒盅，道：「我是小門小戶出身，平生頭一次見弟妹這般精緻的人物，又兼著我那房裡的帳褥、箱籠裡的衣裳，每每見了都叫我感嘆，原來竟是出自弟妹的手筆，更叫我歡喜感謝。嫂子這兒，便敬妳一杯，聊表謝意。」

方純思既管著李家的繡坊，與那官家富商的太太奶奶們也是應酬慣了的，此時也不扭捏，大大方方喝了一盅，笑道：「新婚那日，我也是來了的，只是老太太發了話，那日不曾同嫂子見面，今兒才得見真顏，也是第一眼便喜歡嫂子，倒見得從前便有緣分似的。」

兩個人既是互相喜歡，自然說起話來便暢快，金秀玉聽著方純思言談之間，倒有許多當代婦女所不能的自強思想，很有些共鳴。

此時正上了一盅甲魚湯，柳弱雲盛了一碗與金秀玉。

金秀玉手上接了，心裡卻實在對使喚她這個妾不妾奴不奴的人感到彆扭，便說道：「妳不必在這兒伺候了，我叫真兒吩咐大廚房的人與妳們開飯，妳自管帶著妳的丫頭去吃便是。」

柳弱雲道：「這可不合規矩。」

金秀玉皺眉道：「如今是我當家，我既吩咐了妳，妳自管去便是，誰若挑妳的規矩，妳只管讓她來找我。」

柳弱雲忙道：「奴婢不敢，奴婢領命便是。」

她招了自己的丫頭蓮芯，款款而去。

金秀玉這才端了湯到嘴邊，喝了一口，果然鮮美。

方純思的目光跟著柳弱雲的背影，回頭瞧著金秀玉，說道：「嫂子對這柳姑娘倒是和善。」

金秀玉道：「叫弟妹見笑。我是寒門出身，到底還做不慣富貴人，使喚丫頭倒也罷了，使喚她這位妾室，反倒叫我彆扭。」

方純思掩嘴笑道：「嫂子倒是個奇人，從來沒聽說使喚妾室還不得手的。」

金秀玉回了一笑，暗道，妳們只把妾室當奴才，心裡未必便不恨她分了丈夫的寵，使喚起來自然得心應手。

方純思是何等的人物，察言觀色，便猜中了金秀玉的心思。她斂了笑容，幽幽說道：「我原不該說這話，只是今日一見嫂子便覺投緣，心中便藏不住話。嫂子若是肯聽我勸，我便與妳說上一說。」

金秀玉見她鄭重，自己也嚴肅起來，道：「弟妹請說。」

方純思左右瞧了一眼，見各人都拉著別人說話，便對金秀玉說道：「你們家這位柳姑娘，可不同於一般的妾室。她是正經柳家的千金小姐出身，既是金貴，便少不得心高氣傲，如今我見她表面靜如止水，未必心裡便真正無慾無求。我也瞧出來，嫂子不是愛鑽營的人，只是既做了當家奶奶，便須得提防小人。這位柳姑娘，如今心思難辨，若我是嫂子，要嘛便一頭打壓了下去，叫她規規矩矩只做個奴才；要嘛便拉攏到身邊，慢慢摸了真性情，再見機行事。」

金秀玉愕然，不過是個妾，防著她爭寵便是，有必要如此慎重對待嗎？

方純思瞧她不以為然，就有些後悔，只是話已出口，少不得與她分說清楚，便又道：「嫂子切莫掉以輕心，咱們李家雖有老太爺的遺訓，妾不可生子，只是到底沒有列入家規，若這妾室得了寵，生個一子半女，恐怕就要生出異心了。」

金秀玉一愣，妾不可生子？李家還有這樣的遺訓？

方純思見她一愣，倒想到了其他路上去，說道：「便是沒有子嗣，人心不足蛇吞象，也難保她不生出些旁的心思來。我看著，這柳姑娘不像安分之人，嫂子還是提防為好。」

金秀玉笑道：「弟妹肺腑之言，我十分感激。」

方純思鬆口氣，道：「嫂子不嫌我多嘴便可。」

「哪裡的話。」金秀玉面上笑著，心裡卻還在想著妾不可生子的事兒。

中飯自然是熱熱鬧鬧結束了，各房的親戚們各自找了地方閒談，男人們談著生意，女人們談著家長裡短。

午後閒話也不過半個時辰的工夫，親戚們便都要走了，只有二房的李壽、三房的慎哥兒留了下來，與李承之另尋了書房，不知作何商量。

金秀玉方才只是陪著年輕的奶奶們說話，同四老太太上官氏和鐸大奶奶不曾正面相對，自然也沒有再發生衝突，待到親戚們走時，便同方純思高高興興道了別。

各房都已坐了車馬走了乾淨，李承之還跟李壽、李慎在書房裡談正經事情。李婉婷難得因今日親戚們來，又將學習女紅的事情往後延了一日，這套上牢籠之前的日子，那是無比金貴珍稀，早拉了李越之又駕馬車出去瘋耍，連今兒剩下這半日都不肯放過，李老夫人和金秀玉這對婆媳，才有工夫坐下來閒話家常。

金秀玉瞧著自從送走了親戚們，李老夫人的臉色便不大好看，想了想，還是開口問了一聲。

李老夫人沒好氣道：「還不是四房那個輕薄子，他老子娘想在商行裡頭與他謀一門好差事，承之那頭吃了閉門羹，便託到了我這裡。」

金秀玉想了一下，才明白她說的是李勳，想到方才被那男人握了胳膊，真兒又被輕薄，心中頓時十分厭惡。

「我聽得人說，這位勳哥兒最是浪蕩不羈，又不學無術，既然相公那邊拒了，必是他不堪重用的緣故，奶奶這頭若應下了，豈不是叫相公為難？」

李老夫人拍了下大腿，道：「可不是這個理？哼，她們婆媳二人以為賣個老臉過來，便能得償心願，有那功夫，倒不如管教好勳哥兒，少惹些風流孽帳。」

婆媳二人都對四房這一家三代頭痛得很，相對數落幾聲。

金秀玉心裡頭揣著疑問多時，如今才算找到契機，問道：「奶奶，我今日聽了一個說法。說是咱們家有遺訓，妾不可生子？」

李老夫人一愣，吶吶道：「倒是有這麼一條。」

金秀玉滿頭黑線，說道：「孫媳婦兒進門至今，可還沒聽奶奶說起過呢。」

「這個……」李老夫人訕訕地。

那邊廂青玉，望著李老夫人，面色古怪，很有些嘆息的意思。

「少奶奶，這一條，還是奴婢同您說吧。」

青玉嘆息著，開口道：「少奶奶，這一條說起來，不過是當年老太爺臨去時的遺訓。妾不可生子，為的是防寵妾滅妻，兄弟鬩牆。只是——」

她嘆了口氣。「這一條於人倫上實在有礙，又兼著並未列入李家家規之中。李氏一族，也不過幾位老爺和姑太太遵循了老太爺的遺訓，到了爺這一輩上，已是鬆懈。」

她斜睨了李老夫人一眼，道：「老太太自個兒做媳婦的時候，倒是知道這一條，只是如今年紀大了，這一條規定也是形同虛設，大約慢慢便忘記了吧。」

金秀玉忍不住也嘆了口氣。

李老夫人訕訕道：「可不是嘛，妾不可生子，除非爺兒們都將她們當作木頭，否則難道還要打殺了李家的血脈不成？老太爺當年也是病糊塗了。」

金秀玉、真兒、春雲、青玉，還有秀秀，幾人相視，都是大大嘆息。

青玉問道：「少奶奶如何得知這條遺訓？」

「乃是七少奶奶無意中提起。」

青玉沈默一下，緩緩道：「七奶奶既提起，想必也有她的道理。」

李老夫人望了望眾人，於這一事上，她是沒有發言權的。自身在家做姑娘的時候，是獨生女；大老爺繼祖只她一個妻子，她又只生了李敬、李銘兩位爺，兩個媳婦去得又早，於妻妾、婆媳相處之道上，她本人可沒多少經驗。

正說著，外頭便有下人來報，秀秀過去問了，回來稟報，說是廚房的一個婆子奉了管事的來順媳婦的命來請大少奶奶。

金秀玉問什麼事，秀秀只道那婆子慌慌張張，只說請大少奶奶過去，卻說不清是什麼事。

金秀玉暗嘆當家人果然一刻不得閒，只好同李老夫人告退，帶了真兒、春雲等一眾丫頭，命那婆子帶路，往大廚房去了。

後面李老夫人悵然道：「如今這豆兒成了當家人，也是沒工夫陪我這老婆子閒話啦。」

青玉和秀秀面面相覷，暗笑這老太太最是大大咧咧，以往只有樂呵的時候，如今竟也傷春悲秋起來了。

卻說金秀玉一行人忙忙到了大廚房，眼前的場景，簡直可以用慘烈來形容。

只見地下一只大木盆，泡著許多的碗盤，旁邊卻撒了一地的碎片，濺著滴滴殷紅的鮮血。

柳弱雲坐在一只小板凳上，蓮芯蹲在地上，捧著她的左腳，那三寸金蓮穿的月白錦緞繡花鞋被血染紅了一片，順著蓮芯的手指從指縫間滴落。

來順媳婦冷著臉站在一旁，一個小丫頭縮著脖子抽抽搭搭跪在地上，眾多丫鬟僕婦還有大廚房的各個家丁小廝都團團圍成一圈，瞧著這場面指指點點。

金秀玉一行人剛一走到，那蓮芯立馬雙膝跪地，手上還捧著她主子的腳，頭卻已經往青石地板上磕去，嘴裡哭道：「求大少奶奶為我家姑娘作主！」

金秀玉擰了眉，沈聲道：「怎麼一回事？」

蓮芯抬起頭來，淚如雨下，哭訴道：「大少奶奶，奴婢與姑娘奉了少奶奶的命到大廚房來用飯，來順媳婦推三阻四不肯與我們開飯，這倒也罷了，連這洗碗的小丫頭也欺負到我家姑娘頭上來，故意打翻了碗盤，害我家姑娘踩到碎片扎破了腳，您瞧，這流了多少的血！」

她唇齒伶俐，幾句話將事情說完，便哭道：「我家姑娘再沒脾性，到底還是大少爺的妾呢，可算得半個主子。這起子奴才這般欺負人，豈不是打了大少爺和大少奶奶的臉，求大少奶奶為我家姑娘作主！」

她話音未落，那來順媳婦一步竄上來尖聲道：「下作的小娼婦，大少奶奶是什麼樣的精明主子，妳也敢顛倒是非，胡言亂語！」

蓮芯眉頭一擰，眼睛一瞪，厲聲道：「我如何顛倒是非，如何胡言亂語！我家姑娘這腳上的傷難道是假的不成？」

來順媳婦怒道：「那也是她自個兒不謹慎，與我大廚房的人何干！」

那正抽搭著的小丫頭一面哭也一面插進話來。「奴婢真的不知道柳姑娘如何就受了傷。」

蓮芯大怒，正欲爭辯，金秀玉大喝一聲：「住口！」

雙方都嚇得噤聲，仍然各自憤憤不平。

金秀玉冷笑道：「好忠心的丫頭！好大膽的媳婦！就算要弄清是怎麼一回事，也得先給柳姑娘治了傷再說。」

她回頭對春雲道：「快派人去請大夫，就是上回給二少爺瞧病的那位。」

春雲應聲去了。

金秀玉又對真兒道：「尋一方乾淨的帕子來。」轉過頭對來順媳婦道：「去取一罈子酒，越烈越好。」

她厲聲吩咐完，快步走到柳弱雲跟前，蓮芯緊張地繃起了身體。

金秀玉盯著她，道：「還不快將妳家姑娘的鞋子脫了？」

蓮芯瞪大了眼睛道：「這如何使得？」

「如何使不得？沒瞧見妳家姑娘已經快暈過去了嗎？」

蓮芯抬頭看去，果然見柳弱雲臉色蒼白如紙、眼神渙散，上面一排牙齒緊緊咬著嘴唇，只怕已是痛到極點。

金秀玉見蓮芯猶自猶豫著，伸手就握住了柳弱雲左腳腳踝，將蓮芯往旁邊一推，徑直脫了柳弱雲的鞋襪。

蓮芯從地上爬起來，慌亂叫道：「少奶奶快住手！使不得！使不得！」

金秀玉頭也不抬，只嘴上道：「這時候還顧忌什麼尊卑之分！」

蓮芯咬住了嘴唇，她才不是這個意思。這個少奶奶，分明是故意要害她家姑娘。她抬頭飛快地掃了一圈圍觀的人群，見裡面有許多家丁小廝，目光灼灼，都看著她家姑娘這邊，不由心頭更恨，勉力用身子遮擋著這些人的目光。

柳弱雲果然是大家千金，三寸金蓮宛如玉雕，只是腳底下被扎破了兩處，正不停地滲出鮮血。

傷口裡並沒有碎片，想必蓮芯事先已經取出。她低頭看去，果然地上兩片碎琉璃，尖處都染著殷紅的鮮血。

這時代已經有玻璃製品，都是外來的海貨，只不過在大允朝都稱之為琉璃罷了。今兒的筵席上有一道八仙豆腐，正是用琉璃碗盛的，那大木盆裡也正泡著幾只琉璃碗，地上除了碎瓷片，果然還有一些碎琉璃片。
柳弱雲穿的是薄地繡花鞋，襪子也十分薄，大約是踩到了琉璃片，結果被扎破了。
這會兒，真兒已遞上來乾淨的帕子，來順媳婦也已取來了烈酒。金秀玉拍開泥封，隨手取過一只已經洗淨的碗，將酒倒在碗裡，拿帕子沾了，往那傷口上一碰。
「啊！」柳弱雲一聲慘叫。
圍觀眾人都是一抖，個個面色有異，看金秀玉的目光都怪異起來。
柳弱雲先頭叫了一聲，察覺到正被許多人圍觀，為著儀態臉面，又立馬咬住了嘴唇，只是腳上的疼痛，讓她不停地倒抽冷氣。
「姑娘！」蓮芯心疼地抱住了她的上半身，眼睛死死盯著金秀玉，淚水就在眼眶裡頭打滾。
金秀玉抬頭對柳弱雲道：「妳忍著些，為防傷口感染，只能如此。蓮芯，抱住妳家姑娘，莫叫她亂動。」
蓮芯冷冷一哼，自管抱緊了柳弱雲。
金秀玉狠著心，用烈酒將那傷口反覆擦了幾遍，這才另外用乾淨的帕子裹了她的腳輕輕放了下去。
她在清理傷口的同時，真兒已吩咐兩個小廝抬了一張躺椅過來，又命兩個粗壯的婆子，抱起柳弱雲放到躺椅上。
柳弱雲這會兒才緩過勁來，微微喘著氣，臉色仍然很蒼白。
真兒遞了一件袍子過去，蓮芯一把搶過，蓋在柳弱雲身上，尤其將她的腳遮得嚴嚴實實。

金秀玉這才洗了手，收拾了自個兒的衣裳，早有小丫頭搬了椅子過來，伺候她坐了。

「行了，這會兒咱們再來瞧瞧這到底是怎麼一回事。」

她冷冷地將圍觀的眾人掃了一圈，然後將目光放在來順媳婦、蓮芯，還有方才哭泣的小丫頭身上，拿手指一一點著，命她們出列。

來順媳婦和那小丫頭都乖乖站了出來，蓮芯有些不情不願，也還是走了過來。

「妳們一個一個將事情從頭到尾說來我聽，誰也不許多說不相干的，也不許漏了什麼。」她看了一下，點著蓮芯道：「妳先說。」

蓮芯先是恨恨地看了一眼來順媳婦和那小丫頭，然後才說道：「回稟大少奶奶，奴婢與姑娘奉了少奶奶的命到大廚房用飯，少奶奶頭先便已吩咐了，要大廚房與我們單獨開飯，奴婢與姑娘到時，來順媳婦卻說，廚房的師傅們正在為客人做筵席，沒空與我們做飯。我家姑娘最是和善的，一句話不多說，便與奴婢在這邊耳房裡等著。過得半個時辰，奴婢瞧著前頭的菜也上了，總該輪到咱們用飯，便再去問來順媳婦，哪知她依然推三阻四，不肯與我們飯食。奴婢氣不過同她爭辯，我家姑娘過來勸架，哪知她們大廚房的人好生霸道，連那洗碗的小丫頭都敢與我家姑娘拌嘴，那碗盤正是她砸的，我家姑娘不過說了她幾句，她便一把推倒姑娘，害她傷了腳。少奶奶也瞧見了，我家姑娘那腳上的傷可不是一般的輕傷。我家姑娘雖說只是妾室，到底是大少爺和大少奶奶的人，不看她的面子也該看大少爺和大少奶奶的面子，哪裡能容得奴才們這般欺辱！」

金秀玉面無表情，道：「妳既然已說完，便暫且退下。」

她又點了來順媳婦問話。

來順媳婦的回答，可就與蓮芯大有不同了。

只見那來順媳婦穩穩當當一站，不慌不忙說道：「大少奶奶，奴婢在李家十幾年，從丫頭做到管事娘子，從來沒有叫人說過一個錯處。奴婢只管回稟實情，孰是孰非，少奶奶是明眼人，定能叫我們心服。」

這來順媳婦一上來便先壓了個帽子過來，金秀玉暗道果然是世故老人，面上卻點頭道：「妳只管說來便是。」

來順媳婦福了一福，說道：「柳姑娘和蓮芯姑娘來大廚房那會兒，奴婢已經得了大少奶奶的吩咐，先揀了三菜一湯與蓮芯姑娘。只是蓮芯姑娘嫌棄菜色簡陋，要廚房另備一份飯食，奴婢便回了她，大廚房正在做外頭客人所吃的筵席，若要換菜色，便須等上一等。柳姑娘倒是不為難奴婢，與蓮芯姑娘在那耳房裡等候。只是過了兩刻鐘，蓮芯姑娘便來催促，偏偏外頭筵席未完，師傅們哪裡騰得出手來。況且少奶奶也是知道的，咱們李家大廚房的師傅，是大少爺專門為了老太太從京城裡請回來，凡是李家下人都敬重三分，從未將他當作下人看待，他說幾時做什麼菜，奴婢們從來不敢催促。蓮芯姑娘既來催，奴婢少不得與她分說。蓮芯姑娘脾性急躁，便同奴婢爭辯起來，後來柳姑娘也過來分說。」

她說著，拉過身後的小丫頭說道：「這丫頭不過是個洗碗的奴才，蓮芯姑娘同奴婢爭執時無意撞了她，摔了許多碗盤。柳姑娘也是無意踩中了琉璃碎片，這才扎破了腳。」

她說到這裡，便住了嘴。

金秀玉點點頭，又指了那小丫頭問道：「妳叫什麼名兒？」

小丫頭怯怯道：「奴婢花兒。」

金秀玉見她怯弱，不禁將聲音放柔了一絲，說道：「花兒，妳且將事情來龍去脈一五一十說與我聽。」

花兒福了一福，輕聲細氣說道：「奴婢前日才來的大廚房，如今做的是洗碗的活計。今兒府裡宴客，所用碗盤十分之多，奴婢只管埋頭幹活，卻不知蓮芯姑娘與來順媳婦如何爭執起來。奴婢正端了碗盤，背上被人一撞，碗盤便都摔到了地上，忙忙亂亂之間，柳姑娘不知也為何被人撞了，正巧踩在琉璃碎片上，這才扎破了腳。」

金秀玉點點頭，這會兒是三人各執一詞，誰也說不清是誰有理。

只聽那蓮芯憤憤道：「來順媳婦好伶俐的嘴，分明是你們欺辱我家姑娘，反倒將一個胡攪蠻纏的罪名扣在我們頭上。」

來順媳婦嗤笑道：「比不得蓮芯姑娘的心計，柳姑娘傷得那般嚴重，姑娘倒狠心，不許人搬動救治，非要等著少奶奶來瞧。哼，打量著誰不知道誰的心思呢！」

金秀玉剛從真兒手裡接來一盞茶，隨手往地上一砸，巨大的響聲，將所有人都嚇了一跳，紛紛住嘴，低垂了頭。

金秀玉冷冷一笑，道：「我竟不知，主子問話還有奴才插嘴的道理。」

來順媳婦撲通一聲跪了下來，恭聲道：「奴婢知罪。」

蓮芯慢了一拍，也忙跪了下來，口裡道：「奴婢無意冒犯，只求少奶奶為我家姑娘作主！」

金秀玉冷眼看著，一個字不說，氣氛慢慢變換，圍觀眾人也都感受到了肅殺，人人都噤聲，低眉順眼站著，不敢有一絲異動。

金秀玉依舊不動聲色，那目光反越發凌厲，來順媳婦和蓮芯垂著頭，只覺如芒刺在背，腦門上竟都流出汗來。

正當人人心裡那根弦都繃到極限，疑惑著為何大少奶奶遲遲不宣判，只聽一陣腳步聲由遠及近，不緊不慢走到了場中。

一人清脆地說道：「青玉見過大少奶奶。」

金秀玉和顏悅色道：「妳怎麼來了？」

青玉笑道：「老太太有話兒，要奴婢稟告少奶奶。」

金秀玉面露疑惑，青玉俯身過來，在她耳朵旁邊低聲說了幾句，金秀玉一面聽，一面點頭，青玉說完了，福了一福，站到了她身後。

金秀玉看著跪在眼前的來順媳婦和蓮芯，道：「今兒的事，來順媳婦和蓮芯都有罪責。來順媳婦掌管大廚房一應用度，既得了主子的吩咐，卻無妥善安排，可見周密不足，便罰妳半月的月錢。花兒摔了許多碗盤，那幾只普通瓷碗倒也罷了，幾只琉璃碗卻是稀罕物，念妳是無心之失，只罰妳描賠這幾只琉璃碗。蓮芯身為柳姑娘的貼身丫鬟，護主不利，致使主子受傷，也罰妳半月的月錢。這般處置，妳們三人可有不服？」

來順媳婦和花兒都磕了頭，說道：「少奶奶寬恕，奴婢心服口服。」

蓮芯倒有些不忿，只是終究不敢說什麼，也磕了頭認罰。

這時候，春雲回來，稟報說大夫已經到了。

金秀玉命四個小廝將柳弱雲所坐的躺椅抬往清秋苑，又命蓮芯領著大夫往清秋苑前去診治。另外，又吩咐了來順媳婦單獨準備一份飯食，送往清秋苑。

這般處理完畢，各歸各位，真兒、春雲扶著金秀玉，青玉等人跟著，一同往明志院而去。及至岔路口，青玉跟金秀玉福了一福，道：「少奶奶可否借一步說話。」

金秀玉示意真兒、春雲等人留在原地，同青玉走出去幾丈遠。只見青玉同她說了幾句話，金秀玉正若有所思，青玉便又行一禮告辭，自回長壽園覆命去了。

真兒、春雲等人跟上去，恰巧聽見金秀玉望著青玉的背影，感慨一句：「倒是個俏藥叉。」

春雲不解道：「少奶奶此話何解？」

金秀玉瞟她一眼，自管往前行去。

真兒點了點她的額頭，說道：「藥叉者，面目或可憎，心地卻最是體貼人意、與人為善。妳這蠢丫頭，主子的心思，真是半點都不懂。」

春雲噘了噘嘴，搶上兩步，跟上金秀玉和真兒的腳步。

等回到明志院，金秀玉獨自往那兒一坐，一語不發，悶悶不樂。

春雲悄悄拉了真兒，道：「少奶奶方才處置了奴才，剛剛立了威，為何回來，反倒不高興了？」

真兒瞧著她，搖頭嘆氣道：「只怕少奶奶有些灰心。」

春雲不解。

真兒說道：「妳道那青玉為何來得這般巧？只怕是聽了大廚房的事，早早就來了。妳倒是回想一番，少奶奶聽了來順媳婦、蓮芯還有那小丫頭花兒的說辭，面上瞧著冷酷，只怕心裡頭正為難著，這家務事，從來是公說公有理、婆說婆有理，咱們這位少奶奶從來沒經歷過這些個，怕是一時尋不到那竅門，若不是青玉正好來指點，少奶奶今兒個魯莽處置，未必能叫眾人心服。」

春雲聽得似懂非懂。

真兒拍了拍她腦門，道：「這裡頭的道理深著呢，妳這榆木腦袋哪裡想得明白，且別去煩她，明兒是回門日，咱們自去準備回門禮，也好替少奶奶分擔些煩惱。」

春雲點頭，兩人手拉手，自去打點明日回門禮所需的各項物品。

金秀玉這會兒之所以悶悶不樂，真兒只猜對了前一半，後一半，雖未猜中，卻也是由前一半引申而來。

她想的是，自個兒前世剛踏足社會正懵懵懂懂，便魂歸地府，到了如今這一世，又是初次嫁人。這宅門內的事情，以前從未遇見過，這當家人的重任也從未擔負過。這處事馭人上頭，全無經驗，不知輕重，方才若非青玉指點，她貿然處置，眾人不服倒在其次，只怕她心一軟罰得輕了，叫眾下人看輕，威嚴掃地，往後難以管家，才是大大不妙。

這事兒原是因柳弱雲而起，想到中午席上七奶奶方純思一番警告，她心裡愈加煩躁。自打進門，這位柳姑娘便每每引她不快，如今又兼著引出她管家的弱項，叫她好生惱火，只是如今無人傾訴，唯有獨坐發悶。

這一坐，滿懷愁緒越發難以消遣，越發增添孤獨之感，她悶頭往那翹頭捲尾的貴妃榻上一倒，把眼一閉，迷迷糊糊，竟睡了過去。

李承之同李壽、李慎商談完生意上頭的事，回到明志院，見上房之內靜悄悄，全無聲響，不由暗自奇怪。

進了屋，見外室一個人影也沒有，越發納罕。

內室門開著，那屏風裡頭隱隱有輕淺呼吸，他放低了腳步聲緩緩走進去，見窗戶大開，外頭是一樹的綠葉婆娑，窗下貴妃榻上，金秀玉斜斜睡著，身上全無被褥衣物遮蓋。

李承之忙走上前去，見妻子睡得極不安穩，眉頭緊皺，眼角掛著兩行清淚，不由大驚，忙伸手將她搖醒。

金秀玉睜開眼來，四顧茫然。

李承之將她抱在懷裡，拿手指拭了她的淚，柔聲道：「可有為難之事？或者下人惹妳生氣？好端端的怎麼就落了淚？」

金秀玉睡中沒有察覺，此刻他問了才發現自個兒果真流淚了。

李承之見她愣愣地，又問：「可是魘著了？」

金秀玉抬眼看著他，想到如今種種不滿，正是由這個男人引起。

須知，女人最擅長的並非撒嬌吃醋，乃是將種種牴觸都聯繫在一塊，由這件事再聯想起那件事。此時，金秀玉便想起了，昨夜因她被李婉婷拉去陪睡，李承之一怒之下去了清秋苑的事。今日見親戚時，鐸大奶奶的挑釁；午後大廚房，那一場紛爭，全是圍繞柳弱雲而起。若不是這男人娶了這麼一房侍妾，哪裡生得出這許多事端？

她突然抓起李承之的手，放到嘴裡狠狠咬了一口。

李承之吃痛甩開了手，瞪眼道：「今兒怎的咬人？」

金秀玉翻轉了身子，懶懶往貴妃榻的翹頭上一趴，望著李承之道：「相公，你可娶了個傻姑娘。」

李承之一愣，失笑道：「辦了什麼傻事？倒說來與我聽聽。」

金秀玉便將大廚房與柳弱雲主僕之爭，柳弱雲扎破了腳，她親手為她包紮救治，又如何審問了下人，如何在青玉指點下懲處了幾人，一一都說了出來。

李承之一面聽著，一面抬手撫摸著她如緞的青絲，微笑道：「妳做得極好，哪裡傻了？」

金秀玉噘嘴道：「我一片好心，卻反遭人恨，還不算傻？那柳姑娘傷了腳，我用烈酒與她擦拭傷口，乃是防止感染化膿，不曾想她那丫頭蓮芯，恨我讓她主子當眾露了腳，失了體統。若不是青玉提醒了我，我還糊裡糊塗等著人家感激呢。」

古時女子的腳可比臉還金貴，除了丈夫，萬萬不可叫其他男子瞧見，即便是親人，也不可隨意當著對方的面露腳，否則女子自身便有失貞之感。金秀玉到底是外來戶，骨子裡頭依然適應不了這個時代。

她當時替柳弱雲褪了鞋襪，在場的所有家丁小廝都瞧得一清二楚，的的確確是傷了柳弱雲的臉面，叫蓮芯如何不恨她！

金秀玉歪著頭道：「那柳姑娘倒是個好脾性，受了大廚房的冷待，又叫我損了顏面，竟沒有半句埋怨，相公可得好好撫慰她才是。」

李承之輕笑著擰了擰她的鼻子，說道：「她既受了委屈，自有妳這位當家主母撫慰，卻拿這些話來慫恿我，安的什麼心？」

金秀玉叫他揭露了賊心，只有嘿嘿笑著，然而又嘆了氣，說道：「正是家家有本難唸的經。窮人家為生計愁，富人家也日日都有煩心事。人人只道我這李家少奶奶風風光光，又哪知當家人自有當家人的為難。」

李承之伸手將她抱起放在膝上，柔聲道：「妳生在金玉巷，雖寸工度日，到底是無憂無慮，如今初初曉得這宅門裡頭人事繁雜心計難測，只是既有我在，又擔什麼心、害什麼怕？」

金秀玉笑道：「相公是最精明的生意人，定是管家一把好手，這當家的活兒你來做如何？」

李承之拿手指在她額頭上一彈。「傻妮子，盡說些傻話，既嫁了我，少不得擔起李家的家事來。但凡有了愁煩，只同我說便是，切莫自個兒存著，悶壞了身子……」

他越說聲音越低，慢慢俯下身去，含住了金秀玉的嘴唇。

軟玉溫香，怎受得盡這銷魂。

第十五章　妻的心計

今兒是新婚第三天，正是新娘的回門日。

一大早李家上下便忙忙碌碌，套馬車的套馬車，搬箱籠的搬箱籠，李承之和金秀玉也是一早起身，梳洗裝扮好了，帶著真兒、春雲等丫鬟下人，離了明志院。

大門外頭，馬車已等候多時，那駕車的人兒，青衫小帽，正是陳東。

金秀玉對李承之笑道：「打自我進了李家的門，還是頭一次見到阿東，真不知日日都去了何處作耍。」

李承之瞥了阿東一眼，說道：「他這奴才遠比妳我逍遙，野馬一般，哪裡拘得住！只怕有一天遠走高飛了，咱們才省心。」

阿東嘻皮笑臉道：「兩位主子只管拿我打趣，若能叫主子們高興，橫豎也是奴才的功勞了。」

李承之和金秀玉都哭笑不得，不過都瞪了他一眼，雙雙登上馬車。

這一路，從東市到西市，又是引起城中各色人等爭相圍觀，只道嫁於首富李家的金家大姊兒回門了，帶著許多的回門禮，如何如何的風光。

一行人到了豆腐坊金玉巷，那大樟樹底下，金林氏早就翹首企盼。

聽得車軸骨碌響，金沐生從院子裡頭竄出來，嚷道：「可是金豆兒回來了？」

金林氏拽住了他，伸長了脖子望著剛進入巷口的李家一行人，口裡說道：「可不是你姊姊！瞧那一車子的回門禮，嘖嘖。」

金沐生大大地翻了個白眼。

只見馬車在金家大門前停下，阿東先跳下車來。

金沐生一頭撲了上去，高聲喊道：「師父！」

阿東抬手重重地揉了一把他的腦袋，說道：「你這野猴子，竟能在家待著，倒是奇了。」

金沐生嘿嘿笑道：「可不就等著師父，前兒教的那幾個招式，我日日練熟了，師父快來與我指點指點。」

他拖著阿東到了一旁，師徒兩個便開始比劃起來。

李承之和金秀玉相繼下了車，同時對金林氏行禮，一個叫娘，一個叫岳母。

金林氏笑著受了，嘴裡說道：「一家人哪來這許多禮數，快到家裡坐。」一面眼睛就盯著後面的一車子回門禮，戀戀不捨。

金秀玉曉得母親的德行，回頭吩咐家丁將後頭那車上的回門禮都卸下來，拿進院子裡去。

金林氏瞧著這幾箱物件兒抬進自家門，那臉上的笑意掩也掩不住，有左鄰右舍來圍觀的，都紛紛誇讚她得了個好女婿，這般孝敬她這位丈母娘，金林氏自然又是大大地有面子。

金秀玉不理會她在街坊面前露臉，只同李承之進了院門。這樣重要的日子，金老六自然也在的，小夫妻兩個又給他見禮。

金家可沒個下人，真兒、春雲從婆家的客人又變成娘家的主人，指揮著眾下人們一面將回門禮擇地放好，一面吩咐小丫頭攙了金老六和金林氏到堂屋上首坐了。
真兒和春雲親自拿了兩個蒲團放在地上，金秀玉和李承之這才正正經經給金家二老磕頭問安。金老六和金林氏眼裡都有些微微的濕意，忙叫丫頭們扶起小夫妻二人。
金秀玉和李承之坐了，果然金林氏便噼哩啪啦問起新婚這幾日的情形，無非也是新婦可孝敬老人，可得眾家親戚們的歡喜，夫妻兩個可相敬這些個話。小夫妻兩個便揀了一些檯面話回了，聽得金林氏和金老六都滿意地點頭。
既走了過場，金林氏少不得便攜了金秀玉，娘兒倆離了堂屋，自去房裡頭說體己話。
「快與娘說實話，進門以後，妳那老奶奶可有為難與妳？」這一進屋，金秀玉屁股還沒坐穩，金林氏便著急問起來。
金秀玉道：「奶奶又爽利又慈祥，最是疼惜小輩的，哪裡會為難我！」
金林氏點頭道：「妳這位奶奶倒也罷了，我瞧著她身邊的青玉可是個厲害丫頭，她可曾給妳使絆子？」
「娘親不必揣測，李家上下都對女兒極好。昨日見了眾家親戚，也都是和善的人。」
金林氏撇了眼，不以為然道：「又哄我。當日在一品樓，那位四老太太和鐸大奶奶，我可是親眼見過的，哪裡是好相與的人，當日含沙射影，說的卻是哪一位女子？」
金秀玉倒想不到她能牢牢記著當日在一品樓的事情，如今又慎重提起，可見得是真心掛念她這女兒，關心她在夫家的生活。
於是，她便將柳弱雲是鐸大奶奶的姪女兒，婚後發生了如何如何的事情，她又是如何如何應對，都一一告訴了金林氏。

金林氏聽著這些事情竟沒有當場發作，只等她將話都說完了，這才跳起來道：「這女人，可輕忽不得，乃是妳的大敵！」

金秀玉嚇了一跳，沈下臉道：「娘說的什麼話，左右不過是個妾，如何當得起我的大敵。」

金林氏重重擊掌，說道：「我的傻閨女，妳到底年輕，那男人的心思最是難測。那姓柳的女子既是年輕貌美，又是大家出身，必是見過妻妾相爭的手段。妳若是不上心，早晚要吃虧。」

金秀玉想到當日方純思也是這般勸告，如今金林氏又這樣說，不由也認真起來，問道：「還請娘教我。」

金林氏橫眉立目道：「這難道還有其他的法子？自然是要拿出妳當家主母的威勢來，將那柳姑娘收拾得服貼，叫她絕不敢起作怪的心思。這深宅大院裡頭，最怕什麼？怕的就是寵妾滅妻，叫那做妾的，攛掇著男人，日日與妳疏遠。」

她見金秀玉若有所思，便問道：「我來問妳，這兩日，女婿可有到那姓柳的房中留宿？」

金秀玉猶豫了一下，說道：「不曾有過。」

金林氏鬆口氣，道：「這重中之重，便是拴住了女婿，切不可叫他與那姓柳的女人多相處。她當初既是那般進的門，只怕就有那些個迷惑爺兒們的狐媚手段。男人，就好比那嚐了腥的貓兒，吃了第一回的甜頭，便攔不住有下一回。妳是正經清白人家，如何敵得過人家？這天長日久，女婿可不就與妳生分了。」

金秀玉紅了臉，道：「娘越說越不像話了。」

金林氏啐道：「妳也是做媳婦的人，咱們娘兒兩個有什麼說不得，我可句句都是良言相勸，妳可莫當了耳旁風。」

金秀玉道：「女兒省得。」

正說著呢，外頭突然有人敲門，只聽真兒的聲音隔著門道：「少奶奶、金奶奶，沐生少爺惹金老爺生氣了，快些出來瞧瞧吧。」

金秀玉和金林氏急急忙忙地出了屋。

只見堂屋裡頭，金老六抄了一根木棍，李承之在他面前虛張著手臂，金沐生撅著屁股躲在李承之後頭，探出半個腦袋提防著他。

三人都是氣喘吁吁、儀態不整，看樣子方才已經大大鬧騰了一回。

阿東、春雲以及眾丫鬟下人都圍在旁邊，想上前又不敢，個個提心弔膽，卻都只是瞪著眼睛乾著急。

金秀玉忙問真兒是怎麼個緣故。

倒也沒什麼曲折的過程。原本金老六正同女婿李承之說著話兒，和和氣氣的，院子裡頭，金沐生纏著阿東又學了一陣拳腳，聽了一些個拳打四方的威風事蹟，一時熱血上頭，便跑進堂屋同金老六說，今後都不去學館進學，只願跟著阿東師父專心練武。

自家父親的心思，金秀玉是知道的。金家祖上原是讀書人，金老六年輕時也曾唸過幾個字，沾過一絲墨香，骨子裡頭覺得唸書做官才是正經出人頭地的路子，一心盼著兒子金沐生能夠吃一碗讀書人的飯，不必像他這般，起早貪黑寸工度日。如今金沐生不願唸書，大大辜負了他的期望，也難怪他大怒，跳起來要揍這混帳兒子。

不過瞧著這情形，最鬧騰的時候已經過了。金秀玉最瞭解父親金老六的脾氣，只怕金沐生挨了不少的打，不知李承之這個做和事佬的有沒有遭受池魚之災。

她走上前去，斟酌著語句慢慢說道：「爹，今兒是女兒回門的日子，有什麼話咱們好好說便是，何必動上全武行呢，若叫街坊們看見了，豈不笑話？」

金林氏忙附和道：「正是正是，他爹，豆兒今日回門，你總不好掃了她的興致。」

金老六聽了娘兒倆的話，只哼了一聲，那臉色倒是緩和了幾分，只見他拿木棍指著金沐生，沈聲道：「事到如今，我只要你一句話，今兒可是你自己說要棄文學武，將來可別後悔！」

金沐生躲在李承之身後，高聲道：「絕不後悔。」

金老六轉臉對李承之道：「女婿，你怎麼說？」

李承之自然曉得自個兒該怎麼表態，大叫一聲：「阿東！」

阿東立馬跑了出來，笑道：「金老爺、大少爺放心，金少爺既拜我為師，我自當將畢生絕學傾囊相授，絕不敢誤了他的前程。」

李承之點頭，又看著金老六。

金老六對金沐生冷冷道：「男子漢大丈夫，既是你自個兒要走這條路，便不可叫苦、不可叫累，尤其不可半途而廢！」

金沐生把胸膛一挺，正色道：「父親放心，我不練出個樣兒來絕不甘休。」他表了個決心，又低聲說了兩句：「憑它天大的苦頭，也比唸那勞什子的破書強。那王先生一晃頭，我這腦袋就開始疼，那可比紮一整日的馬步還累呢！」
丫鬟中有人噗哧笑了出來，氣氛頓時一鬆。
金老六冷冷一哼，扭過臉去。眾人都道他這是默許了，這才鬆了一口氣。
金林氏對金老六嗔怪道：「你這老東西，今兒可是豆兒回門的大日子，沒得叫女婿為難的，還不快扔了那勞什子去！」
金老六面無表情，將木棍往地上一扔。那棍子骨碌碌滾到金林氏腳下，她一把抄起，說道：「倒是個燒火的好木料。」
春雲噗哧一笑，反倒惹了金林氏的一瞪。
「妳這丫頭笑什麼笑，還不與我來燒火，仔細誤了時辰，叫妳兩位主子餓了肚子，回頭拿妳撒氣！」
春雲忙福身道：「金奶奶哪裡的話，哪裡有叫您老人家下廚的理兒，自然是奴婢們效勞。」
金林氏滿意道：「到李家不過幾日，倒是懂事了許多。」
春雲接了她手裡的木棍，自行招呼了丫頭們，一頭紮進了廚房。
金林氏一本正經地對家丁們吩咐，將那幾箱回門禮都抬進耳房去。
這耳房，原先放的是金秀玉的嫁妝，滿滿當當。她出嫁之後，金林氏每每見了這家徒四壁的耳房便覺心中空空蕩蕩。如今又有回門禮來填充，頓時又覺得心滿意足起來。
金老六不知從哪裡找出來一個白瓷瓶子，偷偷塞到了金秀玉的手裡，擠弄著眼睛，做了個眼色。

金秀玉會意，扯了李承之進西廂房。這兒原本是她做姑娘時的屋子，她出嫁以後便空著，金林氏還未收拾，一切都跟原來一模一樣。

她將李承之按在椅上，捲了他的袖子，果然見胳膊上一道青紫的痕跡，頓時心疼地擰起了眉。

李承之苦笑道：「泰山大人，真是老當益壯。」

金秀玉哭笑不得，暗想金老六還不到四十，哪裡稱得上一個老字。

「往日只說我是個傻的，我瞧著你今日辦的事兒，可也不怎麼聰明。」她一面說著，一面從那瓶子裡挑了藥膏出來，抹在他手臂上。

李承之默不作聲，突然便伸了另一隻胳膊環住了她的腰，金秀玉詫異地看他。

李承之大馬金刀坐著，將她的身子往下一按，落在自己大腿上。

金秀玉頓時心一跳，這是父母家裡頭，如何使得？正待掙扎，只聽李承之幽幽道：「岳母她，同妳說的什麼悄悄話兒？」

金秀玉嗔道：「做什麼問這個？」

李承之嘆道：「妳不說，我卻也能猜到，妳們無非是不放心我的緣故。」

金秀玉一愣，只聽他繼續說道：「癡兒，妳道我看不出妳這幾日的愁煩嗎？那夜我不過去清秋苑坐了一坐，倒叫妳生出許多的心思來，如今時時地不放心，我瞧在眼裡，只恨不能將心剖給妳看。」

金秀玉想不到他會說出這番話來，只凝望著他，默默無語。

李承之習慣性地擰了擰她的鼻子，怪責道：「妳這妮子，素日瞧著最是沒心沒肺，如今倒學得疑神疑鬼扭扭捏捏，我倒要問妳，妳昨日前日的，總拿話兒擠兌我，可是想著那柳姑娘的緣故？」

金秀玉垂下臉，輕聲道：「我曉得呢，婦德第一條，便是去妒。那柳姑娘進門本就在我前頭，昨兒鐸大奶奶說的話也不無道理，我既進了門，自該與她抬了身分，她那般大家嫡小姐的出身，做個姨娘，只怕還委屈了呢……」

她話還沒說完，李承之一抬手。「啪」一聲在她臀部打了一掌。

「這是妳真心話？」他目光幽幽地盯著她。

金秀玉咬住了嘴唇。

李承之桃花眼本就狹長，如今一透著算計，越發顯得秀長明亮。

「若是真心話，今兒回府就稟了老太太，將柳姑娘抬了姨娘，再定了留宿的分例日子……」

「你敢！」

金秀玉如同受驚的貓兒一般炸了毛，下意識地就叫了出來。

李承之一驚，慢慢地便拉開了一個笑容。

金秀玉曉得被他套了話，用力捶了一下他的胸膛，怒道：「壞透了的傢伙，你想著那美嬌娘，只管直說便是，若是還有旁的，不管十個八個，我都與她們開了臉，抬進府來。哪怕你日日不回明志院，我也自博個大度賢慧的名聲……」

她一面說，一面便激動起來，眼中慢慢地蓄了淚水。

李承之慌忙捧了她的臉，去拭那眼角的淚，嘴裡道：「果然傻的，我何時說要納妾了？便是前頭這一個，如何進的府，妳也是知曉的。」

金秀玉一愣，道：「我如何知曉？」

李承之刮了刮她的鼻子，道：「真兒雖是聰明，嘴上卻沒個把門的，妳若是問了，她還能不說？」

金秀玉紅了臉。

李承之正色道：「夫妻一體，今兒我便給妳句放心話。從今往後，我只守著妳一人，絕不納妾。」

金秀玉抽了抽鼻子，道：「那柳姑娘呢？」

李承之毫不猶豫，只道：「妳既知道她當初進府的原因，就該知曉我與她並無半點情分。那夜去了清秋苑，也不過是一時意氣，她雖頂了個妾的名兒，實與陌路人一般。」

金秀玉為難道：「她明面上是妾，卻與一般下人無異。你既是無心於她，不如便尋個好人家，將她發賣出去，好過在李家冷落一輩子。」

李承之嘆息道：「這事兒只由妳去盤算，妳如今可是李家大少奶奶、正經的當家人，這府內的人事，可都由妳管著呢。」

這話兒極為受用，金秀玉忍不住抿了抿嘴角。

解開了心結，她反倒又起了調侃的心思，斜睨著眼睛對他笑道：「要我說，那柳姑娘也是個美人呢，又是琴棋書畫針黹女紅樣樣拔尖的，相公當真捨得？」

李承之望天苦笑道：「家有醋罈子，縱有千般憐愛，又能如何？」

他這麼一說，金秀玉便想起一品樓那日的旖旎來，臉上又飛起兩片紅暈。

李承之瞧著，一雙桃花眼越發狹長秀亮起來。

小夫妻兩個，回門一日，將那心結都解了，正是新婚期，好得蜜裡調油一般。金秀玉每每被真兒和春雲等丫頭取笑，後來鬧得連長壽園也聽了風聲。李老夫人最是愛調侃人的，日日逮著機會便取笑這孫媳婦兒，又有青玉、秀秀等厲害丫頭幫腔，每每說得金秀玉面紅耳赤，心裡卻也是樂在其中。

只是到了這兩日，府中隱隱約約傳出一些風聲，卻將金秀玉的好心情盡都毀了去。

這一回，她這位當家少奶奶，卻是真箇要發威了。

這日，金秀玉正在明志院書房中算帳。

這李府上下，主子加上丫鬟僕婦共有近百人。各院的供給、各人的月錢、各處的開銷，這也不過是常規名目，每逢紅白喜事，又有各樣規格的送禮，四季替換，府中上下各有分例的衣裳，李府家宅大，舊屋維修、花木修剪更替等等，拉拉雜雜，每月的帳冊上都是密密麻麻的名目。

金秀玉著實花了好大功夫，才跟著青玉弄懂了這帳冊，總帳之外又有細帳，單是這麼一家子每月花銷的計算，已經令她十分頭大。她又是不會算盤的，桌上那算盤不過是充門面掩人耳目，每每關起門來，總是拿一大張白紙排著公式算術。

今日正好又到了算帳的日子，只等算清了帳，好給各位管事娘子支下月的預算，金秀玉正專心致志，恨不得在頭上綁一條紅帶子以示激勵，就在這時，突然聽到門外頭嘰嘰喳喳的，先是竊竊私語，接著便轉變成激烈討論，最後就成了大聲喧譁，聽著像是幾個丫頭吵起架來了。

那嗡嗡之聲實在干擾心神，金秀玉煩躁地將筆一扔，衝門外喝道：「來人吶！」

真兒推門進來，道：「少奶奶有何吩咐？」

「門外何人喧譁？」

真兒朝門外一扭頭，春雲揪著一個小丫鬟拖進門來，只見她滿臉怒色，將手中之人往地上一推，小丫鬟便一頭撲到了桌子底下。

金秀玉不解道：「這是做什麼？」

春雲忿忿不平道：「這小丫頭不知從哪裡聽來的閒言碎語，在這裡造謠生事，叫奴婢聽見了，好生氣惱。」

小丫鬟戰戰兢兢爬起來跪在地上，急急忙忙道：「奴婢、奴婢不過是聽別人胡說……」

春雲怒道：「還敢狡辯！」

真兒拉了她一把，皺眉道：「妳莫著急，把話說清楚，好叫少奶奶知曉。」

金秀玉揉了揉眉心，道：「究竟怎麼回事？」

春雲猶自憤憤，對金秀玉說道：「少奶奶，方才幾個小丫頭在院裡閒嗑牙，奴婢正巧經過，聽得她們正在編排少奶奶，話兒說得忒難聽，奴婢好生氣惱，正要質問，這幾個丫頭腿倒是快，一忽兒作鳥獸散，好在奴婢抓住這個小丫頭。」

小丫鬟皺著一張臉差點哭了出來。「奴婢真不是有心，那些混帳話兒都是外頭傳來的。」

金秀玉問道：「哪些混帳話兒？妳倒是同我說清楚！」

小丫鬟咬了咬嘴唇，說道：「奴婢、奴婢聽得外頭傳言，少奶奶當初因著是身帶福壽、命中帶旺的八字命格才進了府，只是少奶奶進府頭一天，二少爺便發病起了疹子，第二天，柳姑娘又在大廚房受了傷，外頭就有那混帳人說，既是旺家宅的命，如何新婚便接二連三出了這些個事？只怕……只怕那命格批得有誤，恐是剋親的命，又或是招了晦氣……」

她越說聲音越小，金秀玉卻是一愣，臉色漸漸沈了下去。

春雲瞧著金秀玉面色發冷，忙一步竄上去，一指頭戳在小丫頭的腦袋上，喝斥道：「這些個混帳話兒，妳既聽見了，就該大嘴巴抽上去，哪有不訓斥她們，還將這話兒四處宣揚的道理？少奶奶是多麼和善的主子，往日裡可都白疼妳們了！黑了心腸的小蹄子！」

小丫鬟頓時哭了出來。「奴婢……奴婢真不是有心……奴婢也氣呢，叫其餘姊妹都不可亂聽胡說，春雲姊姊可冤枉奴婢了……」

春雲還待責罵，真兒攔住了她，道：「好了，妳同她這小丫頭計較做什麼！少奶奶還在呢，萬事自有少奶奶作主。」

春雲憤憤地收了手。

金秀玉對那小丫頭道：「妳叫什麼名兒？」

小丫鬟怯怯地看了看她的臉色，見喜怒不變，回道：「奴婢小冬。」

金秀玉點頭，道：「小冬，妳從哪裡聽說了這些話？」

小冬道：「方才有大廚房的婆子來送點心，悄悄問奴婢咱們院裡頭可出了古怪？奴婢便問她如何有此一問，那婆子便悄悄說了，外頭都在傳，說是少奶奶的命格不是旺家宅，只怕是剋家宅的。奴婢待要再問，那婆子便不肯再說，抬腳便走了，奴婢因覺著這傳言來得古怪，這才同小姊妹們說起，哪知就叫春雲姊姊聽見了，硬說是奴婢在編排。少奶奶明鑒，奴婢忠心耿耿，萬萬不敢做這樣欺主的事情！」她說著，便磕頭下去。

金秀玉點點頭。「妳既說自個兒忠心，便該找出明證來。」

小冬淚痕斑駁，抬頭道：「如何明證？」

金秀玉突然笑了一笑，說道：「我自有法子。」

她站起身對真兒道：「妳去把丫頭們都叫來，咱們到外頭走一走。」

真兒七竅玲瓏，一聽她的話，就覺著少奶奶這回怕是動了氣了，也不多說，自去叫人。

金秀玉又親手扶起了小冬，後者正受寵若驚，她便說道：「小冬，妳跟著我，等會兒只聽我吩咐行事。」

「是。」小冬站直了身子，跟在她後頭。

春雲走在另一邊，瞧她滿臉的淚痕，帕子也不知道扔哪裡去了，便扔了自己的帕子過去，道：「花貓兒一般，還不快擦擦臉。」

小冬忙接了帕子，將臉擦乾淨了，還感激地衝春雲笑了笑。

春雲別過頭去，自管扶住了金秀玉。那邊廂真兒帶著一眾丫鬟跟了上來，主僕一行人浩浩蕩蕩出了明志院。

一路穿過花園，到了一道月洞門前，過了這門，便是大廚房的前院，金秀玉卻在門外站住，同小冬耳語了幾句，小冬咬著嘴唇點頭，跨過月洞門進去了。

這邊門外種著幾竿翠竹，金秀玉往竹子下一站，對丫頭們笑道：「咱們且等著看一齣好戲吧。」

真兒、春雲等丫鬟，也都跟著站到竹子底下。她們這麼一站，能斜斜瞧見大廚房前院的情景，大廚房的人若是不回頭，卻瞧不見她們。

只見小冬走進去，幾個婆子正在院子裡頭擇菜洗菜，都認得她是明志院裡的丫頭，紛紛笑著招呼她。

小冬找到了先前到明志院送點心的婆子，便親熱地蹲下去，道：「嬤嬤先頭話兒說了一半，叫我好生心癢，倒要同妳討個說法。」

那婆子穿著青色衣裳，臉上一僵，道：「姑娘說的什麼，我卻是不大明白。」

小冬嗔她一眼，壓低了聲音道：「嬤嬤好謹慎，我不過是聽了妳的話兒，也擔心叫人剋了，這才來問問明白，省得擔驚受怕。我們大少奶奶，果真是剋家宅的命？」

女人天生八卦，小冬雖是壓低了聲音，卻刻意叫旁邊幾個婆子也聽見了，頓時人人都豎起耳朵。

那青衣婆子見大家都感興趣，反倒覺著自己受了矚目，有些隱隱的得意，這才說道：「倒不是我的評判，我只聽說，少奶奶當初入府，不過是因為身帶福壽、命中帶旺的八字命格，若不然，以她的家世門第，如何配得上咱們大少爺？就是那柳姑娘，正經大家小姐出身，也不過是個侍妾罷了，連姨娘都還算不上呢，金家不過是做蠟燭的，怎麼就做了正房？」

當初李家求婦，金家大姊兒八字相符，這事兒是全淮安城都傳遍的，青衣婆子這麼一說，自然人人都是點頭。

只聽她繼續說道：「因著這命格，大少爺才娶了她。只是這新婚頭兩天，家宅不見興旺，反倒先是二少爺好端端生了一場病，那清秋苑的柳姑娘又憑空惹來一場血光之災。這接二連三都是災，哪裡見得她是旺家宅的命來？只怕當初那算命先生招搖撞騙，叫咱們家上了當，那少奶奶怕是剋家宅的命也說不定呢！」

她說得神秘，旁聽的人裡邊，自然有附和的有不贊同的。

「這卻有什麼根據？」

「哪裡還要根據，妳瞧二少爺的病才剛好，柳姑娘不還在自個兒院子裡躺著嗎？」

「倒真是如此。若是旺家宅的命，如何還能有這些禍事？」

幾個婆子嘰嘰喳喳議論起來，又扯到些神明鬼怪的，小冬卻悄悄地抽身退了出來。

婆子們觸類旁通，又說金秀玉本是寒門出身，哪裡見過世面，做了當家主母也不見得威嚴，倒比那青玉還不如；又說如今她當了家，凡一應用度管理都苛刻起來，當日連來順媳婦都受了罰，可見是有意打壓府中老人的，如此種種。

正講得興起，只見其中一個婆子正對著外頭，忽然便僵住了臉，吶吶地閉了嘴，擠眉弄眼，跟其他幾位同伴們打著眼色。幾個婆子後知後覺，等察覺出她的意圖，金秀玉等人早已站在身後多時了。

「大少奶奶……」

婆子們頓時恨不得挖個地洞鑽下去，人人都抖抖索索，低著頭不敢看金秀玉的臉色。

只聽金秀玉冷冷道：「我竟不知，原來嬤嬤們竟有這許多埋怨。」

婆子們面色灰敗，哪裡敢開口說話。

「我是小門小戶出身，又是年輕的媳婦子，比不得嬤嬤們在大戶人家見慣了世面，做事少不得糊裡糊塗，漏了這個錯了那個。嬤嬤們既覺著不妥，理該同我說才是。」金秀玉和顏悅色說著，婆子們底下都偷偷交換著眼色，不明所以。

只聽金秀玉拍了一下手掌，道：「是了。嬤嬤們在這府裡多少年，那是看著大少爺長大的老人了，自有莊重的體面，我這新媳婦只怕還作不得妳們的主，這樣吧，咱們到老太太跟前去說，老太太總能作主的。」

婆子們頓時嚇了一跳，紛紛躬身求饒道：「奴婢們都是渾人，有口無心胡言亂語，大少奶奶大人大量，千萬莫跟咱們計較。」

她們低垂著頭，只覺頭皮一陣陣發麻，就聽金秀玉一字一句說道：「老太太最是和善，自然不會與嬤嬤們計較。丫頭們，還不快攙了幾位嬤嬤，咱們一同去見老太太。」

金秀玉既吩咐下來，春雲、真兒兩個丫頭是最不怕事的，前者是神經大條，後者是在老太太身邊待久了，膽子大。兩個大丫鬟既有氣魄，底下的小丫頭們自然跟著有底氣，紛紛上前攙了婆子們便走。

說是攙，其實也就是挾著了。

一行人正要走，來順媳婦從大廚房裡頭奔出來，喊道：「少奶奶且慢！」

金秀玉等人回過頭去。

來順媳婦恭恭敬敬給金秀玉行了禮，說道：「不知這幾位嬤嬤哪裡犯了錯，還請少奶奶示下，奴婢來懲處便是，哪裡要勞動老太太。」

金秀玉微笑道：「怎麼?連妳也覺得少奶奶我作不了主嗎？」

來順媳婦忙道：「奴婢不敢，只是，這幾位嬤嬤俱是府裡的老人了，平日裡老太太也最是體恤的，少奶奶何苦叫她們失了十幾年的體面。」

金秀玉冷笑道：「是了，妳們都是十幾年的體面，正好也只有老太太能作主，我這新媳婦卻是不好落了妳們的臉。妳既不放心，不如也跟著我走一趟吧。」

她示意丫頭們帶上婆子跟著，主僕一行人扭頭往外走，來順媳婦無法，只得跟著。半路上早有機靈的小丫頭早一步跑去長壽園報信。是以金秀玉等人到了正廳的時候，李老夫人已經在裡頭坐著了。

青玉、秀秀等一眾丫鬟僕婦都站在一旁，凜然威勢。金秀玉進來就先給李老夫人恭恭敬敬行禮問安。

老太太見她身後跟著幾個婆子還有來順媳婦，人人面色不愉，不由納罕道：「今兒這是哪一齣？」

金秀玉此刻已落了坐，聞言說道：「奶奶平日在長壽園納福，竟不曾聽見這府裡頭都在竊竊私語嗎？」

老太太愕然道：「私語什麼？」她扭頭問青玉道。「府裡頭又在嚼誰的舌根？」

不曾落下。

青玉有些為難。

金秀玉道：「奶奶不必問青玉，我這裡自有現成的說法。」

她招了小冬來，命她將那些話兒再學一遍，小冬真箇便一五一十都告訴了老太太，一個字都不曾落下。

老太太頓時臉色便難看了。

「是誰傳出的這些混帳話兒？」

金秀玉道：「奶奶莫急，咱們只一個一個查著便是，總能查到源頭。」

李老夫人點頭道：「妳自管查來。這府裡頭先有阿平出事，後有大廚房欺主，今兒個竟連正經大少奶奶都被造謠編排，真是越發地不像話。這要是傳出去，還不叫旁人笑話我李府上下不分，奴大欺主！」

金秀玉應道：「奶奶只管瞧著。」

她又招了那幾個婆子上前，問道：「小冬是聽了幾位嬤嬤的話兒才曉得這些傳言，卻不知嬤嬤們又是從哪裡聽來？」

其他幾位婆子都拿眼睛看著那青衣婆子，青衣婆子受這萬眾矚目，不由得手足無措，抖抖索索道：「奴婢……是從二門上聽來的。」

金秀玉追問道：「二門上哪一位？」

青衣婆子目光游移，半天才說了幾個名字。

不待金秀玉吩咐，真兒已命人去將那幾個人提過來。

如此這般順藤摸瓜，漸漸的，正廳上已站了好些個下人，大廚房的、二門上的、繡房裡頭的、掌管內院花木的，依次下去，越牽扯人越多。

李老夫人的臉色也越來越沈，她身邊的青玉臉色更加冷酷。

青玉想的是，從前雖說李老夫人是當家人，實際管家的卻是她，如今大少奶奶初初接手便出現這樣的事兒，豈不顯得她往日管教無能，都縱容著這些奴才，養得她們膽子大了，才敢連這樣欺主的事情都做得出。

隨著各處下人都被牽扯進來，甚至還有管事娘子牽涉，府裡頭上上下下都驚動了，正廳外頭圍觀了一層又一層。人人都感覺到，今兒府裡頭要出大事。

金秀玉可不管有多少人在自危，她只管一個一個問下去，這慢慢地，便問到了一個叫她意外，卻又彷彿合理的地方——清秋苑。

問到最開始說這話的是清秋苑的一個灑掃婆子，人人都叫她王婆子的。

王婆子被人舉報，從清秋苑裡頭被兩個家丁押出來，直直摜在地上，只見周圍人頭森森，人人都拿眼睛盯著她，目光如刀，彷彿那縣衙的公堂，又好似夢裡見過的閻羅殿。

府裡頭動靜如此之大，她自然也知道自個兒犯了什麼事，渾身發抖直如篩糠一般。

金秀玉冷冷瞧著她，問道：「王婆子，那些話兒，是妳自個說的，還是有人同妳說的？」

王婆子兩片嘴唇顫抖著。「奴婢……奴婢……」卻是一個字也說不出來。

只聽「咚」一聲悶響，卻是金秀玉將手裡的茶碗重重地頓在桌上。

「王婆子，那些話兒，若是妳從別處聽來的，妳只管說出他的名字，自不與妳相干；若是妳自個兒編造出來，少奶奶我少不得要問妳，妳傳出這樣的話兒是何居心？」
王婆子撲通一聲趴在地上，五體投地，一個勁兒磕頭道：「少奶奶饒命！少奶奶饒命！」
「話未問完，妳求的什麼饒？」
王婆子只管磕頭如搗蒜。
只聽門口響動，卻是一個婆子揹著柳弱雲，邊邊跟著蓮芯，主僕三個人走了進來。
柳弱雲腳上的傷未曾痊癒，卻在下人的攙扶下跪倒在地，衝金秀玉磕了個響頭，道：「賤妾管教下人不力，致使奴才胡言亂語中傷主子，賤妾不敢求饒，自請少奶奶嚴懲。」
說完，上身便往地上一俯，不肯起來。
金秀玉道：「這如何使得，妳身上還帶著傷呢。真兒、春雲，快將柳姑娘扶起來。」
真兒、春雲忙走上去，硬將柳弱雲扶了起來，按坐到旁邊的椅子上。
柳弱雲淚流滿面，惶恐道：「少奶奶仁德，賤妾慚愧。」
金秀玉柔聲道：「這卻是糊塗了。那王婆子尚未回話，指不定是她愚昧，叫外頭哪個給騙了，才回府說這些混帳話兒。妳可別盡把罪責攬在自個兒身上，若是冤枉了妳，豈不叫人罵我處事不公！」
柳弱雲忙道：「是賤妾糊塗。」
金秀玉微微一笑，又轉頭去問王婆子。「王婆子，妳可有話要說？」
王婆子抖抖索索，口裡囁嚅著：「奴婢……奴婢……」那目光卻四處游移，偷偷地往柳弱雲身邊掃去。

只見蓮芯忽然一步踏了出來，問道：「王婆子，妳可是因少奶奶日前罰了妳女兒，叫妳折損銀錢臉面，方才懷恨在心，這般中傷主子？」

王婆子一怔，見蓮芯目光凶狠，不由低下頭去。

金秀玉問道：「她女兒是哪一個？」

蓮芯道：「回少奶奶，這王婆子的女兒便是大廚房的花兒，日前因打翻碗盤，致使我家姑娘受傷，大少奶奶罰她描賠琉璃碗的。」

「原來花兒竟是王婆子的女兒？」

王婆子道：「是。」

她回話時低著頭，金秀玉覺著對方聲音有異，卻看不清她的臉色。

蓮芯道：「少奶奶，這王婆子因當日花兒受罰，家中折損銀錢，又叫其他婆子取笑，自覺損了臉面，也曾幾次抱怨，都叫我家姑娘聽見了，狠狠責罵過。哪知她不知悔改，越發變本加厲，竟傳出這樣的謠言來中傷主子。」

金秀玉聽了她的話，不置可否，只盯著王婆子問道：「王婆子，蓮芯說的可是實情？」

王婆子頭垂得極低，人人都看不見她的臉色，只聽她說道：「確是奴婢蒙了心竅，做下了這樣的糊塗事，與旁人無干。少奶奶只管責罰奴婢，奴婢絕無怨言。」

她越是這樣表態，金秀玉反而越是懷疑。那蓮芯目光凶狠，話裡有意無意指引著王婆子認罪，只怕別有隱情。

她想了一想，對眾人說道：「王婆子犯了欺主的大罪，按著家規處事，革去她一月的銀米。」

只見眾人面露唏噓，那王婆子卻一動不動。

「另打二十大板。」

王婆子身子一抖，眾人都是面面相覷，流露出害怕的神色。李家的板子可不是開玩笑，就是壯年男子，二十大板下來，只怕也要去了半條命。

金秀玉見王婆子方才雖抖了一下身子，卻依然沒有抬頭，便回頭對真兒道：「妳明日找了人牙子來，將王婆子帶去發賣了，咱們李家容不下這樣欺主的奴才。」

此話一出，頓時人人大譁，連李老夫人都忍不住一怔。王婆子終於忍不住，猛地抬頭，兩隻眼睛驚恐地瞪大著。

罰銀米、打板子，那損傷的不過是銀錢、身子和臉面；這因在主家犯了事而被發賣出去的奴才，折損的卻是下半輩子的生計。因這樣被主家驅逐的奴才，就如同有案底的犯人，人人都瞧不起，就是有人家買了去，也只能做最低賤的奴役，稍有不慎，主人家就是直接打殺了，不會有人多提起一句。

王婆子沒想到金秀玉會這般狠心，她終於忍不住大叫一聲：「奴婢冤枉！」

沒等眾人反應過來，蓮芯已經一步竄上去，狠狠一巴掌搧在她臉上，罵道：「下賤的奴才！做出這等醜事，咱們家沒將妳扭送官府已是天大的仁德，如何還敢喊冤！」

府中但凡有犯了欺主、殺人、姦淫等大罪的奴才，主家既可自行懲處，也可扭送官府。然，主家的懲處再嚴厲，也不過就是受些折損屈辱；若是扭送到官府，不僅連累全家丟了臉面，那官衙裡的手段豈是外頭百姓可比？王法如爐，進衙門一趟，那就真的是上了一回閻羅殿。

蓮芯一巴掌著實狠厲，王婆子撲倒在地上，嘴角頓時鮮血直流，一張嘴，竟掉出一顆牙來，卻是生生被打下來的。

她只覺耳根子嗡嗡作響，猛抬頭盯著蓮芯。

卻聽那邊廂柳弱雲說道：「王嬤嬤，一人做事一人當，莫要再累及家人。」

王婆子怔怔地望著柳弱雲，眼中落下兩滴渾濁的淚水，有家丁上來將她拖了下去，她也不言不動，只是一雙眼睛直勾勾望著柳弱雲，那裡頭的神色，直叫人心酸。

金秀玉心內震動，意味深長地望著柳弱雲。

柳弱雲察覺到她的目光，轉過臉來，面色淒婉地說道：「到底是賤妾管教不力，縱容了下人，叫大少奶奶操勞。」

金秀玉淡淡道：「妳有傷在身，自是有心無力。」

柳弱雲拿帕子按了按眼角，說道：「雖說王婆子犯了罪，一切惡果都是自作自受，只是她家中丈夫去得早，孤兒寡母，若是發賣了她，那花兒便孤苦無依，不如將花兒撥到我那院子裡，好歹我同王婆子主僕一場，花兒在我那裡，也能得些庇護。如此一來，那王婆子縱被發賣出去，心裡也定然感激少奶奶的恩德。」

她一面說一面又落下淚來，眾人都是一陣唏噓。

金秀玉動情道：「難得妳這般憐惜底下人，只是花兒若去了清秋苑，妳時時看見，難免想起王婆子，恐怕又要傷懷。還是我作主，就將花兒撥到明志院吧。我那院子裡頭姊妹眾多，她也不致寂寞，既在我手下當差，府中也沒人敢欺了她去。」
柳弱雲一怔，正要再說什麼，金秀玉卻已吩咐人去帶花兒來。
不一會兒，花兒進了正廳，雙眼紅腫，顯見是剛剛大哭過的。她進來以後往地上一跪，還未說話，那眼淚便先流了下來。
金秀玉忙示意真兒將她扶起。
「花兒，妳母親犯了事，如今要發賣出府。妳孤獨一人，我便作主叫妳到明志院來當差，妳可願意？」
花兒福下身去，說道：「謝少奶奶恩典。」
金秀玉點頭，回身衝李老夫人道：「奶奶，我這樣處置可好？」
李老夫人方才冷眼瞧著那一齣鬧劇，心中自有思忖，如今金秀玉見問，只微微笑道：「妳做得極好。」
金秀玉掃了一遍廳中的眾人，其中有一大撥是曾在府中傳揚了謠言的。
「奶奶，這些人卻如何處置才好？」
李老夫人掃了一遍，拍了拍她的手，道：「如今是妳當家，自然是由妳作主。」
金秀玉點了頭，回過臉來，正色說道：「雖造謠的乃是王婆子，然妳等不辨是非胡亂傳揚，既擾亂了家風且折損了主子名聲，按著家規，每人罰半月的月錢。」
眾人臉色灰敗，都低頭受了。
金秀玉這才命她們散去，各自回去當差。呼呼啦啦，這麼一大群人便都四散開去。

柳弱雲扶著蓮芯的手站起來道：「賤妾也告退了。」

金秀玉點頭道：「妳帶著傷，諸多不便，也該快些回去休養。」又對蓮芯和那個揹柳弱雲的婆子道。「妳們路上仔細些，不可傷了妳家姑娘。」

兩人應了，自揹起柳弱雲去了。

金秀玉緩緩鬆了口氣，只聽李老夫人說道：「豆兒，妳隨我來。」

她轉過臉去，見李老夫人神色凝重，不似平常，心裡頭突突一跳。

李老夫人伸手過來，她忙起身上前扶住她，祖孫兩個相互挽著，青玉、秀秀、真兒、春雲等人帶著一眾丫鬟僕婦跟在後頭，呼啦啦一行人，直往長壽園而去。

進了正院上房，青玉曉得李老夫人要同金秀玉說體己話，便揮退了眾人，她自個兒也著秀秀、真兒和春雲退了出去，掩上了房門。

秀秀、真兒都是七竅玲瓏的人，眼裡見得多心裡想得多，只有春雲，心思比棒槌還粗，正一臉得意地說道：「今兒少奶奶好大的威風，要我說，早這般行事，那起子奴才哪裡敢惹出這樣的禍端來。」

青玉恨她愚笨，只嘆氣搖頭。秀秀、真兒也是面無表情。春雲見無人回應，不由愣怔。

屋子裡頭，李老夫人將金秀玉拉了挨著自己坐著，握著她的手輕輕撫摸。

金秀玉怯怯道：「奶奶，是不是我做錯了什麼？」

老太太輕輕一嘆，道：「妳是個好孩子，只是從小沒經過事，妳娘又是個糊塗的，怕是從來沒教過妳當家之道。」

金秀玉咬住了下唇，金林氏當然是個蠢笨的，金家又是四口小家，一個下人也無，哪裡像李府這般混雜。她兩輩子加起來，也確實沒經歷過這些個宅門爭鬥的事情，自然有做得不到之處。

「我若有糊塗的地方，還請奶奶教我。」

老太太撫了一下她的頭髮，說道：「這當家之道，不過八個字，賞善罰惡，恩威並行。妳是個聰敏孩子，自然明白這八個字的道理。」

金秀玉將這八個字在心中唸了一遍，抬頭道：「奶奶再與我細細說說。」

老太太說道：「方才妳罰了那些奴才半月的月錢，這本無不妥，只是底下人嚼舌根，必是得了管事人的縱容。好比那大廚房的幾個婆子，她們既然公然議論，來順媳婦豈能不曉得，她既無約束，自然也是存了欺主的心。底下人受了罰，正顯著她管教不力，豈有不相干的道理？」

金秀玉一想，果然如此。那來順媳婦分明是有意放縱底下人議論，否則當時又何必出口留人。

老太太又道：「府中家人上百，若是個個都要親自管教，便是神仙，又哪裡顧得過來，又要那些個管事娘子做什麼？」

金秀玉恍然道：「孫媳婦受教了。我只須握住那些個管事娘子，底下人自有她們去約束。若是將來有人犯了事，我只問管事娘子要說法。」

老太太笑道：「這就是了。」

金秀玉皺眉道：「那孫媳婦今日的做法，豈非大大不妥？」

老太太不以為然，甩手道：「這當家之人哪能藏頭縮尾，自個兒掃了自個兒的威勢？今兒雖說有不妥當之處，妳這大少奶奶的威卻是立下了，先教人人都怕了妳，往後才人人都敬妳。」
金秀玉若有所思，點頭受教，卻又皺眉道：「奶奶，今日之事雖說有王婆子頂罪，但孫媳婦瞧著，只怕另有隱情。」
老太太點頭。「妳是個明眼人，只怕這裡頭還有人作耗。」
金秀玉正待說話，老太太豎了一根手指阻了她，神秘一笑道：「妳知我知，那人的名字，倒不說也罷。」
金秀玉笑了起來。
老太太嘆道：「我原來雖不喜她，不過是怪她做姑娘時不莊重，如今瞧著，竟有那般心計，心腸竟也如此狠厲。這人在我李家，只怕早晚成禍害。」
金秀玉道：「孫媳婦有個法子，要請奶奶指教。」
她俯身過去，在老太太耳邊說了幾句。
老太太笑道：「這法子，聽著像是誰教了妳的。」
金秀玉面上一紅，道：「卻是當日二房七少奶奶的提點。」
老太太點頭道：「小七媳婦是個能幹的，既是她指點了妳，倒不妨用用這法子。」
金秀玉笑著應了。
李老夫人眼珠一轉，伸手點了點她的額頭，笑道：「我瞧著，妳喜歡這法子，只怕還想著偷懶的心思呢。」
金秀玉嘻嘻笑著，膩在她胳膊上，說道：「什麼心思都瞞不過奶奶。」

祖孫兩個在屋裡頭嘻嘻笑，外面的四個丫頭聽見了，青玉笑道：「好了。」

春雲愣然，問道：「什麼好了？」

真兒和秀秀同時伸出手指點著她的腦門，異口同聲道：「傻丫頭！」

因受了兩個人的力，春雲腦袋往後一倒，腳下站不穩，上半身就往後栽在門上，她身子多重，正好將門給撞開了，撲通一聲，一屁股坐進了門檻裡。

「哎喲！」

她慘叫一聲，青玉、真兒和秀秀都大笑起來。

屋裡頭老太太也瞧見了，樂得哈哈直笑。唯有金秀玉以手覆額，無奈地搖頭嘆息。

夜裡，李承之寬了衣裳，金秀玉接過挽在手裡，一面替他解開頭髮，一面便將白天的事情都說了。

李承之坐在椅上，一面聽一面閉著眼睛，身子便往後倒，靠在金秀玉軟軟的腰腹上。

「我已同奶奶說了，等她的傷好了，便讓她開始理事。」金秀玉說著，見對方沒有回應，這才察覺到他正依靠在自己身上，愜意得很，不由便伸出手去擰了他一把。

李承之一把抓住她的手，眼睛依舊閉著，只輕聲道：「莫作怪。」

金秀玉噘了噘嘴，倒也沒抽出手，說道：「往後那柳姑娘可就由著我差遣了，你可心疼？」

「正經大少奶奶還操勞著呢，她自然也該同妳分憂的。」

金秀玉心中一甜，又說道：「只怕將來她比我辛苦，不如你哪天去清秋苑坐一坐，慰勞慰勞她？」

李承之扭過身來，在她腰上一撥，便將人攬到了懷裡，抬手擰住她的鼻子。

「妳這妮子，我不過去了一回，如今倒成了妳的把柄！」

金秀玉只笑著不說話。

男人嘛，總是要時不時地敲打一番，才能在關鍵時刻守住分寸。

第十六章　淮安來了大人物

柳弱雲的腳傷已經痊癒。

按理，妾原該每日晨昏定省，與正室夫人請安伺候。因以前並沒有少奶奶，金秀玉剛進門第二天柳弱雲又傷了腳，所以這個規矩一直到今日才恢復。

一大早柳弱雲便帶著蓮芯到明志院來，真兒、春雲正帶著小丫頭們給李承之和金秀玉梳洗更衣，柳弱雲一進門先給李承之和金秀玉分別行禮問安。

金秀玉正坐在梳妝檯前，由春雲替她綰髮，口裡說道：「腳傷可痊癒了？」

「已然痊癒。」柳弱雲回答。

真兒笑道：「少奶奶快瞧，這些日子妳總是給柳姑娘送些個補氣益血的藥材，她明明是養傷，如今瞧著反倒胖了一圈呢。」

金秀玉在鏡中看到柳弱雲的影像，笑了一笑。

李承之聞言也看了一眼柳弱雲，她本是楚腰纖瘦嫋嫋婷婷，今兒一瞧果然比往日珠圓玉潤，想到真兒說這是補身的緣故，他心中不禁一動。「真兒，回頭請大夫來，與妳家少奶奶瞧瞧身子。」

金秀玉一愣，回頭道：「我沒病沒痛，無端端請大夫做什麼？」

李承之微笑道：「妳每日操持家務辛勞得很，我瞧著妳比做姑娘時可消瘦了幾分，請個大夫來瞧瞧，調理調理身子，也是好的。」

金秀玉聽了，心裡很是甜蜜。真兒眼珠一轉，便將李承之的心思猜到了幾分，不由促狹道：「大少爺想得遠，怪不得咱們家生意做得這般大。」

李承之一笑。「妳這丫頭倒是機靈。」

他們這裡和樂融融，柳弱雲早退到外室，擺佈著早飯。蓮芯扯了她的袖子，衝內室努了努嘴，柳弱雲不置可否。

小夫妻兩個吃了早飯後，李承之自然是出門打理生意去了。金秀玉這邊撤了碗盤，往那椅子上一坐，招了柳弱雲過來，說道：「前些日子我同老太太商量了，這府中內務繁雜，我一個人打理著實有些忙亂。妳是大家出身，又最是聰敏細心的，往日只叫妳在清秋苑閒住，既委屈了妳，也叫妳無聊。我已請示了老太太，今後妳便跟著我打點內務，同我做個幫手。」

柳弱雲想不到有這樣的好事，心中忍不住撲通亂跳起來，彷彿當初入府的心願伸手便能達成。幸而她還不至於喜形於色，只是面露驚詫，說道：「少奶奶，從前似乎沒有這樣的規矩……」

金秀玉擺手道：「規矩都由人定，老太太都已經應了，妳還擔什麼心？只是往後妳可清閒不得，可不要怨我令妳操勞。」

柳弱雲忙道：「賤妾不敢，能替少奶奶分憂，才是賤妾的福分。」

金秀玉笑道：「這才好呢。來，隨我去書房。」她起身朝外走，一面嘴裡繼續說道。「我打算著，將那外頭莊子每月的供給交給妳來掌管……」

她那邊說著話兒，柳弱雲卻一句都未聽見。此刻，她面上平平常常，內心早已波濤翻湧，扶著蓮芯的手不知不覺抓得越來越緊。蓮芯將手覆蓋在她的手背上，柳弱雲回過頭，見她目光鼓勵，主僕兩個都是一般的欣喜。

金秀玉雖是走在前頭，她身邊的真兒卻微微側著臉注意著柳弱雲和蓮芯的神色，心中慢慢有了計較。

進了書房，金秀玉攤開各處明細帳目，將柳弱雲須打理之處都一一指給她。另一方面，又吩咐了真兒，將府中一應用度應酬都交給她來打理。

「妳們兩個，往後可就是我的左膀右臂了。」她笑著說道。

春雲看著那些密密麻麻的帳目，只覺頭暈眼花，不由說道：「花老虎、老虎花，它認識我，我不認識它，暈了，暈了。」

眾人都大笑起來，真兒還指著她笑道：「這協理內務上，妳可幫不上忙。妳只要聽大少爺的話，仔仔細細地服侍著少奶奶便是了。」

她方才已經偷偷將李承之給金秀玉請大夫的用意告訴了春雲，春雲此時便會意道：「是了是了，妳們算帳我管飯，大家一般的能幹，少奶奶，我說的可對？」

金秀玉戳了一下她的額頭。「是了，妳最能幹，父親明明是個帳房先生，妳倒是連個帳本都不會看！」

其餘人都偷笑，春雲噘了嘴。她頭一次見金秀玉是在一品樓，那之前因在李府得了青玉一日的調教，到了金秀玉跟前十分地謹慎。結果，金秀玉後來發現，這丫頭分明就是個馬大哈，當日的精明表相全是唬人的，這才每每以此來取笑她。

金秀玉見柳弱雲、真兒都將自己該打理的帳目明細略略翻了一遍，又各自問了幾個問題，她一一答了，而後說道：「今兒不是會帳的日子，倒不著忙，咱們先去長壽園給老太太請安是正經。」

眾人齊聲應是，一行人又熱熱鬧鬧地出了明志院。

到了長壽園，果然老太太也已用完了早飯。她們一行人進去的時候，老太太正坐在椅上，抬著手臂虛空指著門外，對青玉道：「妳瞧妳瞧，那就是個野猴子，誰管得住她！」

金秀玉一面走進去，一面笑道：「哪隻野猴子惹老太太生氣了？」

李老夫人挽了她的手道：「還不是阿喜那個野丫頭。」

她說著，看見了金秀玉後頭的柳弱雲，便指著她道：「喏，前些日子不是她傷了腳，在自個兒院子裡頭養著嗎？可倒好，她這一休養，阿喜也不用學習女紅了，成了脫韁的野馬，越發地愛往外頭跑，今兒早飯都不吃便帶了人跑出去了，哪裡像個大家小姐，分明是那山裡頭來的野猴子！」

秀秀正端了茶過來，聞言笑道：「三小姐那脾性，還不是老太太您給慣出來的！」

老太太把眼睛一瞪，道：「這話可該打！阿平也是我從小帶在身邊的，可從來都是老老實實，妳瞧他今兒吃完早飯就去先生那裡學功課，可乖巧著呢。」

青玉嘆息道：「那是您沒見著他瘋的時候，若是同阿喜一起，那就是兩隻野猴子了！」

李老夫人無奈地搖頭。「豆兒，妳瞧，這就是妳的不是了。俗話說，長嫂如母，妳既進了門，就得好好管教這兩個弟妹才是。阿平倒也罷了，只要不跟著他妹妹，那就是個省心的。阿喜這妮子卻無法無天，再不管教起來，往後可怎麼嫁人？」

金秀玉笑道：「老太太，阿喜這性子，只怕是拗不過來了。妳瞧，當初可是我沒進門之前，就與她定了學女紅的規矩，只是拖到今兒個也沒學成。於她來說，這叫老天爺保佑；於咱們來說，只怕也是強按牛吃水，牠就是吃不下。」

老太太想了想，說要學女紅，阿喜卻是一日針線都沒拿過，好不容易拿那麼一回，倒把花瓶也給砸了，又大哭了一場，嚎得她腦殼疼。從那日以後，或是家中有大事，或是柳弱雲這位教習師傅受了傷，總未學成，倒把她逼得越發跳脫，恨不得住在外頭才好。

她轉頭看著青玉道：「這可如何是好？」

青玉聰明絕頂能幹絕頂，也不由得皺起了眉頭。

金秀玉道：「依我說，咱們這樣兒的人家，將來為阿喜找婆家，也必是門當戶對的。阿喜過了門也用不著親自做針線，自有底下人效勞，何苦叫她吃這一遭罪？」

老太太嘆氣道：「女紅不學倒也罷了，只是這性子，哪個婆家容得下？」

金秀玉揉了揉額角，也深感頭痛，只好說道：「只盼著將來的妹夫能制得住她。」

老太太同嘆一口氣。青玉、秀秀、真兒、春雲四個大丫鬟也搖頭嘆息，就連那柳弱雲也是深感無奈。

這邊廂眾人正犯著愁，門外頭突然有下人匆匆來稟報，門上的婆子也著急地將消息遞了進來，秀秀出了屋子問明情況，感到事態嚴重，趕緊回屋。

「老太太、少奶奶，出事兒了，三小姐在外頭將人給撞傷了！」
李老夫人和金秀玉大驚，異口同聲道：「怎麼回事？」
「說是小姐的馬車到了平安大街上，因跑得太快，撞了一個小哥兒，當場就把人的腿給撞折了。」
李老夫人差點沒跳起來，金秀玉忙問道：「如今怎麼樣了？」
秀秀回答：「如今小姐把人帶回來，請了大夫來醫治，只是那小哥兒的家人正在外頭鬧呢！說是他們家小哥兒若有個好歹，要叫小姐償命。」
「償命?!」青玉叫了起來。「哪家的小哥兒如此金貴，撞傷了腿也不過傷筋動骨，總有好的時候，哪裡就到了償命的地步，莫不是乘機訛上咱們家了？」
秀秀苦著臉道：「聽下人們說，只怕這位小哥兒的身分不簡單。三小姐她、她可是被人家扭著押回來的……」
眾人都面色大變，又驚又怒。只聽青玉大聲道：「外頭的奴才們都是死人嗎?由著人家欺負到咱們頭上了！」
李老夫人和金秀玉則面面相覷，都臉色灰敗，總歸是阿喜撞傷了人，怎麼樣都是理虧，這才為阿喜的性子犯愁，她立馬就闖了個大禍回來！
金秀玉起身扶了老太太，老太太反握著她的手道：「走，咱們祖孫兩個替她收拾爛攤子去。」
金秀玉苦笑著，主僕一行人浩浩蕩蕩出了長壽園。

還沒進花廳，就聽見裡面嘈雜如同菜市場一般，李老夫人和金秀玉都是腳下一緊，幾步邁進了廳去，只見五、六個陌生男人站在廳中，其中一個背著手，雙目如鷹眼一般銳利。

他腳下放著一張軟榻，一個十一、二歲的男孩兒正躺在上面，左腿的褲子捲到了大腿根，膝蓋以下腫脹不堪，鮮血直流，十分地嚇人。

早上李承之吩咐請大夫給金秀玉調理身子，來的是李家慣常請的大夫，姓許。他來到李家，金秀玉都還沒見到，就正好趕上李婉婷跟被她撞傷的男孩回來，先被拖過來醫治了。

除了那鷹眼男人，其餘還有四個勁裝打扮的漢子，個個都是肌肉虯結、目光剛毅的硬漢，其中一個果然正抓著李婉婷，李婉婷在他手裡就彷彿一隻小雞一般。她嬌生慣養，哪裡受過這樣的苦痛，原本紅潤的面色此時已轉為蒼白，肩膀和手臂上的疼痛讓她淚流滿面，一見到金秀玉和李老夫人進來，頓時嚎啕大哭起來。

「奶奶救我！嫂子救我！」

李老夫人一進門就叫那軟榻上男孩子的傷勢嚇了一大跳，聽到孫女的慘叫，一顆心立馬揪了起來。

金秀玉忙對拿著李婉婷的漢子說道：「這位壯士，咱們家撞傷人是理虧，只求先放開我們家小姐，你們有什麼吩咐，儘管開口就是。」

那漢子冷冷瞥她一眼，嘴皮子都沒動一動，只拿眼睛望著那鷹眼男人。

金秀玉這才知道他才是管事人，又馬上轉過去道：「壯士，可否先放了我家小姐？咱們既然撞傷了人，就絕不會推卸逃避，您有什麼吩咐，儘管開口便是。」

鷹眼男人的目光比起那漢子來又要冷酷幾分，他不過看了金秀玉一眼，金秀玉便只覺背脊後面竄上來一股寒意。

「放人。」

他冷冷地說了一句，李婉婷終於脫了禁錮。她方才掙扎已經耗盡了全身力氣，此時身後男人一放手，她立刻就軟倒在地，兩條手臂奇怪地癱軟著。

真兒和春雲立刻竄上去將人扶了過來，金秀玉和李老夫人都圍上來摸她胳膊。骨頭似乎並無異樣，金秀玉和老太太自然還是不放心的，只是眼前就這麼一個大夫，還正在給人家治傷，總不能拖了過來給李婉婷這個肇事者先診治。

因此她們誰也沒說話，金秀玉拿帕子替小婉婷擦乾淨臉。李老夫人在另一張軟榻上坐下，金秀玉將小婉婷送到軟榻上，她接過來抱在懷裡。

小婉婷此時已經止了哭聲，只將頭埋在老太太懷裡怯怯地流淚，偶爾拿眼睛瞥一眼對面軟榻上的男孩兒，金秀玉這才有工夫去看那男孩兒。

他腿上的傷勢，方才第一眼瞧見的時候實在嚇人，這會兒許大夫已經將表面的血跡和污穢都擦去，原來皮肉倒沒什麼，不過擦破一層油皮。不過那小腿依舊腫脹著，青筋都繃了起來，彷彿正當季的蘿蔔，只是粗壯得可怕。

金秀玉曉得這必是骨折了，只盼著許大夫醫術高明，能將他的小腿治得完好無損；又盼李婉婷只是一時不小心撞了人，這男孩兒的傷勢並沒有想像中那般嚴重。

她看著男孩兒的臉色，自身都可以想像腿傷有多痛，這小男孩不過十一、二歲的年紀，卻難得的沒有呼叫出聲，只是緊緊閉著眼，五官皺成一團，看不出原來的相貌好壞，牙齒狠狠咬著下唇，幾乎已經滲出血來。

許大夫不過是平常出診，可沒有帶麻沸散，要正骨，自然是非常人的疼痛。金秀玉暗道，這男孩兒好生倔強堅毅。

那鷹眼男人只冷冷地盯著許大夫的手，幸而許大夫專心於醫治，並沒有感受到這目光的冷酷凌厲，饒是如此，腦門上也已經全是汗水。

金秀玉招了身邊一個伶俐的小丫頭，命她去給許大夫做幫手。四下一掃，見慣常跟著李婉婷的下人們正畏畏縮縮躲在一角，其中就有丫頭銀碗。

春雲去將銀碗帶了過來，金秀玉問了李婉婷是如何撞傷人的，銀碗這才一五一十地將當時的情況說了出來。

李家人都知道，李婉婷素來是愛飛車馳騁的，即便是在大街上也如此。這個毛病，卻是早年李老夫人也有這個喜好，李婉婷從小耳濡目染跟著學的，等到後來再勸改，便不大勸得過來了。也是淮安城人人都賣李家的面子，這丫頭從小養尊處優慣了，雖是平民，卻自然有了高人一等的姿態。

平時若是有張嬤嬤跟著，她倒還有些收斂，因此出門這麼多次也未曾惹出麻煩來。今兒卻是她甩了張嬤嬤自個兒出了門，小廝們哪裡管得住她，那馬車一飛馳起來，果然就在大街上橫衝直撞。到了平安大街，就將正帶了隨從滿大街亂逛的男孩兒給撞了。

聽到這裡，金秀玉轉過頭看了看那男孩兒的服飾，也順便打量了那鷹眼男人和其他四個漢子的服飾，果然都是好料子，尤其那男孩兒胸口掛的一塊玉玦，顯見不是凡品。

她回過頭，示意銀碗接著說下去。

果然這男孩兒的身分不凡，即使街上有人說出這是李家的小姐，他身邊的隨從也絲毫不懼，當場就將李婉婷扭住，押著她來到了李府。一方面是男孩兒需要找個清淨地方醫治，一方面也是上李府來討說法。

也萬幸，正好李承之今日心血來潮叫下人請了許大夫，一進門就正好碰上了這檔子事兒，自然就先給那男孩兒治腿傷了。

這邊金秀玉剛把事情問清楚，就聽那邊許大夫大大吁了一口氣。她回過頭去，見男孩兒腿上打了木板，包紮得嚴嚴實實。

「皮肉傷並無大礙，這腿骨也已接好，莫要輕易動彈，好好將養，只消時日，自然也就痊癒了。」

鷹眼男人問道：「需多少時日？」

許大夫說道：「俗話說，傷筋動骨一百天。好在小哥兒年輕、長得快，若是養得好，兩、三個月就能行走如常了。」

鷹眼男人看了一眼男孩兒，說道：「我們主子日後還要習武。」

許大夫笑道：「雖急不得，不過時日長了倒是不妨礙的，關鍵，還在一個養字。」

鷹眼男人大約也是心裡有數的，便點點頭，沒有多說什麼。

金秀玉上前對許大夫道：「多謝許大夫了，診金自會奉上，來人，先送許大夫。」

許大夫擦了擦頭上的汗水告辭離去，自有小廝一路送出府。金秀玉看了看軟榻上的男孩兒，見他臉色已是恢復了，小丫頭正拿了乾淨的帕子替他擦汗，顯出清秀俊挺的輪廓來。

男孩兒恰好睜開了眼睛，金秀玉只覺得那眼眉英氣逼人，暗嘆小小年紀便如此，長大只怕又要禍害多少好姑娘呢。

男孩兒卻沒理會旁人，在屋內掃了一圈，目光抓到了李婉婷，便定住了視線，只盯著她一瞬不瞬。李婉婷正埋頭在李老夫人懷裡，轉臉看見，頓時一驚，忙把臉又埋了回去，男孩兒眼神越發凌厲起來。

金秀玉暗自心驚，這主僕六人都是一般的眼神，不得不叫人猜測他們的身分。

她上前對鷹眼男人福了一福，道：「這位壯士如何稱呼？」

鷹眼男人冷冷說道：「我不過是一介下人，賤命就不足為夫人知曉了。夫人只須知道，我家主子姓楊即可。」

金秀玉點頭道：「原來是楊公子。」

她這邊尚無異常，那邊李老夫人聽到「楊」字卻吃了一驚，對那位楊姓的小男孩兒也多了幾分注目。

「這事兒是我們李家理虧，貴公子不知有何賠償要求，請儘管說來。」

鷹眼男人將視線移到李婉婷身上，嘴裡答道：「李家乃是淮安首富，家財萬貫，只是若我家公子真有個好歹，你們李家再富也賠償不起。」

他氣勢太強，金秀玉只好附和道：「是，貴公子面相華貴，定非凡人。我李家有錯在先，不敢推卸，只有盡力彌補。」

軟榻上的男孩兒一直沒有出聲，此時突然開口道：「咱們走吧。」

鷹眼男人立刻上前將他抱起，男孩兒指揮著他先走到李婉婷跟前。李婉婷忙將身子更縮緊了一些，怯怯地抬了頭。

男孩兒面無表情地盯著李婉婷，說道：「記住，我叫楊麒君。」

他說完了話，也不管李婉婷什麼反應，自行指揮鷹眼男人轉身。

鷹眼男人抱著男孩兒，經過金秀玉跟前的時候停了停，冷冷道：「公子的傷，日後自會追究。夫人若想賠償，只等時機便是。」

金秀玉愣愣地看著他，不明所以。另外的四個漢子跟在鷹眼男人身後，一語不發，簇擁著離去。

李家眾人都是愣愣看著，由著他們來去自如。

金秀玉走到李老夫人跟前，見李婉婷縮著身子，小臉透著茫然，眼神也是直直的，不由心提了起來。再一轉眼，見李老夫人也有些失神，不由疑惑，輕輕推了推，叫了聲「奶奶」。

李老夫人輕聲道：「楊……可是國姓呢。」

金秀玉一愣，楊？方才那鷹眼男人說他主子姓楊，楊，可不就是當今的國姓？她在淮安，可從來沒聽說有姓楊的人家。

只見李老夫人輕輕撫摸著李婉婷蒼白的小臉，嘆息道：「阿喜啊，妳這回只怕是真的惹上麻煩了。」
李婉婷今日是真的被嚇著了，就是李老夫人似乎也有些心神不定，金秀玉忙吩咐青玉、秀秀扶了她祖孫二人回長壽園歇息。
青玉、秀秀簇擁著李老夫人和李婉婷，前腳剛出了花廳，後腳就有下人飛奔來報，金秀玉認得是跟著李承之伺候的小廝，忙問是什麼事情。
「大少爺吩咐，說今兒有重要宴會，讓小的來請少奶奶拿更換的衣裳，並請東哥兒隨小的去見少爺，自有差遣。」
金秀玉問道：「少爺現在何處？」
「正在一品樓。」
她看了看天色，將近正午，便問道：「可是在用午飯？」
小廝答了，果然是在一品樓同淮安本地的一些名士豪紳用飯。
「你等會兒跟著我去明志院，衣裳我自會取給你。只是阿東今日卻不在，你常跟著大少爺，也知道阿東最是行蹤不定，如今一時之間卻到哪裡找來？」
小廝想了想，說道：「若是東哥兒不在，小的也沒轍，只好這般回覆大少爺。」
金秀玉點點頭，讓小廝跟著，帶了真兒、春雲等丫頭回明志院去。
李承之只吩咐了小廝回來拿更換的衣裳，卻並未說明是怎樣的場合。金秀玉挑了幾件衣裳，雖說都適合見客的隆重場合，只是依舊難以確定，乾脆叫春雲統統包在包袱裡，打算親自給他送去。

她命真兒在家，只帶了春雲和一個小丫頭和那小廝出了門。小廝是坐馬車回來的，現成，正好載了金秀玉主僕三人，不必再另套馬車了。

金秀玉方才沒瞧仔細，原來除了春雲，另一個小丫頭卻是花兒，王婆子的女兒。

王婆子那日認罪後，原本是要發賣出府，只是被打了二十大板，去了半條命，到如今也只能在床上趴著。金秀玉沒那麼狠的心，吩咐等她痊癒後再找人牙子。這麼著，王婆子如今還在府裡頭待著。

因著這一層，花兒對金秀玉便十分地感恩戴德，到了明志院以後既勤快且忠心，真兒、春雲都極喜歡她，常把她帶在身邊。今日金秀玉出門，春雲也是拉了她來同行。

一品樓就在平安大街和廣彙大街的交界上，金秀玉從前也來過，自然記得這是李家的生意。小廝駕著馬車進了一品樓後院，引著金秀玉主僕三人先到了三樓的一個雅間，囑咐稍等，這才去請李承之。

金秀玉三人剛坐下，便有一品樓的夥計送了茶點上來，大約是得了那小廝的吩咐，可見是個細心的。

不一會兒，那小廝回來了，說是大少爺正同人筵席中，有正經的重要事抽不開身，且請大少奶奶多等一會兒。

金秀玉攤手道：「這倒好，咱們肚子空空，可得就著這茶水點心等他大少爺呢。」正好這時候不知是春雲還是花兒，肚子咕嚕響了一聲，十分地應景兒。

小廝笑道：「少奶奶既是未曾用飯的，倒不如就在這兒吃了吧，也叫一品樓的師傅和夥計們伺候您一回。」
春雲想起上回在一品樓的螃蟹宴，雖說她是個丫頭，不曾上桌，但是主子們吃完了也賞了她們這些下人好些個菜，那美味，她現在想起來還垂涎三尺呢。
一品樓上菜那是出了名的快，廚上三個大廚各有各的鍋灶，可不就快了，就是辦個幾十桌筵席，那也慢不了。
春雲、花兒今天算享福了，金秀玉是最沒架子的主子，叫她們只管坐下同吃。那螃蟹大個，蟹黃又多，三人都吃得滿嘴流油。等到用完了午飯，自有夥計撤了盤盞，又重新沏了茶，換了果點上來。
金秀玉剛喝了一口，李承之就推門進來了。
「怎麼親自送來？等了這許多時候，可用了飯？」
金秀玉笑道：「你身邊那小廝是個心細的，早吩咐廚上與我們整治了一桌飯菜，這才剛撤了呢，今兒的螃蟹倒是十分地不錯。」
李承之一面坐下，一面笑道：「倒是個好奴才，回頭我賞他。」
金秀玉嘻嘻一笑，吩咐春雲打開了包袱，裡頭有三套衣裳。
「不曉得你要見什麼客，我想著你既然吩咐了小廝回來取衣裳，定是十分重要的場合，馬虎不得，我拿不定主意，只好親自與你送來了。」
李承之將手搭在她腰上，另一隻手刮了一下她的鼻子，笑道：「好娘子。」
他刮金秀玉鼻子的動作幾乎已經成了招牌，也是非常重要的信號，春雲當下就拉了花兒悄悄地退出房去，帶上了門。

金秀玉推開李承之，紅著臉道：「你瞧，這兩個丫頭出去了一定又要笑話。」

李承之故作威嚴道：「回頭我罰她們。」

金秀玉虛拍了他一把，起身取了一件紫色的袍子。「這身可好？」

李承之按下她的手。「不著忙，今兒晚上的筵席。」

金秀玉抬頭道：「那晚飯定是不回家用了？」

李承之點點頭，將衣裳從她手上拿開，將人拉過來坐到自己懷裡，打了個哈欠道：「同一幫子酸儒談話，囉嗦得直叫人犯睏。」

「說是鄉紳名士，到你嘴裡倒成了酸儒了。」

李承之搖頭道：「不過是一幫沽名釣譽之輩罷了。日前便得了消息，有大人物近日要到淮安。這幾日大家都預備著，今兒得了確切消息，人已經到了，侯知府作東召大家今夜為這位大人物接風洗塵，筵席就定在一品樓。」

金秀玉笑道：「侯知府倒精明，拿咱們家的開銷做他的人情。」

李承之搖頭嘆息。

金秀玉隨口問道：「卻是怎麼一個大人物？」

「如今還不曉得，侯知府那頭賣關子呢，只說是京城來的，大約是官家人。」李承之隨意回答。

李家雖是淮安首富，卻並無官場上的根基，當初二老爺李銘是在上任途中去世的，自然還來不及營造官場的人脈。如今李家的基業都是一手一腳打拚出來的，實打實的生意人，於官場上並無多大交情。

這也是李承之的煩惱之處。從古到今，官商總是相結合，若無官場的勢力支持，再富有的生意人那也只是有錢的平民罷了，保不定哪天叫官家人一句話就灰飛煙滅。

譬如眼下，大人物已經到了淮安，侯知府不說，他也是兩眼一抹黑，什麼也不曉得。

金秀玉心裡卻咯噔了一聲，京城來的大人物，叫她瞬間想到了那位姓楊的主子。

李承之見她面色有異，便問道：「想什麼？怎的入了神？」

金秀玉想了想，還是將李婉婷撞傷人、對方上門討說法、亮出國姓的事情都一一告訴了他。

李承之聽完沈思片刻，問道：「他只說姓楊嗎？」

金秀玉道：「那小哥兒倒是亮出了自己的名姓，叫楊麒君。」

「楊麒君？」李承之覺得好生熟悉，將這名字反覆唸了幾遍，突然靈光一閃，將金秀玉往旁邊一推，噌一聲立了起來。

金秀玉驚訝地看著他，見他臉色瞬息萬變，忽而凝重，忽而糾結。

李承之背著手來回踱了幾步，輕聲道：「難道會是那位大人物？」

金秀玉問道：「哪個大人物？」

李承之沈吟片刻，苦笑道：「咱們家的三小姐還真是能惹禍呢！我連這位大人物的面都沒見著，她就先把人家兒子的腿給撞折了。」

金秀玉緊張道：「可有妨礙？」

李承之坐下來，苦笑道：「豆兒，只怕妳相公今夜得橫著進門了。」

金秀玉愣愣地看著他。雖說事態有些嚴重，李承之倒也沒覺得真難以應付，只軟言勸慰了金秀玉。

小夫妻兩個關著房門，春雲和花兒在外頭守了足有半個時辰，倒是猜疑著裡頭在做什麼好事，不過金秀玉開門的時候卻沒有一絲異樣，倒叫兩個丫頭白笑話了半天。

李承之最後果然挑了那身紫色的袍子，等金秀玉捲好了包袱，命小廝又將她主僕三人送回府去。

真兒在府中果然打點得妥妥當當，午飯也早就伺候李老夫人和李婉婷等人用過了。金秀玉回到屋裡，問她李婉婷可有異常。

「阿喜的手臂叫那幾個粗漢擰得青紫，丫頭們已經給上了藥，身子倒還好，沒什麼傷，只是精神不大好，看來今兒是真的嚇著了。」

金秀玉哼了一聲道：「嚇她一回也好，看她今後還敢不敢這般魯莽行事。虧得今日那小哥兒傷得不算嚴重，有了這個教訓，往後才不至於釀出更大的禍端來。」

她說歸說，到底還是不放心，又起身要往那長壽園去看看。

「少奶奶呀，如今也是刀子嘴豆腐心了。」真兒笑著，同春雲一起跟著她出門。

到了長壽園，老太太午睡未醒，金秀玉徑直去了偏院，進了屋，見張嬤嬤摟著李婉婷正在床上躺著，手裡拿著把葵扇與小婉婷搧風。

見了金秀玉，張嬤嬤倒是想起身行禮，被她抬手按住了。

嬤。

她低頭看去，見小婉婷閉著眼，臉色比上午倒是好了一些，即使睡夢之中，雙手也纏著張嬤嬤。

金秀玉壓低了聲音道：「她午飯吃得如何？可好些了？」

張嬤嬤微微搖頭道：「吃得少，睡得也不安穩，哄了好一會兒，剛合上眼。」

她只不過說了這麼一句，身子不曾動過一下，李婉婷便囈語著張開了眼。

金秀玉凝望著她，她初初目光發散，沒個焦點，慢慢才醒過神來，認出面前的是金秀玉，輕輕叫了一聲：「嫂子。」

金秀玉「嗯」了一聲，摸摸她的小臉道：「再睡會兒。」

李婉婷搖搖頭，張嬤嬤便扶著她坐起來。金秀玉從小丫頭手中接過外裳，給她披上穿好，又拿濕帕子給她擦了臉。

若是往常，李婉婷必是不停地動著身子，嘴裡也巴巴說個不停，今兒卻是十分地安靜，只由著金秀玉動作，一個字都沒說，眼神也還有些怯怯的，乖巧地叫人心疼。

金秀玉替她收拾好，問道：「今兒做什麼？」

李婉婷想了想，說道：「找奶奶去吧。」

金秀玉點點頭，拉了她的手慢慢地出屋，往正院上房走去。

李老夫人已經起了，正坐在上房，李婉婷進了門，乖乖地走過去，安靜地往她身邊一坐，依偎在她身上。

金秀玉嘆氣道：「奶奶妳瞧，今兒個是真嚇著了，話也不多說，性子也靜了，往日的活潑勁頭都不見了。」

老太太攬著她小小的身子，低著頭道：「看妳往後還敢不敢如此飛車馳騁。」

小婉婷仰著頭說道：「奶奶，那個楊麒君叫我撞斷了腿，我卻覺得自個兒比他還疼。」

「哪裡疼？」

小婉婷按了按心口。「這兒疼。」

老太太撫摸著她的頭髮。「阿喜長大了，該知道心疼別人了。」

金秀玉和李老夫人一整個下午便陪著李婉婷說話兒，她難得乖巧，將所有道理都聽了進去。

晚飯因李承之並不回來，李老夫人、金秀玉和李婉婷，加上下了學的李越之也不過四人，便在長壽園裡頭用飯，不曾到花廳去。

飯後，祖孫四人又說了會子話，李越之戌時三刻便由林嬤嬤帶去睡了，大約快到亥時，李婉婷和老太太也都露出了睏意。

金秀玉命青玉、秀秀服侍老太太安歇，自個人則摟了李婉婷去偏院，替她更換了睡衣，哄著她上了床。

小婉婷雖然閉著眼，手卻還拉著金秀玉，後者拿了把葵扇輕輕地搧著，窗子外頭一陣清風拂過，忽然淅淅瀝瀝下起小雨來，綿綿密密。

真兒躡手躡腳進來，輕聲道：「前頭傳話，大少爺回來了，果然吃了酒，醉得不輕呢。」

金秀玉點點頭。「妳先帶了小丫頭回去照料，等阿喜睡熟了我便來。」

「是。」真兒應了，帶著小丫頭打了油紙傘去了。

李承之倒在那張拔步床上，枕間絲絲縷縷輕輕淺淺的香氣，在鼻間忽隱忽現地縈繞，這是他所熟悉的豆兒的味道。

隔著桃花帳子，他醉眼迷濛，恍惚覺得有個人慢慢地往自己走來，帳子裡多了一抹倩影，鵝黃色的，影影綽綽，十分地窈窕。

「大少爺……」

一隻手撫上額頭，微微有點涼，李承之一把抓住了，捏在手裡。

纖細、光滑、細膩，他回想著，似乎豆兒的手就是這樣的，不過好像還缺了點什麼，缺了點什麼呢？他用拇指輕輕地摩挲著。

一個嬌軟的身子依偎了過來，微微有些顫抖，臉上有個溫軟的東西貼了上來，微微有一點濕意。出於男人的本能，李承之伸手環了過去，頓時軟玉溫香撲滿懷。

懷裡的身子越發顫抖地厲害了，那片溫軟如同蜻蜓點水一般，從臉頰、額頭、鼻尖、下巴，一點一點移到了嘴角。

李承之覺得身體好像躺在棉花堆裡，軟軟的、懶懶的，使不出一點力氣，那片溫軟帶來絲絲的酥癢，十分地舒服，十分地迷醉。

鼻間一縷馨香拂過，他猛然睜開了眼睛。

不對！這不是豆兒的味道！

此時，他終於想起來握住的那隻手相比豆兒的缺了什麼，缺了指腹的一點繭子。豆兒的手是到了李家才保養得光滑細膩，手指上的一點微薄繭子卻還未完全褪下去。

懷裡的人不是豆兒，是誰？

他猛地推開這個嬌軟的身子，一張海棠春醉的面孔映入眼簾。

柳弱雲！

「怎麼是妳？」

他腦子立刻清醒了五分，將對方又推得遠了一些。

柳弱雲咬住了嘴唇，雙眸如水，輕聲道：「大少爺，讓賤妾伺候你吧。」

「不，不必！真兒呢？春雲呢？叫她們來。」

柳弱雲柔聲道：「她們都在長壽園呢，少奶奶今兒陪三小姐睡，不回來了。」她一面說著，一面又依偎了過來。

細膩柔軟的肌膚在胸膛拂過，李承之覺得身體裡有個火苗被點了起來，剛剛清醒的腦子頓時又飄飄然，化為一團棉絮，但是手上卻一點也不想放鬆，他知道這個人不是豆兒，不是他的妻子。

柳弱雲握住他的手輕輕地摩挲著，軟軟的、柔柔的，他覺得身體裡的力氣都被抽光了，手腳一點也不聽使喚。

腰上一鬆，腰帶被解開，在後腰下一滑，掉在了地上，然後衣襟被打開，對方彷彿十分熟悉他的身體，輕輕鬆鬆便褪去了他的外衫。

李承之無比痛恨起酒這個東西來，因為它每次都能讓他失去男人該有的力氣，還有男人該有的堅持。

一具滑膩的身子蛇一般纏了上來，他突然覺得一陣噁心，豆兒從來不會讓他有這種感覺。幸而是這陣噁心，讓他有了片刻的清醒。他使盡力氣一推，聽到了砰一聲，伴隨著一個女聲低低的驚呼。

「來人吶！」這一聲嘶吼幾乎用盡了他全身的力量。

房門砰一聲被推開，李承之只覺得這聲音有如天籟，渾身頓時一軟，再沒有半分力氣，嘴裡卻仍不忘喃喃著：「拖出去，拖出去……」

真兒冷冷地看著眼前凌亂的場景，冷冷地盯著跌在地上的柳弱雲。

柳弱雲露在外頭的肌膚竄上一層細密的顫慄，真兒意外的出現讓她無地自容，恨不得找個地洞鑽下去。

「柳姑娘，大少爺這裡自有奴婢照料，不必勞動姑娘了。」

柳弱雲死死咬著嘴唇，不敢抬頭看她的臉色，將衣裳一抓，胡亂披在身上，低著頭衝了出去。

真兒大大地鬆了一口氣，方才進門的時候就聽小廝說柳弱雲來了，想到自家大少爺每每喝醉酒便渾身發軟難以自控，她頓時有種不好的預感。

果然到了上房門口，正好聽見大少爺的嘶吼，顧不得許多，她才破門而入。

怪不得當初柳弱雲能夠進李家的門，原來每每都是這樣的手段。

夜雨綿綿，絲絲涼意襲人。

柳弱雲披著衣裳，渾然不知身外物，胡亂地跑回清秋苑，一頭撞開了院門。

上房門吱呀一聲開啟，蓮芯一路小跑過來抱住了她，驚慌地道：「姑娘到哪裡去了？衣裳怎麼亂了？身上都濕透了！」

她一迭聲地說著，柳弱雲往她懷裡一倒，失聲痛哭起來。

「姑娘！」蓮芯嚇了一跳，有些不知所措。

姑娘可從來沒有這樣過。即便當初在家被夫人陷害，也沒有這般痛哭過，這是怎麼了？

她先讓自己鎮定下來，扶著柳弱雲往上房走，直到進了屋，方才手忙腳亂地替她找衣裳，換下身上的濕衣。

柳弱雲一直在流淚，蓮芯不停地問。

「我不配，我不配……」

她只是喃喃著這句話，彷彿著了魔。

蓮芯手足無措，最後只有抱住了她，自個兒也流淚起來。

「姑娘，我可憐的姑娘……」

第十七章　小世子有請

金秀玉替李承之擦拭完頭臉身子，小丫頭上來收了水盆。

窗外的雨已經停了，開了半扇窗，空氣又清新又濕潤，真兒已經將她剛進門時撞到的情景都跟金秀玉說了。屋子裡頭靜悄悄，丫頭們都退了下去，只剩她自己一人守著熟睡的李承之。

吃醉酒的這個男人，臉色總是有些不正常的酡紅，卻顯得臉越發地清俊與魅惑，肌膚也呈現出一種玉一般溫潤的光澤，金秀玉忍不住伸手撫摸了他的臉頰一下。

「上回不是還到人家屋子裡坐了半宿嗎，相談甚歡；今兒送到嘴邊的肥肉，倒推了出去。你這是有意呢，還是無情呢？」她喃喃低語著，慢慢伏低身子，靠在他微微起伏的胸膛上。

依舊是男人的本能，李承之迷迷糊糊地便伸手環住了這個軟軟的身子。

金秀玉踢了腳上的鞋，將兩條腿蜷縮上來，臉正好埋在李承之的頸項之間，身下的胸膛結實，胸腔裡心跳有力，這個懷抱彷彿能替她擋住所有的風雨。

李承之突然翻了個身，將她壓在了身下。

金秀玉一抬頭，他分明睜著雙眼，狹長的眼角幾乎要飛入鬢間，帶著一層醉意的眼，燦如星辰。

「你何時醒來？」

李承之輕輕在她唇邊啄了一下，抿嘴魅魅一笑道：「在娘子投懷送抱之時。」

儘管已是夫妻，金秀玉依然覺得臉上有點燒。她得記住李承之醉酒的習慣，醉時渾身無力，醒卻也醒得極快。

一陣熱氣噴灑在耳畔，充滿熱力與魔力的手掌沿著她起伏的身體曲線慢慢游移，金秀玉忍不住呻吟了一聲。

「好豆兒，咱們再來一回洞房花燭。」

金秀玉渾身發燙，微微顫抖著，伸手反抱住他，十指探入他濃密的烏髮間。

李承之的唇，彷彿是火種，點到哪裡，哪裡就燃燒起來，從額頭、鼻尖、臉頰、下巴到嘴唇；從嘴唇、耳垂、頸下，一路到鎖骨。

她鎖骨的精緻程度叫他驚嘆，忍不住用牙齒輕輕啃舐，一陣細密的顫慄竄上後腦，她渾身都酥軟了。

李承之的嘴忙著，手也沒有清閒，沿著她弧度驚人的腰線慢慢攀上了頂峰，隔著衣裳揉搓著、撫弄著；另一隻手不知何時已解開了她的腰帶，順著敞開的衣襟滑了進去，白色錦緞繡金芙蓉的抹胸恍若無物，不過手指輕輕一動，便被抽出扔到了床下。

裙上的繫帶也被解開，李承之此時已有些性急了，手上用力一扯，那紅色的石榴裙當真如同一朵盛開的石榴花，冉冉飄落到床榻之下。

此時金秀玉身上只剩下一件褻褲，隔著鵝黃色的雲茜紗，透出誘人的顏色。薄薄的雲茜紗完全起不到遮擋的效果，肌膚細膩的紋理、玉石一般的光澤，在若隱若現中比完全赤裸而更加誘惑。

李承之的手如同蛇一般滑動，順著光潔的腰線一路滑到了賁起的臀部，金秀玉難以忍耐地喘了一口氣，猛地揪住了他的衣襟。

「豆兒……豆兒……」濕熱的吻落在她的胸口，李承之細碎的呢喃，勾起了她心底最深的慾望，她用依舊有些生澀的動作回應著。

李承之渾身滾燙，熱力驚人，越發地焦躁起來，一件件衣物飛快地從帳子裡頭滑了出來，外衫、裡衣、褻褲，破碎的吟哦，一聲一聲，斷斷續續響起，慢慢地變成一種古老而神秘的節奏。

窗外又淅淅瀝瀝起來，纖細的雨絲透過半開的窗戶滲了進來。果然隨風潛入夜，潤物細無聲。

低低的一聲嘶吼，是雄性最原始的釋放信號，伴隨著的，是一聲類似哭泣的低吟。

這座柳州木精製的拔步床，掛著秀麗絕倫的桃花帳，窗外吹來的風使帳子冉冉飄動，彷彿輕煙薄霧，迷濛又沈醉。

金秀玉倚靠在李承之的臂彎裡輕輕地喘著氣，兩人身上都出了一層薄汗，微微地有些滑膩難受。李承之一手撩開帳子，朝外叫了一聲。「來人！」

「啊！」金秀玉驚叫一聲，倏地將身子往下一滑，整個人都埋在了薄薄的被子裡。

李承之哈哈大笑，隔著被子在她突起的臀部拍了一掌，而他伸在被子裡頭的大腿立刻遭到了劇烈的反擊。

真兒、春雲推門而入。兩個丫頭有多麼聰明，並不進入內室，只在外頭揚聲道：「大少爺有何吩咐？」

「叫人準備熱水，少爺我要沐浴。」

「是。」兩個丫頭應了。

春雲忍不住伸長了脖子望去，真兒卻一把揪住她的耳朵，不理會她的慘叫求饒，一路拖了出去。

底下動作極快，不大一會兒便燒好了熱水，真兒、春雲帶著幾個小丫頭將那浴盆給灌滿了。氤氳的白色霧氣升騰，屋子裡瀰漫出溫熱的濕氣。李承之將被子一掀，突然灌入的冷空氣讓金秀玉猛地一縮，卻被丈夫一把打橫抱了起來。

兩人身上都是未著寸縷，這樣親密無間的接觸讓她十分不適應，忍不住用手捂住了臉。太奔放了！

李承之差點笑出聲來，他抱著金秀玉到了浴盆前，將人輕輕地放了進去，然後長腿一跨，自己也坐了進去。

金秀玉立刻轉過身，將背露給了他，抬手去取掛在盆邊的毛巾。背上一個火熱的身子貼了上來，一雙有力的手臂環住她的腰，熱氣升騰的水面擋住了視線，卻讓觸覺越發地敏感細膩。從腿彎泛上來的痠軟讓她無力地跌坐下去，臀部正好坐在李承之的大腿上，身體頓時一僵。

李承之魅惑低啞的聲音在耳邊響起──「娘子好心急。」

原本就被熱氣熏紅了臉，如今幾乎更要滴出血來。金秀玉咬住嘴唇，側頭斜睨著他，吐出兩個字。「冤家……」

李承之張口便將她的話兒含進了嘴裡……

雲收雨散，金秀玉全身用被子裹得嚴嚴實實，咬著嘴唇，恨恨地盯著眼前的男人。沐浴便沐浴，又折騰了那麼一回，如今她渾身上下痠軟，連手指頭都動彈不得。

李承之只穿著白色的睡衣睡褲，抿著嘴坐上床來，將她連人帶被抱住。

金秀玉覺得不安全，想著得找件事情轉移他的注意力，便問道：「今兒因何喝得這般酩酊大醉？」

李承之笑容一斂，頓時有些愁悶，揉了揉額角，說道：「還不是阿喜那丫頭惹的禍，我這做兄長的只有替她告罪了。」

金秀玉疑惑道：「如何同阿喜有關？你今兒不是去見那位大人物嗎？」

李承之苦笑著，說道：「妳可知，今日阿喜撞傷的那位楊麒君，正是這位大人物嫡親的兒子。」

竟有這樣巧的事！金秀玉驚訝地張大了眼睛。

「這位大人物，究竟是怎麼一個身分？」

李承之眨巴著眼睛，豎起食指朝上面指了一指，說出三個字。「長寧王。」

果然是好大一位人物！金秀玉吃驚地張大了嘴，失聲道：「竟是位王爺?!」

李承之嘆氣道：「阿喜撞傷的可是正正經經的皇親國戚，長寧王府的小世子。」

金秀玉拿手掩住了嘴。

「這位長寧王是當今聖上同胞親弟，最是蒙受聖恩的，當初先皇在的時候，便將淮安與他做了封地。如今他到淮安暫居，今兒是抵達淮安城的第一天，小世子恰好帶了隨從出門，就正正好被阿喜撞傷了腿，這真叫作孽呢！」

金秀玉尚沈浸在驚嘆的情緒之中，她可從來沒想到自己會接觸到一位真正的皇親國戚，一位王爺。今兒被阿喜撞傷的小男孩兒楊麒君，竟是長寧王府的小世子……

她倏然一驚，抓住李承之的手道：「這麼說，長寧王今夜為難你了？」

李承之搖著頭，苦笑道：「他今兒沒為難我，只怕以後要叫我更加為難。」

「這卻怎麼說？」

李承之輕嘆一聲，撫摸著她的頭髮柔聲道：「如今還說不準呢。況且妳在內宅，這些事兒與妳也不相干，不提也罷。」

金秀玉待要再問，他搶先說道：「夜已深了，折騰了一宿，歇了吧。」

她感到對方的手又落在自己臀上，不由心裡又有些異樣。這回李承之卻並未作怪，掀開她身上的被子蓋在自己身上，將人攬在懷裡，舒舒服服地睡下了。

金秀玉方才被狠狠折騰了幾回，到底也撐不住，頭一挨他的臂彎便沈沈睡了過去。

這一覺，直睡到雞叫三遍方起。

因昨兒下了雨，如今的天氣正是一層秋雨一層涼，今兒立馬便覺得雲茜紗的衣物透著一絲絲的單薄。

真兒替金秀玉取了慣常愛穿的抹胸長裙，外頭則是一件白綾鍛繡大紅色折枝梅花的衣衫。李承之穿了一色的白色大紅繡邊的袍子，腰上繫了一條闊闊的黑色腰帶，襯得他身量修長，越發的風流別致。

今兒直到用早飯也沒見柳弱雲過來伺候，金秀玉和李承之都沒有提起，真兒、春雲自然不會這麼掃興地提這個人。

昨兒夜裡一番溫柔繾綣，今日自有不同於往常的默契，在那瑣碎細小的觸碰之間流露。真兒往日最是明察秋毫的，今日也只做了瞎子與啞巴，什麼也不多看，什麼也不多講。春雲倒是想笑話幾句，都叫她在底下擰住肉，不敢說出口來。

李承之拖拖拉拉用完早飯，又出門去了。他前腳出了明志院的院門，後腳柳弱雲便在蓮芯的攙扶下嬌嬌怯怯地進來了。

她進得門來，誰也沒開口說什麼，就見她放開蓮芯的手，端端正正地跪了下去。

「賤妾向少奶奶告罪。昨夜秋雨來得突然，賤妾偶感風寒，今日起得晚了，未及伺候少奶奶與少爺梳洗用飯，還請少奶奶恕罪。」

桌上碗盤未撤，金秀玉正從春雲手裡接了茶水漱口，小丫頭端過痰盂來，她拿手掩著吐了水，眼睛卻望著柳弱雲，見她面上平靜如水，半分喜怒不顯，倒覺得微微詫異。

「起來吧。」

蓮芯忙攙了柳弱雲起來，果然她臉色比平日更加怯弱了些。春雲知道她昨夜的行徑，如今一見她便死死盯著，臉上尤其憤憤。

論理來說，柳弱雲身為侍妾，伺候李承之是分內的事，但在正房少奶奶屋裡頭欲同少爺行歡，卻是不敬之罪，大大地逾矩了。只是並非當場撞破，金秀玉也不願將這事兒鬧大了，影響夫妻兩個的感情，便有意揭過此節。當然，日後的敲打卻是少不得的。

此時她淡淡說道：「既是身子不適，今日便不必當差，自回清秋苑歇息去吧。」

柳弱雲忙躬了身子，口中說道：「不過是微恙，不礙的。昨日那帳目，賤妾尚有一二疑問，再過幾日外頭莊子就得送供給來，賤妾得趁早理清帳目，往後才好登記新帳。」

她聲音細弱，態度卻十分地堅持，金秀玉凝神盯著她，慢慢說道：「忠於職守是好事，只是為人奴婢者，最要緊是謹記本分，什麼事兒做得，什麼事兒做不得，都得分得清清楚楚，免得有一日行差踏錯。這深宅大院裡頭的規矩，可不比衙門輕便容易。」

她這話裡的意思已是十分明白，只聽柳弱雲低頭回話道：「奴婢謹記少奶奶教誨。從今往後，謹守本分，旁的一概不敢多想，只一心辦好差事，與少奶奶分憂解勞。」

金秀玉細細打量著她，猜測她話裡頭有幾分誠意。她總覺得，那張跟往日一般無二的臉上，彷彿有什麼東西變了。

既是對方自個兒堅持當差，她便沒再多說什麼。那邊廂春雲命人撤了碗盤，這邊廂她便帶著真兒、柳弱雲又往書房而去。

昨夜聽了李承之的話，她今兒心神不寧，總歸坐不住，不過陪著說了一會兒的帳目，便吩咐真兒和柳弱雲二人自行整理，她帶了春雲徑直往長壽園去了。

今日她到得早，李老夫人這邊才剛剛吃了早飯。李婉婷自然是在的，日日都能見著，難得的是李越之尚未去先生那邊，倒是頭一回在大清早見著。

「嫂子。」他如今身量抽長，一舉一動越發地像個小大人。先生教得好，比起李婉婷，他可算得上知書達禮了。

小廝們收拾了書箱來請二少爺，其中還有一個是小丫頭，金秀玉想起李婉婷身邊的銀碗來，便問道：「這個丫頭叫什麼名兒？」

李越之歪了歪腦袋，說道：「叫銀盤。」

金秀玉忍著笑，轉頭對李婉婷道：「聽起來倒像是妳給起的名兒，是也不是？」

李婉婷笑咪咪地點點頭，自家覺著還挺得意。

金秀玉搖頭嘆息，望著那位頗有些美人胚子的丫頭，惋惜道：「委屈妳了。」

小丫頭受寵若驚，低著頭不敢多說什麼。

李越之拜別了老太太和金秀玉，帶著小廝們自去尋他先生，銀盤自然也小跑著跟上了。

金秀玉望著李婉婷道：「阿喜也該跟著先生習一些學問，不然往後都給身邊人取些鍋碗瓢盆的名字，可不叫人笑掉大牙！」

李老夫人一笑，尚未答應，李婉婷先大叫起來。

「好嫂子，才說不叫我學女紅呢，怎麼又提起學文來，妳可別盡想著法子折騰我！」

金秀玉斜睨著眼道：「瞧瞧，昨兒還蔫著，今日又成了水靈靈、活生生的了，可見呀，妳昨兒還是沒受到教訓。」

李婉婷臉上一僵，訕訕道：「嫂子別提昨日的事，我悔著呢。」

老太太撫摸了一下她的臉，道：「悔才對呢。」又轉頭對金秀玉道：「妳何苦提那不順心的事來，人家都不追究了，妳還揪著尾巴不放是怎麼著？」

金秀玉不以為然，說道：「老太太莫非忘了，人家走時可沒說不追究呢！況且，那位小哥兒自稱國姓楊，老太太難道也忘了不成？」

老太太道：「怎麼著？妳又曉得什麼了？」

金秀玉看了看尚不覺有不妥的李婉婷，又看了看李老夫人，說道：「好叫老太太得知，阿喜這回惹上的可不是一般人物，咱們家雖是淮安首富，也不過一介平民，上頭的大人物可多得是。」

李婉婷不服氣道：「那人能是什麼大人物，嫂子倒說來我聽聽。」

金秀玉冷笑道：「妳當妳是什麼樣的千金小姐呢！昨兒妳撞傷的，才是真正的金枝玉葉、天潢貴冑。」

李婉婷尚未反應，老太太先心裡頭咯噔一下。「怎麼？當真是國姓人？」

金秀玉見老太太追問，嘆道：「那位楊麒君，乃是當今長寧王府的小世子，正經的皇親國戚。」

此話一出，周圍人人變色，青玉、秀秀都忍不住對視了一眼。

「長寧王府的小世子？」李老夫人重複了一遍，略一思忖，擊掌道。「怪不得，怪不得，這便是了。」

李婉婷見人人神色有異，忙扯了老太太的袖子道：「奶奶，小世子是什麼人物？」

老太太苦笑著摸摸她的頭，道：「小世子，那就是皇帝的親姪子。」

這衝擊著實有些大，小婉婷呆了一呆，目光發直，半晌才嘴巴一癟，哭道：「我撞了皇帝的親姪子，那皇帝老爺要不要砍我的頭？」

老太太和金秀玉面面相覷，均哭笑不得。

「皇帝老爺遠在千里之外，多少大事等著他辦呢，只怕才顧不上妳這顆腦袋！」

小婉婷變臉如變天，頓時又眉開眼笑道：「是了，人們常說天高皇帝遠，可管不著我呢。」

金秀玉瞧不得她的輕狂樣，忍不住便要打擊她，冷冷說道：「皇帝雖管不著，只怕長寧王遲早來找妳麻煩。」

小婉婷一愣，老太太問道：「長寧王到了淮安？」

「正是。」金秀玉點頭，這才說了昨夜李承之便是跟著侯知府，同淮安本地的一眾名士豪紳為長寧王接風洗塵。

她又說道，正是因為李婉婷撞傷了小世子楊麒君，李承之昨夜才遭到長寧王刁難，喝得酩酊大醉回府來。

老太太聽了，指著李婉婷道：「瞧瞧，我說什麼來著，妳這脾氣不改，總有一天惹出大禍來。如今，可不就差捅了天？罷了罷了，若是長寧王不肯饒恕，來同咱們家要人處置，咱們也只有將妳交付出去。」

她這話，金秀玉自然曉得玩笑多，可李婉婷聽了卻嘴巴一癟，又要哭起來。

「老太太、少奶奶，親家金奶奶來了。」

底下突有人稟報，李老夫人立刻對李婉婷喝道：「快些收了哭相，莫叫人笑話。」

李婉婷剛把哭泣的情緒給醞釀出來，叫她一喝又都縮了回去，好不氣悶。

金林氏是內眷，金沐生又是未長成的孩子，下人們都知道老太太對少奶奶的疼愛，對金家母子便格外尊重，又因是少奶奶至親，便沒有領到正廳，直接領到內院花廳裡坐定。

金林氏雖是第二回來，依舊對李家的繁華豪奢感到驚嘆，不停地摩挲手臂下光滑結實的黃花梨木椅扶手，一雙眼睛也不斷地四處掃視。金沐生雖坐著，卻顯得有些不耐煩。

細碎密集的腳步聲傳來，母子兩個都轉過頭去。

「親家！」李老夫人腿還沒邁進來，嘴裡先叫起來。

金林氏忙不倫不類地福了一福，道：「親家奶奶，問妳好啦。」

李老夫人笑咪咪地虛扶一把。

金沐生一眼瞧見後面的金秀玉，大叫一聲：「金豆兒！」後腦勺上立刻風聲響，他把腦袋一晃，竟將金林氏拍過來的一巴掌躲了過去。

金林氏自然有些吃驚，金秀玉卻笑道：「果然是跟著阿東學了真本領了。」

金林氏斜睨一眼，道：「學得好本事，都拿來對付自己人呢。」

金沐生不以為然地別過頭去，李老夫人笑道：「同小孩子計較些什麼，來，金媽媽快請坐。」

她們這兩個親家的稱呼也是不倫不類的，金林氏管李老夫人叫親家奶奶，李老夫人直呼她金媽媽，李家的下人們都跟著李婉婷和李越之兄妹管她叫金奶奶。好在李家一向不按常理行事，金秀玉倒也見怪不怪了。

「金媽媽今兒怎麼有空來串門？」

金林氏斜睨了金秀玉一眼，對老太太說道：「喏！還不是我這大閨女，自打出閣，除了回門那一趟，可就半點音信皆無了。說起來，兒女到底同做父母的不同，娘生兒是連心肉，去哪兒都是心心念念記掛著；兒女卻有那薄倖的，自個兒成了家，就將父母恩情拋到腦後。素來只聽說不孝兒女，哪裡有不慈的父母來。」

她一面說，一面露出淒婉的神色來。金秀玉哭笑不得，說道：「娘的本事倒也見長，往日都是直來直往，如今倒學會拐彎抹角了。我何時就忘了父母恩情了？娘若有事，只管叫人尋我。既是做了人家媳婦兒，哪裡有成天往娘家跑的道理？」

金林氏抖著手指著她，對李老夫人道：「您瞧您瞧，這哪裡是做女兒的人說出來的話！」

李老夫人失笑道：「妳們母女多久才見一面，這般魯莽地爭起來，才是淡了情分呢。」

金秀玉揉著額角道：「娘今兒來，就是為了數落我嗎？」

「呸！」金林氏啐她一口道。「誰為了妳這個狠心短命的？我不過是想著我那寶貝女婿還有親家奶奶罷了，怎麼著？我到自個兒親家家裡頭串門，還得有個理由不成？」

金秀玉陪笑道：「哪裡的話呢！娘既是來親戚家串門子，可不該兩手空空吧？」

她斜挑著眼角，像是等著看金林氏的笑話。金林氏一哼，從旁邊几上抓過一只竹籃，往她面前一放，說道：「瞧瞧，今早才摘的橘子，又大又甜。」

金秀玉挑了一個捏了捏，笑道：「娘倒是有心呢。」一面叫小丫鬟們拿了下去。

金林氏嗤了一聲，往下一坐。

金秀玉見李老夫人面色憂愁，忙笑道：「老太太莫著急，這不過是我們母女兩個慣常的鬥嘴，旁人瞧著厲害，不過自個兒逗樂罷了，老太太可千萬莫當了真。」

金林氏也道：「是了，親家奶奶莫較真，咱們是鬥嘴慣了，哪回都得鬥上一鬥，您若不嫌我們粗莽無禮，我便常來走走可使得？」

李老夫人笑道：「使得使得，我老婆子孤寡得很，巴不得親戚們常來。妳閒暇無事，只管來尋我，咱們兩個叫上丫頭們打牌鬥鳥，老娘兒們也找些個樂呵。」

金林氏笑道：「好極好極。」

青玉和秀秀便吩咐小丫頭去取牌，又叫小廝擺出黃花梨的四方小牌桌來。金秀玉不會打牌，由著她們取樂，自個兒走到金沐生跟前問道：「你今兒卻是做什麼來？」

金沐生道：「今兒本是我習武的日子，阿東師父卻不見，我是問妳要人來了。」

金秀玉皺眉道：「阿東這幾日總是行蹤不定，他平日便是灑脫慣了的，野馬一般，我哪裡曉得他在哪裡。」

「這卻奇怪了，上回他就說，近日府裡頭有事，怕是不能夠如往常一般出來，怎麼妳又說，他不在府裡？」

金秀玉也疑惑道：「是有些古怪。」

「吃！」

那邊廂金林氏大叫了一聲，顯然是吃了張好牌，李老夫人、青玉、秀秀三人都是小小一譁。

金秀玉偷偷問沐生道：「娘今兒個到底為什麼來？」

金沐生驚訝地看著她道：「她不是說串門子嗎？」

「這話你也信？娘是什麼樣的人你不曉得，無事不登三寶殿，平白無故地，她會跑了大半個城過來？」

金沐生微笑道：「金豆兒嫁了人，倒是聰明了些，我偷偷與妳說，娘今兒來，目的可不一般呢。」

金秀玉將耳朵湊過去，只聽沐生輕聲說了緣故，頓時哭笑不得了。

原來金林氏自從將女兒嫁進李府，日日都受著左鄰右舍們的奉承，都道她有了個好女婿，早晚得老大的富貴，她每每也十分得意。只是日子一長，也不見金秀玉搬了如何的金山銀山回娘家，旁人本來就是眼紅的，哪裡是真心讚慕，自然有那愛說嘴造謠的三姑六婆們紛紛紜紜胡說起來。

說女兒究竟是那潑出去的水，嫁了人就是他姓，如何還能記著娘家？金林氏就是養了個富貴少奶奶出來，那又如何，不過是竹籃打水一場空罷了。聽得金林氏鬧心，終於同人爭辯起來，於是便有那好事之人與她打了賭，要看她能不能從已經做了少奶奶的女兒身上得到孝敬。

金林氏當時一衝動便應了賭，事後自然是後悔的，只是若拿不出實據，又丟了臉面，只得今日帶兒子做掩護，用了串門子的藉口來到李府。

金秀玉恍然大悟，這不就是打秋風來了嗎？只是說到底還是自家親娘，生了她養了她，又將她風風光光送嫁，金林氏如今要掙面子，不過是為著成全她這女兒的一個孝名，於她只有好處，沒有壞處。

「何必遮遮掩掩，同我說也就罷了，娘兒兩個還有什麼說不出口的。」她輕聲嘀咕著，卻見牌桌上的金林氏偷偷往這邊望過來，見了她的目光，立刻又縮了回去。

金秀玉暗中發笑，心裡則盤算起待會兒拿些什麼東西叫她帶回去才好，值不值錢倒還罷了，最要緊，得風光顯眼，才能替她撐起面子來。

正想著呢，金沐生扯了扯她的衣角，低聲道：「那兩個呢？」

「哪兩個？」她一時沒反應過來。

金沐生頓了一頓，說道：「那對龍鳳胎。」

「哦，原來是阿平、阿喜。阿平每日都得上先生那裡學功課，阿喜正在自個兒院子裡頭玩呢。」

金沐生撇嘴道：「女孩兒家就是女孩兒家，整日裡縮在房裡，也不嫌悶氣。」

金秀玉差點笑出來，李婉婷那還叫整日縮在房裡？她一天不往外跑，就已經是太陽從西邊出來的稀奇事了。

「我可記得，當初阿平、阿喜來咱們家，你可不大喜愛，今兒怎麼倒問起他們來？」她奇怪地看著這個弟弟。

沐生抿了抿嘴，目光不自然地左右游移了一下，訕訕道：「不過隨口問問罷了……」

「金沐生！」

一聲驚呼，將金秀玉和金沐生姊弟倆都嚇了一跳。就見李婉婷滿臉驚喜，蹦蹦跳跳地跑了進來。

李婉婷跑到沐生跟前，發現不過一個多月工夫，他似乎又抽高了一些，她如今得仰著腦袋看他才行。

「金沐生，你怎麼來啦？」

沒見著人時問起人家，如今見了人，金沐生反而覺著有些彆扭。

「嗯，串門子。」

金秀玉差點笑出來，沐生那冷酷的木頭臉模樣，跟方才如同兩個人一般。

牌桌上正唏哩嘩啦洗著牌，李老夫人望著這邊，高聲道：「沐生難得來一趟，阿喜妳帶他在府裡頭逛逛呀。」

「好啊，金沐生，跟我走！」李婉婷歡歡喜喜地就牽起了沐生的手。

她平日少有玩伴，李越之雖一般大，卻每日都要學功課，沒工夫陪她作耍，今日難得朋友來，她自然十分高興，拉了人家的手也絲毫不覺有何不妥。

沐生清俊的臉上卻飛上兩朵紅雲，緊緊抿著唇，一聲不吭，由著她牽走了。金秀玉在後頭瞧得目瞪口呆。

牌桌上又開始新的一輪，金林氏打出去一張二餅，口裡說道：「我們家沐生呀，平日也是野猴子一般的，今兒難得乖巧了一回，帶他來了這許多時候，也沒見鬧呢。」

李老夫人吃驚道：「可不得了，我們家阿喜就是個野猴子，這兩隻猴子到了一起，可要大鬧天宮了，快快快，妳們都跟上去瞧著些，莫要打起來！」

青玉正摸了一把好牌，不以為然道：「老太太也忒小心了，若是兩個男孩兒，打起來倒也平常，我冷眼瞧著，沐生倒有點子傲氣，斷不屑同阿喜一個女孩兒家打起來，老太太可甭操這份子閒心。叫胡！」

她哈哈一笑，推倒了牌。李老夫人一看，又損失了銀錢，不由痛心疾首，哪裡還顧得上李婉婷同金沐生這兩小孩兒家的閒事。

倒是秀秀，雖不及青玉精明，心思卻比所有人都纖細。趁著洗牌的工夫，便招了小丫頭帶上幾個人去尋李婉婷和金沐生，免得真箇出了岔子。

金秀玉只在旁邊看著牌，剝一、兩個橘子吃，與李老夫人和金林氏也遞上幾瓣。倒不是她不想去照料李婉婷和沐生，而是臨時有婆子來回稟事情，她一面漫不經心地看著牌，一面還得聽那婆子的話兒，還得作答。

見秀秀叫了小丫頭去，她也趕忙叫了春雲，同那幾個小丫頭一起過去。

花廳裡頭正牌骨嘩啦作響，旁邊圍觀眾人也不時跟著發出一些笑聲或驚呼，正樂呵著，就聽外頭有小廝噼哩啪啦跑了進來，氣喘吁吁道：「少奶奶，長寧王府來人了！」

金秀玉初時沒聽清，先應了一聲，等反應過來，立刻吃驚地站了起來。

「當真是長寧王府？」

小廝應了是。

金秀玉轉頭去看李老夫人，見牌桌上呼呼啦啦，旁邊又有眾人呼喝笑聲，都未曾聽見小廝與她的對話。

她想了想，倒不忙著讓老夫人知曉，先看看來人是要做什麼再說。這麼一想，便命小廝將對方領到正廳去，她自個兒也帶了丫頭們前往正廳。

及至進了廳裡，果然見到幾個陌生的男人，其中一個就是那天的鷹眼男人。

這回他見著金秀玉，雖一貫冷著臉，卻先行了禮，說道：「長寧王府楊高，見過少夫人。」

金秀玉忙福身回禮，道：「原來是楊壯士，今日前來不知有何要事？」

楊高說道：「小人奉了世子之命，來請貴府婉婷小姐過府一見。」

心裡咯噔一聲，金秀玉問道：「不知小世子見我家小姐，有何吩咐？」

「小人只是奉命辦事，小世子未曾明言，小人自然也不得而知。」

金秀玉有些猶豫，楊高又道：「少夫人不必擔憂，小世子不過因那日與婉婷小姐相識，甚覺有緣，今日邀請過府，大約也只是隨意敘談罷了。」

有緣?!金秀玉暗想，孽緣吧。

隨意敘談?!兩個十歲左右的孩子有什麼好敘談的？

「壯士來得不巧，今日有至親來訪，我家小姐卻是不便出府的。」

楊高彷彿早就猜到她會這般回答，也不笑，也不惱，只冷冷說道：「主子吩咐下來的差事，小人都要盡力辦妥。小世子如今受了傷，脾性比往日焦躁許多，若是小人空手覆命，小世子發起怒，追究起婉婷小姐當日撞傷皇親的罪過來，只怕少夫人卻要為難了。」

金秀玉忍不住想翻個白眼，這可不就是赤裸裸的威脅？

「雖是親朋難得相見，小世子的吩咐也不敢不從。壯士稍待，我這便派人去請小姐來。」

楊高老神在在地坐了，金秀玉頓時氣悶，暗暗咬牙，一面吩咐丫頭們上茶水果點，一面吩咐人去喚李婉婷，不論她做什麼，務必叫來。
人既去了，她便揀了一張椅子坐下。
秋日的天兒竟也同夏日一般有些反覆，因昨夜下了雨，早上還有些涼意，到了此時又微微有些熱了起來。小丫頭遞了一把繡菊花的團扇給她，她拿在手裡輕輕搖著。
楊高自管坐在那裡，老僧入定一般，不言不動。他帶來的幾個隨從，也自站在他身後，眼觀鼻，鼻觀心，只是身上肌肉虯結，孔武有力，倒顯得金剛羅漢一般。她這主人家反倒因氣氛沈悶而如坐針氈起來。
人怎麼還不來？
「這天不早，小世子不知可等急了。」楊高涼涼地來了一句。
金秀玉咬牙，無奈，只得又叫了一個小丫頭去催。
好容易終於聽到腳步聲，在她耳裡如同天籟。
就見李婉婷噘著嘴，被春雲牽著手拖進來。
「皇帝姪子果然好大威風，什麼樣的急事兒，這般三撥兒兩撥兒地催我！」她鼓著臉，嘴巴翹得高高的，不情不願地走進來，後面還跟著幾個小丫頭，連金沐生也跟了來。
楊高站起身道：「婉婷小姐既然來了，便請隨小人回王府吧。」
「誰要同你回王府？」
李婉婷一叫，金秀玉忙抱住她咬了幾句耳朵。無非是，若是她不順那小世子的意，叫那高高在上的皇帝知道了，她這顆小腦袋可就要搬家了。

小婉婷面色一白，委委屈屈地抿著嘴，不說話了。
金秀玉對楊高道：「既是要面見小世子，好歹容我家小姐換身衣裳，再叫下人們套了馬車去。」
「不必，我瞧著婉婷小姐打扮很是得體。至於馬車嘛，小人來時便已經預備好了，事後也自當送小姐回府，少夫人不必擔心。」
他安排得如此周密，金秀玉也是無奈，只好推著李婉婷跟他出了府。
府門外果然一輛華麗的馬車，楊高抱了李婉婷上車，金秀玉臨時找不到周密的人，只好將春雲推出去，跟著李婉婷上了馬車，囑咐她照顧好小姐。
楊高同幾個隨從上了馬，吆喝一聲，簇擁著中間的車，轔轔離開了李府。
金沐生不知何時跟了出來，望著車馬遠去的方向問道：「小世子是什麼人物？為何他要阿喜去見他，阿喜就不得不去？」
金秀玉便將長寧王府的身分，以及李婉婷撞傷小世子楊麒君的事兒同他說了一遍。
沐生聽完，也不見臉色如何變幻，就只沈聲道：「原來如此。」
姊弟兩個回轉府中，又到了花廳，同李老夫人稟告了這件事情。
老太太一是覺得長寧王府若要為難阿喜，犯不著特特將人接到府裡頭去；二是若要追究阿喜的罪過，自然是由長寧王出面，如今是小世子宣見，可見未必是追究來的。
「只等阿喜回來便知。」
眾人失了打牌的興致，不過胡亂劃拉了幾圈便歇了。廚下攏上來午飯，今兒有客，自然比往日又要豐盛幾分。金林氏吃得十分饜足，飯後又同老太太東拉西扯閒談了小半個時辰，這才由金秀玉率丫頭們送了出來。

到了府門口，金林氏母子原是雇了烏篷馬車來的，只雇了來時的路程。金秀玉叫下人套了馬車，吩咐將母子二人送回金玉巷再返回。

馬車已是停在門外了，金林氏還磨磨蹭蹭不願走。金秀玉從真兒手裡接過一個大包袱，對她說道：「娘，這裡頭是兩疋緞子，與您二老還有沐生做新衣裳。」

金林氏頓時面露喜色，伸手去接，金秀玉卻並不給她，一轉身遞到了金沐生懷裡，另外又從花兒手上取了一個匣子，伸到金林氏面前，微微拉開。

金林氏眼見匣子裡頭白花花一尊玉佛彌勒，暗自咋舌不知其價幾何。

「這玉佛卻是老太太的饋贈，妳且好生收著。」

金林氏不待她遞來，便自個兒伸手抱過匣子，瞇著眼笑道：「親家奶奶如此客氣，妳可得替我多謝她。」

金秀玉撇嘴道：「奶奶原本要送一尊玉觀音，卻是我勸她不要，咱們家裡頭煙燻火燎的，只怕將觀音也給熏冒犯了，好在彌勒是最大肚能容的，一定不會怪罪，最適合妳供奉。」

金林氏笑容頓時一斂，啐了她一口，自管爬上馬車去。

沐生抱著大大的包袱，幾乎擋住了他的臉，走到金秀玉跟前叫了聲：「金豆兒。」

金秀玉疑惑地看著他，從李婉婷走後，他臉上便一直沒笑容，倒像有什麼心事似的。

沐生叫了一聲她的名字，頓了半天，到底還是什麼也沒說，只吐出三個字。「我走了。」也學著金林氏的模樣上了馬車。

金秀玉莫名其妙，目送馬車走後，才帶著丫頭們返回花廳。

李老夫人還在廳裡等著呢，她前腳剛進了廳，後腳外頭下人就報，三小姐回來了。

李老夫人和金秀玉都驚喜起來，卻見李婉婷從外頭跑進來，小臉脹得通紅，進得門來，一頭撲進老太太懷裡，哇地一聲就哭了出來。

李老夫人叫她頂得胸口疼了一下，忙道：「這是怎麼了？」

春雲跟進來，兩個眉頭高高一聳，標準的一張囧臉。金秀玉忙問她道：「出了什麼事？可是小世子欺負阿喜了？」

一聽「小世子」三個字，李婉婷越發大聲哭起來，春雲糾結著臉欲言又止，嘴唇嚅動了半天，終於說道：「小世子他……叫三小姐陪著下了半天的棋……」

金秀玉疑惑道：「下棋？」

李婉婷抽抽搭搭，癟著嘴，靠在李老夫人懷裡。那邊廂青玉說道：「阿喜……可不會下棋。」一面說，一面便悄悄地拿眼睛打量李婉婷。

「可不是！」春雲絮絮叨叨便將去了長寧王府的情形都說了一遍。

長寧王府就在西市，離李府並不算太遠。

楊高將李婉婷和春雲接到王府後，小世子楊麒君正舒舒服服躺在軟榻上，他原本長得清俊，將來大了，也必是個一等一的美男子。只是一條腿打著板子，十分僵直，偏偏他見了李婉婷，又特特做出十分冷酷嚴肅的表情，便顯得這英俊的小男孩兒有些滑稽起來。

李婉婷生來膽子大，又是家裡驕縱慣了的，即使知道眼前這個是當今皇帝老兒的親姪子，也沒有十分尊重，不過尋常見禮罷了，既無磕頭，也無跪安，就算那一福，也是她從來沒有過的大禮了。

只是小世子見了她的禮，臉色越發沈了起來。

春雲講得繪聲繪色，又會形容當時各人的神態，又會模仿各人的語氣行動，李老夫人和金秀玉，並青玉等丫鬟們都聽得入了神，倒跟在那茶館裡頭聽書一般認真，就連婉婷自己聽著聽著，臉上的哀容也消失了。

春雲又說，小世子當時便說，腿骨一斷，必臥床休養動彈不得，長日無聊，既是李婉婷撞傷了他，少不得與他解悶以作賠罪。

李婉婷雖素來蠻橫，卻並非不講理不知禮儀的粗人，當下雖是不情願，倒也應了。

小世子便提出許多玩樂方法來，問李婉婷會不會。她一一應了都曾玩過，只有那下棋不會。

哪知，小世子偏偏就挑了下棋這一項活動。

聽到這裡，老太太和金秀玉等眾人已是覺得這位小世子十分地有趣，怕是故意刁難阿喜，找樂子罷了。這麼一想，心裡頭便淡了許多的擔憂，反倒起了點子看好戲的心思來。

春雲又接著說，小世子要下棋，李婉婷自然說不會。

「不會？我來教妳，瞧妳雖是個蠢笨的，若肯聽話，到我手裡，總也能教會。」

這是小世子楊麒君的原話，小婉婷自然是氣悶了。

「哼！他才是個蠢笨的大笨牛呢！」李婉婷噘著嘴一轉頭，把臉埋進了老太太的胸口。

眾人暗暗忍住笑意，催促春雲快說。

楊麒君那是什麼人物，長寧王世子，接骨都能一聲不吭，天生便帶著皇家的氣勢，那一張臉拉下來，小婉婷居然也就乖乖聽了。

春雲雖不懂棋，光看二人的神情也能推測出誰贏誰輸。

只瞧著十七、八盤棋中，李婉婷那是一盤都沒贏過。小世子一面教著她，一面又狠狠地殺著她，一面又不斷地譏諷她蠢笨，每每要將她氣哭了，便隨手落下一子，道聲「妳又輸了」，倒叫李婉婷哭也不是、恨也不是。

「妳們說說，那小世子雖是皇親國戚，可也沒有這般欺負人的。咱們三小姐多麼聰敏伶俐的人兒，誰見了不愛？便是得罪了他，不過罵上幾句打上幾板子也就是了，哪裡有這般子折騰人的呢！」春雲憤憤不平地說道。

真兒和秀秀都拿帕子掩嘴偷笑，青玉甩了一下帕子，擠眉弄眼道：「可不是，這就好似那貓兒抓著了鼠子，不吃牠，單拿爪子撥來撥去作耍，豈不叫人氣悶？」

她們越是調侃，李婉婷想起當時的情景來越是委屈氣苦，握住了小拳頭揮舞道：「這人實在可惡！下回若再叫我見著，管他是不是皇帝姪子，定叫他嚐嚐我李家三小姐的拳頭厲害！」

金秀玉驚呼道：「啊呀！莫非咱們阿喜也跟著那阿東師父學了無敵的拳腳功夫？」

李婉婷恨恨道：「就是沒有功夫，我也能揍他滿臉開花。」她哼哼唧唧比劃著拳頭，顯然已經想像出對楊麒君飽以老拳的歡快場景。

金秀玉和老太太相視一眼，都暗自發笑。春雲卻涼涼說了一句：「三小姐莫非忘了，臨走時小世子說什麼來著？」

李婉婷臉上一僵，眾人深覺這裡頭有文章，忙又追問春雲。

原來當時小世子楊麒君說的是：「今兒雖未有敵手，不甚盡興，好在調教了一個蠢笨的徒弟，可算功勞一件，也還罷了。這下棋一道，貴在練習，明兒記得早些來，好多學幾個時辰。」

眾人紛紛愕然。

李婉婷扭著身子對老太太道：「奶奶，我可不要再見那個混世魔王，妳幫我想想法子嘛！」

老太太眉心糾結，顯然是強忍笑意，面上卻做出為難的樣子。「這卻如何使得。那小世子可是皇親國戚，咱們要是不依著他，就跟那欺君之罪差不離，那可是要掉腦袋的！」

李婉婷十分為難，噘著嘴皺著臉道：「憑他是個皇帝親戚就這般沒王法，氣死人也。」

「王法，可不就是那王子的律法？他是小世子，比王子身分也不讓呢。」

李婉婷垂頭喪氣，青玉咳了一聲，道：「阿喜為何喪氣？那小世子雖身分較貴，不過同妳一般大小，從小長到這麼大，妳怕過誰來？便是明日再去又如何，他既吃不了妳，又害不了妳，去便去了，又有什麼好怕的！」

李婉婷往地上一跳，甩手道：「說的對極了，我連哥哥都不怕，還怕他呢！哼，明兒定要他知道我的厲害！」

春雲愕然道：「明兒個若是又下棋，小姐豈不是又會被取笑？」

李婉婷鬥志昂揚道：「瞧著吧！他與我為難，我便與他不講理，看是他威風，還是我李婉婷厲害。」

說罷，甩了袖子便跑了出去，也不知要去哪裡，丫頭們趕緊追了上去。眾人面面相覷，突然爆出一陣大笑。

話說著，天色便夜了下來。前頭傳話，大少爺已經回來，只是卻先回了明志院。

金秀玉和老太太面面相覷，均生出了疑惑。往日裡，李承之進門定要先給老太太問安，然後才回明志院更衣梳洗。

「大少爺回來時，是怎麼個情形？」

小廝支支吾吾，說出李承之回來時濕了半身，面色十分地不好看。

老太太對金秀玉道：「承之做事向來有分寸，今兒怕是有意外，妳快些回去瞧瞧，可莫叫他傷了風。」

金秀玉應了，帶著真兒、春雲匆匆忙忙回了明志院。

進了上房，果然見地上甩著一件濕衣，李承之剛換了一件乾淨衣裳，正自個兒扣著盤扣呢。

金秀玉一見他的臉便曉得不好，擺了擺手，將真兒和春雲都悄悄揮退了。

「怎麼濕了一身回來？」她一面問道，一面走上前替他扣了盤扣，繫了腰帶。

李承之騰出手來搭在她腰上，眉頭緊皺，臉上的神色是從未見過的凝重。

「這是怎麼了？莫不是叫外頭什麼人給氣著了？」

李承之緩緩搖頭，嘆道：「這天，只怕要變了。」

金秀玉探頭瞧了瞧外面的天色，雖是快夜了，還能瞧見許多雲，她點點頭，一本正經道：

「怕是真要變天了，夜裡恐要下大雨呢。」

李承之噗哧一笑，她回頭愕然道：「為何發笑？」

李承之抿著嘴，將她攬到身前撫摸著秀髮，嘆息道：「家有賢妻，果然如有一寶。」說著，又抬手刮了一下她的鼻尖。

每每做出這個動作，金秀玉便曉得他心情不錯。雖不知因何事煩惱，他既不願說，她便也不問了。

「老太太正等著呢，快些去用晚飯吧。」

李承之點點頭，牽了她的手往外走，剛走了幾步，又突然轉頭問道：「今兒家中可有意外之事？」

「為何這麼問？」金秀玉想了想，道。「除了長寧王府的小世子傳了阿喜去王府見他，旁的也沒了。」

李承之站住了腳，驚訝道：「長寧王小世子見了阿喜?!」

第十八章 阿平的先生

金秀玉坐在上房裡頭，手裡捧著個針線籃子，拈了一枚極粗的針，拉了一股極粗的線正在納鞋底子。

「嘶——」她抬起手，見指腹上幾道紅痕交錯。

「到底富貴最養人，才個把月呢，將身子都養嬌貴了。」她搖頭笑著，搓了搓手指，指腹上的繭子如今只剩下薄薄軟軟的一層。

真兒端了一琉璃盤新鮮的荔枝進來，一見金秀玉手上的活計，立刻嗔道：「我的少奶奶，不是早說了嗎，這鞋底子慢慢做便是，何苦如此勞心費神，趕得像什麼似的，仔細一會子眼睛疼！」

金秀玉笑道：「我瞧著妳們大少爺這幾日有煩心事，日日愁眉不展的，早些替他做好了鞋，好哄他一個高興。」

真兒奪了她手裡的活計以及針線籃子，說道：「這鞋做好之前，只怕少爺就要指著我們奴才們的鼻子，罵我們伺候少奶奶不盡心，盡叫妳自個兒勞累呢。」她將針線籃子往旁邊一放，遞了琉璃盤過來，道：「喏，新鮮的妃子笑，少奶奶快吃一個。」

金秀玉驚訝道：「十月天氣裡，哪裡來的荔枝？」

真兒用嘴朝南邊一努道：「長寧王府送過來一小筐，說是南邊的進貢，老太太那裡剛送了一盤子去。」

金秀玉拈了一顆荔枝，剝了殼放進嘴裡，十分的清甜爽滑，腦子裡卻想起當日的情景——

當日李承之聽說了小世子楊麒君傳召阿喜的事，雖是十分驚訝，卻並沒有說什麼。她冷眼瞧著，似乎李家同長寧王府有些什麼曖昧不清的關係，他這幾日的煩惱似乎也同長寧王有關，今兒這長寧王府又特特送了荔枝過來，雖不是十分金貴的東西，但進貢之物素來只有皇家享用，送給李家，那就叫賞賜，可不是一般的殊榮呢，這位王爺，她卻到現在還未曾見過。

「阿喜這幾日如何？」

一聽阿喜的名字，真兒未語先笑。

「她呀，日日被那小世子給傳去王府，回來時每每都是垂頭喪氣，那小世子也是古怪得很，總拿她取樂，變著法子的折騰，卻不知是個什麼意思！」

金秀玉想起李婉婷又氣又恨又無奈的模樣，也是忍俊不禁。

這丫頭，總算遇到她的剋星了。這幾日，別說她同老太太，就是張嬤嬤、青玉、秀秀等人以及跟著她伺候的丫頭們，都省了許多的心。

莫非這小世子是看上阿喜了？不對，那小世子才十二歲，阿喜才十歲，哪裡懂得這些！倒像是兩小無猜，鬧著彆扭呢。

「對了，阿平呢？只見他日日去先生那邊學功課，早出晚歸的，怎麼也沒個歇息的日子？」

自從她進門就沒見阿平歇過一天，若論起用功來，又沒要考狀元，如何這般地努力？

真兒也皺眉道：「說來倒也奇怪，從前也沒見阿平這般用功，如今怎麼日日都在先生那兒耗著呢？」

金秀玉想起她還從未見過阿平的先生，老太太也從來不曾提起與她引見。「左右今日無事，不如咱們去後頭瞧瞧，看先生都給阿平教些什麼。」

真兒笑道：「少奶奶既有興致，咱們少不得去一趟。」

金秀玉忙扔了荔枝殼，叫人去喚了春雲來，主僕三個出了明志院，直奔後花園。

教李越之的先生是李家單獨聘請的，住在後花園的大湖邊上。那邊有一棟小樓，一面是先生的居所，平日李越之來了就在小樓中上課學習。小樓旁還有道角門，方便先生平時外出訪友，不必經過前院，可直接從角門出去。

金秀玉越想越覺奇怪，這位先生實在過於深居簡出，她嫁到李家近兩個月，竟是一面都沒見過，也從不曾與主家一同用飯，阿平卻日日往小樓跑，豈不是十分稀奇的事情？

她一面疑惑著，一面帶著真兒、春雲走綠堤，拂柳絲，穿過花徑、繞過大湖，來到了小樓跟前。

這小樓不過兩層，卻十分地清靜幽雅，外頭看著便是窗明戶秀、通風良好，二樓的視線也是絕佳的，輕風吹過，縷縷墨香拂動。

到了畫室門口，門窗都大敞著，秋日清爽的風穿堂而過，十分地愜意。就見屋子當中一張大大的梨花案，李越之正站在案頭，面前鋪著大大一張宣紙，提著一管羊毫正在作畫。

四壁掛滿畫軸，人物、山水、花鳥，各物齊全，或五彩斑斕，或濃墨揮灑，均栩栩如生，顯出作畫人十分的功力。其中一面牆上掛著一幅仕女簪花圖，畫中仕女乃是唐時著裝，豐滿的酥胸半露，玉臂粉彎，眉目顧盼多情，真箇好似活了一般。

那畫下背對門口站著一位男子，寬鬆的白衫衣袂翻飛，幾欲乘風而去，瀑布也似的烏髮傾瀉在背上，隨風飄動。

單看著背影的風情，金秀玉便忍不住要感嘆，所謂謫仙人，大約便是如斯人物吧。

「先生，我家少奶奶前來拜見。」真兒恭敬地喚了一聲。

只見那先生應聲轉了過來。

果然十分瀟灑的面容，朱眉鳳目薄唇，最叫人心驚的，便是那一雙丹鳳眼，好似能窺視到人內心深處最隱晦的秘密一般。

金秀玉一見了，心頭便是一跳，一種羞澀的感覺在心尖上漾開。

真兒卻驚呼道：「管師傅，怎會是你?!」

管師傅?!金秀玉頓時大驚，莫非這就是替李承之畫了那幅畫兒的管師傅？

管如意展眉一笑，道：「真兒丫頭為何這般驚訝？」

他的一張臉原是十分瀟灑，這一笑，彷彿春風拂過大地，剎那間百花齊放，叫人很有種心跳臉紅之感。金秀玉卻彷彿警鈴大作，是了是了，這定是那位管師傅，只有這樣的人物，才能作出那樣的畫，才能教給李越之和李婉婷那樣的理念。

只聽真兒道：「原來教二少爺學問的可是錢先生呀，他到哪裡去了？」

正在作畫的李越之將筆一放，說道：「錢先生早就離去了，如今教我的是管先生。」

管如意笑道：「是了，是了。真兒丫頭，往後可不能叫我管師傅，得改叫管先生啦。」

真兒奇道：「那錢先生何時走的，為何悄無聲息，我竟半點不知？」

管如意道：「真兒丫頭莫非不曉得？錢先生與我乃是同窗好友，他家中老母病重，前些日子告假回鄉，託了我來替他代一段日子的課呢。」

真兒轉頭對李越之道：「這事兒，老太太可曉得？」

李越之默不作聲。

管如意微微側目，像是十分嗔怪真兒，口裡說道：「這事兒何必勞動老太太，不過代一段日子的課罷了，往後錢先生回來了，自然還是他來教導。」

真兒不以為然道：「我看哪，你是怕老太太曉得了，拿棍子打你出去吧！」

管如意被挖苦了，倒也不生氣，只笑道：「真兒丫頭還是這般調皮。」

真兒忍不住搓了搓胳膊，彷彿要抖下一身雞皮疙瘩來。金秀玉和春雲二人不明所以，只在旁邊看著，只見管如意走到金秀玉跟前，深深一拜，道：「晚生管如意，見過少夫人。」

金秀玉忙回了一禮，連道：「先生不必多禮，我來得冒昧，打攪了你的教學，望先生莫怪。」

管如意抬起頭，笑咪咪道：「少奶奶也忒客氣了。」

金秀玉只覺得他一雙眼睛實在厲害，不得不側臉避了。

只聽管如意柔聲說道：「少奶奶生得好相貌，今晚生十分技癢，不知少奶奶可否允許晚生為少奶奶作畫一幅？」

啊？金秀玉大奇。

真兒幾乎要跳了起來，大叫道：「管先生莫胡鬧！這可是我家少奶奶，身分尊貴，豈容你胡亂塗畫，快休了那心思吧！」

管如意頓時如同遭受重大打擊，愁眉苦臉回頭道：「真兒丫頭何出此言？我可是真心為少奶奶作畫，何來胡鬧之說？」

真兒冷哼一聲，快步走過來扶了金秀玉道：「少奶奶，這個人最是不正經，咱們莫要同他糾纏，快些回去吧。」

金秀玉十分驚奇，卻被她用力拉著出了門。春雲忙在後頭小快步跟上，一面回頭看那管如意，後者也不追趕，只是背著一雙手笑咪咪望著她們，那眼睛亮得，叫她也心如擂鼓。

主僕三個一直繞過了大湖，到了水榭前方，金秀玉幾乎是被真兒一路拖過來的，直走得氣喘吁吁，疑惑地問道：「真兒，那管先生是個什麼人物？為何妳躲他如蛇蠍一般？」

真兒噘嘴道：「這管先生學問倒是十分不錯，性子也十分溫和，只是……」她扭著帕子，像是十分難以啟齒，跺腳道。「只是，有一樁毛病，最不正經。」

春雲急問道：「什麼毛病？」

「他呀，最愛替人作畫，尤其最愛替美人作畫。只是那些個畫兒裡都是慵懶嬌態，每每看了叫人臉紅！」

金秀玉想起李承之醉臥的那一捲畫軸，對真兒的話立時便深信不疑了。

「不過，」真兒話鋒一轉。「管先生雖有這毛病，畫功卻是十分了得，整個淮安城無人不服的，只是他慣愛同丫頭們調笑，每每與人作畫又總讓人羞於展示，老太太說姑娘們要自重，後來就少請他來府裡了。卻不料那錢先生竟與他是同窗，如今託了他來代課。哼，我瞧著，只怕他別有心思呢。」

春雲甩著帕子道：「莫非他還打著咱們家哪位丫鬟的主意不成？」

真兒啐道：「少說些含沙射影的話兒，管先生雖是愛作那不正經的畫兒，人品卻是極信得過的，妳可莫要誤解了他。」

金秀玉卻皺眉道：「我倒也擔心，管先生這般的脾性，若教壞了阿平怎麼得了？依妳說的，大約是從管先生來了之後，阿平才天天往這裡耗著，卻不知什麼事物這般吸引他！」

真兒、春雲都不禁想了起來。「方才瞧著不過是尋常作畫，哪裡有什麼異樣呢？」

金秀玉一拍手道：「咱們今兒個等阿平下了學，只管逮住了他問話便是。他最是老實，總能吐出實情來。」

春雲立刻點頭贊同，真兒卻不以為然，二少爺老實？他若狡猾起來，只怕三小姐阿喜都比不上呢！

於是，金秀玉叫了一個小丫頭，命她就在花園的月洞門這裡候著，只等李越之下了學，便飛快來明志院稟報，又賞了她五錢銀子，言明事成之後另有賞賜，小丫頭自然歡歡喜喜領了這份差事。

主僕三人剛回到明志院，就有下人稟報，說是有名柳氏婦人，自稱李家姻親，前來拜訪。

「柳夫人？」金秀玉一愣，問道。「咱們家哪一位的親戚？」

真兒道：「少奶奶忘了，清秋苑柳姑娘可不是姓柳？」

金秀玉恍然道：「原來是她的家人。」
春雲冷哼道：「什麼混帳人，也敢自稱是李家姻親！柳姑娘不過一個侍妾，連個姨娘都算不上呢，柳家哪裡算得上正經親戚！」
金秀玉道：「柳姑娘呢？」
「今兒無帳目要理，早上請過安，少奶奶不是打發她回去了嗎？」
金秀玉揉了揉額角道：「是了，今兒怎麼健忘起來？既是她的家人來，好歹也算一門親戚，叫個人去與她通報一聲，請她過來。」一面又對那下人吩咐將客人領進來，報訊的下人領命去了，不多時果然領進來一位婦人。
金秀玉瞧著她由遠及近，早已將人上下都打量了遍，倒同柳弱雲無半分相似之處，圓臉、圓眼，厚厚的鼻肉與嘴唇，顯得十分富態，體態也是圓滾滾，倒跟那四房的鐸大奶奶差不多。
柳弱雲明明纖纖細腰飛燕之態，為何幾個親戚都是這般珠圓玉潤？不過這位柳夫人的打扮比起鐸大奶奶卻要時宜得多，通身上下都十分得體。
剛把腿邁進門檻，柳夫人便大大地福了一禮，聲音嘹亮地說道：「見過少奶奶。」
金秀玉忙回禮道聲不敢，請她入了座，立即有小丫頭奉上茶來。
柳夫人端起茶來剛啜了一口，門外頭柳弱雲便走了進來。她後面自然是跟著蓮芯的，這主僕倆是秤不離砣，從來沒有分開的時候。
柳弱雲進門第一眼便看到了柳夫人，臉上頓時一僵，然後才走到金秀玉跟前，福了身子道：「見過少奶奶。」

等金秀玉應了，她才起身站到一旁，一句話也沒有多說。

金秀玉笑道：「今兒柳夫人來訪，我想著既是妳的家人，必是想來看看妳的，特特叫了妳過來，怎麼妳反倒一句話也不說了呢？」

柳夫人笑道：「少奶奶不知，我們家這姑娘從前在家時便是最好靜的，話不多說一句，路不多走一步，哪知道嫁了人依舊還是這般性子，想來沒少叫少奶奶操心了。」

「哪裡的話，都是一家子，談得上什麼操心不操心的？」金秀玉笑了笑。

柳夫人又同她閒談了一陣，無非是說了一些無關痛癢的市井新聞，又提了提自家在淮安和京城都做珠寶生意，同李家也是長年合作的交情。總歸是東拉西扯，沒個正經話題。

柳弱雲站在一旁，始終沒有一句話，就連蓮芯也一反常態，嘴皮子都不動一下。

金秀玉說著說著也就醒悟過來，只怕這位柳夫人來訪，是為了同柳弱雲說些私密話兒，在她跟前自然是不方便的。

「瞧我糊塗的，夫人難得來一次，怕是有些體己話兒要同柳姑娘講。」她轉過去對柳弱雲道。「妳不必在這裡伺候了，自領著夫人去妳院裡頭坐一坐吧。」

柳弱雲應了聲：「是。」然後走到柳夫人跟前，做了個請的手勢。

柳夫人立刻站起來同金秀玉告辭，跟著她去了。

不提金秀玉那邊疑惑柳夫人此來的目的，單說柳弱雲，領著柳夫人進了清秋苑，就命小廝將院門一關。她進了上房，也不請柳夫人，自個兒往椅上一坐，臉色登時冷若冰霜。

「嘖嘖！這般待客之道，竟連個茶水也無。」

柳夫人面現嘲諷，同在明志院時相比好似換了個人，那嘴巴一抿一作，那顴骨一聳，富態的圓臉登時成了一副刻薄相。

柳弱雲只管閉嘴瞧著，就連蓮芯也冷眉冷眼，往她身後一站，一句招呼的話也沒有。

柳夫人像是早料到了這番景象，自個兒找了張椅子坐了，大大剌剌高聲道：「來人哪，上茶來！」

門外的小丫頭朝屋裡一探頭，見柳弱雲和蓮芯都不置可否，想了想，還是燒了水、沏了茶端了上來。

柳弱雲冷眼看著她端起茶碗，裝模作樣地拿碗蓋撥了撥茶葉，細細地啜了一口，又慢條斯理地放下。

她終於開了口道：「妳可是無事不登三寶殿，有什麼事兒只管說吧。」

柳夫人微微一笑道：「我曉得妳還記恨著我，只是今日我找妳，可是有一樁天大的好事。」

蓮芯突然哈哈一笑，卻半分笑意也無，乃是冷笑而已，又厲聲道：「妳這毒婦不害我家姑娘已是萬幸，從妳嘴裡吐出來的還能有好事?!」

柳夫人面色一沈道：「賤人，這裡哪有妳說話的分兒！」

蓮芯大怒，當場便要發作起來，柳弱雲目光如蛇，冷冷說道：「柳夫人！這兒是李府，我跟蓮芯如今都是李家的人，蓮芯縱有失當之處，自有我們當家少奶奶責罰，還輪不到妳來指手畫腳！」

柳夫人哼了一聲，狠狠瞪了蓮芯一眼，扭臉對柳弱雲道：「果然嫁出去的女兒潑出去的水，半分舊情也不念。」

「我自有我的母親，夫人只有那一個寶貝兒子，何曾將我當作女兒來看？這念舊一說，夫人不覺可笑至極嗎？」柳弱雲聲音平淡，語氣卻十分譏諷。

柳夫人噎了一下，以她的性子，立時便要發作，只是想到今兒來的目的，只得忍了下來。

「好，妳不念舊情也罷，只是今兒我要說的事關係到柳家的家業，那些生意可都是從妳母親手裡傳下來的，妳總不至於連母親的遺饋都不管吧？」

柳弱雲將茶杯往桌上重重一頓，說道：「拐彎抹角做什麼，敞開天窗說亮話，咱們之間既無恩情可言，又何必窮磨牙！」

柳夫人冷哼一聲，拿眼睛往四下一掃，蓮芯抬手揮退了伺候的小丫鬟，柳夫人依舊不說話，拿眼睛斜睨著蓮芯。

柳弱雲道：「蓮芯是我心腹之人，從不避諱，妳但說無妨。」

柳夫人咳了一聲，道：「總是將門關起方便。」

蓮芯嗤一聲道：「夫人竟也有蠢的時候，若是將門關起，更惹人起疑，如有人聽牆根，我等也無從發覺；倒不如敞開大門，那一眾奴才都在院裡走動，一目了然，還怕有人竊聽嗎？」

她走出門去，召集了清秋苑中所有下人，言明金秋將至，院中花木均需刪枝剪葉，今日所有人都到院子裡做這項活兒。

眾下人應了，蓮芯這才回到屋裡。

柳夫人看看門外，果然門外一應人眾，誰近了誰遠了都瞧得一清二楚，如此敞亮，反不怕隔牆有耳。

柳弱雲道：「這下妳總該放心了吧。」

柳夫人心裡認同，嘴上自然不肯明說的，只是將今兒來的目的緩緩地說了出來。

明志院中，金秀玉和丫頭們還在討論柳夫人今日來的目的。

真兒吩咐小丫頭收拾方才柳夫人喝剩的茶，一面就說道：「這位柳夫人奇怪得很，自從柳姑娘進了門，她可是頭一次來咱們家呢。」

春雲道：「她算不得正經親戚，柳姑娘做了李家侍妾，便同賣給李家是一般樣，柳家的人何必來探望？又不像咱們少奶奶，是三媒六聘八抬大轎進的門，金家才是正經的姻親呢。」

金秀玉道：「來就來吧，橫豎她們自個兒講體己話去，同咱們不相干，樂得做個人情。」她轉頭問真兒：「她這幾日管事做帳的，可還妥當？」

真兒點頭道：「我瞧著倒是認真做事，並無紕漏，也無偷懶，越權的事情也沒見做。」

「這便好，我樂得有個管家的幫手呢。」金秀玉道。「吩咐柳姑娘，叫她今兒個不必到花廳伺候了，我許她在清秋苑自開一桌家宴款待柳夫人。真兒，妳派個丫頭去大廚房吩咐一聲，給清秋苑單做一桌家宴。」

「是。」真兒叫了花兒去給大廚房傳話，又另外叫一個小廝去清秋苑傳話。

春雲隨口道：「少奶奶對那柳姑娘也忒寬和，不見她當初是怎麼狠心對待花兒娘的？」

金秀玉想起王嫂子還沒出府，便問道：「王嫂子的傷勢如何了？」

真兒回道：「早上才問了，說是已經痊癒了，能下地走動做活了呢。」

金秀玉點點頭，嘆息道：「莫管是誰拿她當了槍使喚，到底是她自己做事沒了分寸，犯了這樣的大罪，我既說了要將她發賣出去，自然要令行禁止，否則豈不是叫底下人看輕，往後都當我是個心軟的，可就不好管束了。」

真兒、春雲都是點頭。

「也罷，花兒倒是個好孩子，看在她面上，明兒叫了人牙子來，囑咐她為王嫂子找戶和善些的人家發賣也就是了。」

真兒嘆道：「少奶奶實在心善。」

金秀玉笑了笑，眼見到了飯點，出了明志院往花廳而去，真兒、春雲等帶著丫頭們跟上。

不多時，老太太也到了花廳，李越之也已經回來了，李婉婷自然是又被傳喚到長寧王府去了，李承之如今也是日日不得家，兄妹兩個倒似商量好了一般，每日早出晚歸，頗有些神龍見首不見尾的意思。

老太太、金秀玉、李越之，大廚房擺上飯來，自然是青玉、秀秀、真兒、春雲等人伺候用飯，還得加上林嬤嬤和銀盤。

席間，老太太想起李越之的年紀也不算小了，便道：「阿平今日學習很是用功，這倒也罷了，只是千萬得顧惜著自個兒的身子。咱們這樣的人家，哪裡用得著靠詩書吃飯呢，我瞧著阿平這幾年都在做學問，近日的性子也是越發沈靜，這可有些不大好，男孩兒家將來頂天立地、交際應酬的，總該大方開朗些才成個樣子。依我看，改明兒就打發了那先生，不必再學了，回頭叫你哥哥帶著你出去見識世面，將來好做打算。」

老太太今日腦子十分轉得開，這一大段道理說出來竟條理分明，可絲毫沒有得到青玉的助益。

但李越之急忙道：「奶奶可別趕走先生，我如今可還有許多學問未學成呢。」事實上，因管先生教導的方法不同於常人，常常說些野史趣聞還有俠義傳奇故事給他聽，比錢先生教導的時候有趣得多，所以阿平對管先生還是很喜歡的，不想讓他走。

金秀玉笑道：「奶奶，阿平如今年紀尚小，做生意什麼的怕是還早，倒不如讓他再讀幾年書。常言道，學如逆水行舟，不進則退。他如今正是定性兒的時候，可得約束著些，若是放野了，同阿喜一般可怎麼得了，難道將來還得再撞一個皇子不成？」

老太太頓覺有理，阿喜撞傷了長寧王世子實在是一件大大的禍事，如今沒得懲罰，不過是長寧王世子喜歡逗弄她，既拿她作耍，那些個問罪責罰的也就丟開去。但說到底，依舊是家教不嚴惹出來的禍端。

這阿喜究竟是女孩兒，將來嫁人了，禍害的是別家；阿平可是正經李家孫子，將來也要繼承家業，若是無人管束走了歪路，這才是禍及家人呢。

她既這麼想，自然便不再提辭了先生的事。李越之頓時鬆一口氣，感激地望了望金秀玉。

飯畢，照例老太太要帶李越之回長壽園午休，但金秀玉想著要問李越之管先生的人品，便跟老太太說了，帶著李越之到了明志院裡歇息。

清秋苑裡頭，柳夫人吃了中飯剛剛走，柳弱雲倚著門框，絞著手絹若有所思。

「這事兒還不著忙，妳先準備好銀子，時候一到，只管投錢進來，這宗大買賣要做成了，咱們柳家的大富大貴便指日可待。」

柳夫人說的話言猶在耳，蓮芯走上來喚了聲：「姑娘。」

柳弱雲道：「蓮芯，依妳瞧著，這事兒可行？」這要投進去的銀錢可不是小數目，從哪兒能弄出這麼一大筆銀子來？

蓮芯道：「奴婢只是個下人，不懂這些生意經，只是她有句話倒是說對了，柳家的生意本就是靠著咱們太太帶來的嫁妝，發展到如今的規模，我也知道姑娘的心，天下萬物都不求，只有太太的遺物，妳是一定要保全的。」

柳弱雲嘆息道：「好蓮芯，果然妳知我最深。」

「蓮芯，咱們帶來的那顆翡翠玉白菜，妳收在哪裡？」

蓮芯道：「姑娘要當了這寶貝？」

柳弱雲點頭道：「只能如此了，我那父親，自從娶了那個女人便淡了父女恩情。好在他也算有先知，去之前竟與我這麼一件寶貝傍身，憑我到了如何的窮途，總歸還有個依靠。」

蓮芯嘆道：「可據方才那女人所說，便是咱們當了這寶貝，只怕也湊不夠那一大筆銀子呢。哪裡能找個聚寶盆生出錢來才好呢？」

生出錢來？柳弱雲心中一動。她本是商人世家出身，於這銀錢流通一途上絕非無知，蓮芯無心的一句話觸動了她的靈機。

她慢慢地將視線移到了窗下的書案上，那上頭放著一本帳冊，正是金秀玉交與她打理的那一部分。

她快步走到書案後頭，翻開帳冊細細看了起來，看到可行處頓時眉目飛揚，提起筆來在那上頭添了幾筆，又仔仔細細地注了一些文字。

蓮芯曉得她必是想到了生錢的法子，只管替她看著外頭的人來過往。

柳弱雲放了筆，嘴邊露出一抹笑意。「蓮芯，走，咱們去明志院見少奶奶。」

蓮芯驚訝道：「這個時辰？」

柳弱雲道：「咱們家的親戚不是才走嗎，少奶奶既如此寬容大度，讓我單在清秋苑款待家人，咱們自然也得去感謝她的恩情才是。」

她微微一笑，走出房去，蓮芯慌忙跟上。

明志院裡頭，金秀玉好不容易才將李越之哄得睡下了，抬起手來，擦了擦腦門上的虛汗，真兒笑道：「少奶奶的模樣倒似打了一場硬仗。」

金秀玉嘆息道：「這阿平，纏磨起人來竟比阿喜還厲害，好不叫人為難。」

春雲說道：「還不是少奶奶自己惹來的，說得那般好聽的傳奇，人人都入了迷，難怪二少爺不肯睡去，只想聽後續了。」

金秀玉搖著頭，暗想自己一時嘴快，便惹來這一場辛苦。這時候小丫頭稟報，柳弱雲來了。

「這個時辰卻來做啥？叫她進來吧。」

柳弱雲帶著蓮芯進了屋，先給金秀玉行了禮，說道：「賤妾特來向少奶奶道謝。」

金秀玉點頭道：「柳夫人已回去了？」

「是。」

金秀玉道：「妳也是的，何必為如此小事特地跑一趟。」

「少奶奶舉手之勞，卻使賤妾得了半日與家人相處的時光，賤妾實在感激，非親來道謝不可。另則，本月的帳目已經做好了，賤妾也想著早些與少奶奶過目。」她說著，便將帳冊遞了過去。

金秀玉接過，翻開來細細看起。

柳弱雲倒是面色如常，那蓮芯的一顆心卻高高地吊了起來。

那帳目不過薄薄一頁，金秀玉一行一行看去，雖則看到數目上與往常有異，但見那批註明細倒是合情合理的，便合上了冊子，抬起頭展顏一笑。蓮芯的心已快從嘴裡跳出來。

「妳做得極好，跟我來領銀子吧。」

「是。」

蓮芯的心頓時彷彿從高空跌落平地，她捂著胸口，此時方才感到踏實。

柳弱雲跟著金秀玉領了一匣子銀元寶，帶了蓮芯回清秋苑。這一路上，蓮芯左顧右盼，深怕有個人從那小徑樹後跳出來，搶了她手裡的匣子。

及至進了清秋苑上房，將門牢牢關了，她才真正鬆了口氣。將匣子放到桌上，輕輕打開，只見滿滿一匣子銀元寶，碼得整整齊齊，綻著銀光。

「姑娘，這是多少？」

柳弱雲淡淡道：「三千兩。」

蓮芯嚥了一下口水道：「姑娘莫哄人，這一小匣子，哪裡來的三千兩？」

柳弱雲白她一眼。「那底下還壓著銀票呢。」

蓮芯忙揀了元寶起來，果然底下露出一角銀票的邊來，頓時滿心欽佩，瞧著柳弱雲的眼睛都放著光。

「姑娘，妳……妳如何讓少奶奶拿出這許多錢來？」

柳弱雲冷笑道：「當初母親在的時候，一手一腳教了我做生意的法門，若不是那女人從中作梗，將我陷害，我哪裡會落到今日這般境地？少奶奶雖不傻，於這生意帳目上的門道，卻還生澀得很呢。」

蓮芯嘆氣，姑娘從前在家便是才女，太太多年心血，調教得如何出挑，竟叫那女人一條毒計害成如今模樣！若不然，柳家的家業放在姑娘手裡，雖不敢說比肩李家這樣的首富，必定也早已大富大貴了。

姑娘，原也是脂粉隊裡的英雄呢。

柳弱雲盤算了一陣，突然開口道：「蓮芯，妳我二人都不得輕易離府，這事兒必得託一可靠之人去辦，妳可有合用的人選？」

蓮芯想了一想，拍手道：「倒是有一個人。」

她俯身過去，在柳弱雲耳邊說了一個人名。

柳弱雲皺眉道：「這人與咱們全無交情，如何使得？」

「誰說全無交情來著！」蓮芯又俯身過去，對她耳語一陣。

柳弱雲驚道：「果然如此？」

「奴婢也是無意中得知，才前幾日與他搭了話，不然他媳婦兒當日為何這般行事呢，必是有心護著姑娘的。」

柳弱雲點點頭，驚喜道：「萬想不到竟能在府中得到這般助手，妳既如此說了，必是成事的，只是謹慎起見，妳回頭悄悄找了他來，我再盤問一番。」

「是。」

不提清秋苑主僕二人打的如何算盤，單說明志院裡，金秀玉問了李越之，從他的回話中得知，管先生不過是有些江湖習氣，好俠義熱血之道，常跟他說一些傳奇故事，增長見聞罷了，別的倒也沒什麼，便自讓李越之午睡了。

等他午睡醒來，自然又有銀盤替他捧了書箱，伺候他去了後花園小樓管先生處。

真兒卻發愁道：「常有言，君子不立危牆之下。少奶奶既覺得管先生並非良師，為何還叫阿平跟著他學習呢？」

金秀玉笑道：「妳不是也說了，管先生雖有個毛病，學問人品卻是極信得過的，雖難免有些江湖陋習，倒也無傷大雅。阿平是個明白孩子，比之阿喜強了不知多少倍，況且老太太在呢，我也在，哪裡就能叫他學壞了。」

她一面走回屋子一面說道：「我不過是想著，若是換了旁的先生，只怕用那些酸儒習氣將阿平拘壞了，倒不如就用這管先生，好歹還能引得阿平眼界開闊，何樂不為？」正說著，就見李承之突然風風火火闖進來。「咦？怎麼這個時辰回來？」

李承之顯然是路上走得急了，還有些喘，聽見她問話也不回答，自行坐下，拿起桌上的茶便喝。

金秀玉重新穿了外衫，走到外室來。

李承之放下茶杯問道：「阿東現在何處？」

「他向來神龍見首不見尾，近日更是從未看見他人，倒不知又去了哪裡。」

李承之眉頭深縮，老大一個川字。

金秀玉疑惑道：「可是急著找他？為了什麼事？」

李承之微微有些怔忡，突失笑道：「這個阿東，倒是深知中隱隱於市的道理，看來可不是個簡單的人物呢！」

「怎麼說？」

李承之想了想，道：「阿東絕不只是普通一個長隨這麼簡單，我如今只是猜測著，大約這幾日，他的身分總能拆穿了，且等著吧，只怕是個大人物呢。」

金秀玉驚訝道：「如何就冒出這許多大人物出來？先有長寧王與長寧王世子，如今又提起阿東來，好生奇怪。」

李承之擺擺手，若有所思道：「天將變，奇人輩出，有何怪哉？」

金秀玉不明所以，眨著眼睛愣愣地瞧他。李承之見她模樣憨厚可愛，忍不住又抬手刮了一下她的鼻尖，笑道：「妳這妮子卻操什麼心，外頭縱是天翻地覆，與妳又有何相干！」

金秀玉嘆了一口氣，神情有著從未有過的惆悵。

「近日來，我旁觀瞧著，你總有重重心事，歡樂的時候少，愁煩的時候多。你疼著我、護著我，不將這些煩心事說與我聽，我感激著，更加心疼著。相公，咱們夫妻一體，但凡有煩心事兒，即便我出不得力幫不上忙，你也盡可說與我聽，好歹散發了那愁情才是。」

李承之愣了一愣，一陣柔軟在心尖上泛開，伸手將她慢慢攬過來，深深抱進了懷裡。真兒和春雲早就識趣地退了出去，不忘替他們關了門。

「豆兒，得賢妻如妳，家中煩惱盡去，外頭總有千般為難，我也盡扛得。」

金秀玉緊緊環住了他的腰，將臉頰貼在他胸膛上。

小夫妻兩個成親不過個把月，已鬧過了性子，近日又因李承之外頭辛苦，這般溫情已是少見。李承之只覺心潮翻湧，想將懷裡這嬌軟的身子嵌入自己身體裡。他用食指勾住了金秀玉的下巴，抬起那小臉來。

「好豆兒，妳是清泉一泓，我怎捨得叫那俗事污了妳的澄澈……」他喃喃低語，含住了那花一般柔軟芬芳的嘴唇，深深的嘆息與低吟在唇齒間逸開。

柔情似水，佳期如夢，偷得繾綣片刻。

金秀玉倚著李承之，只覺人生所盼大約便是如此：錦衣、玉食、良辰、美景，夫妻相知，家人團圓。正沈醉著，卻見眼前李承之雙眸晶亮，饒有興味地凝望著她。

「做什麼這般瞧我，臉上開花了不成？」金秀玉忍不住拿手背擋了臉。
李承之哈哈一笑，拉了她的手，在她唇上又重重親一口。
「快些開了箱籠來瞧瞧，我家娘子可有華服美衣，明兒隨我去赴宴。」
金秀玉吃驚道：「什麼宴會？」
李承之笑道：「自然是長寧王府的宴會。」
金秀玉張大了嘴。
「長寧王宴請淮安眾官員、豪紳、名士，明日酉時正，攜家眷赴宴。」李承之朗朗笑著，像是換了個人，豪情勃發。
金秀玉也感染了他的情緒，笑道：「常提起長寧王，如今才能得見真顏。既是王府盛宴，少不得要盛裝打扮才是。」
「正是。」李承之笑著，心裡豁然開朗。
大丈夫在世，總要那一搏。他自詡膽大心細，怕什麼覆巢完卵？長寧王何等人物，況且還有那許多名士勇將，愁不成事？笑話！
果然到了第二日，小夫妻兩個盛裝打扮起來。
李承之是一身白色錦袍，蜿蜒繡著黑色纏枝紋理，翻翻捲捲綿延不斷，一路從襟口延伸到袍角，既精緻且繁複。這袍子卻不是外頭所製，而是請了李家繡坊的裁縫大師傅裁剪的布疋，金秀玉親手縫製，那上面的繡工更是費了她跟真兒多少的手工才繡成。

外頭還罩了一件淺紫色雲茜紗敞襟修身褙子，袖子比半臂還要短上幾分，底下與袍子一般長短，襟口、袖口、袍底，都鑲了黑金色滾邊。

金秀玉今兒穿的是白色錦緞繡大紅牡丹花滾金邊的裙裝，高腰束胸，寬襬拖地，那大朵的牡丹就怒放在胸口，膝蓋以下層層疊疊蓮花一般漾開，只露出一點點紅黃兩色牡丹花的鞋尖。

金鵝黃色的腰帶緊緊地勒著細腰，越發襯得膚色如雪，曲線驚人，外面罩著一件鵝黃色雲茜紗的外衫，以粉、紅、銀、淺綠幾色絲線繡了大朵大朵淺色牡丹花。

夫妻兩個這一穿著，端的是通身氣派，皎若玉樹，麗若春花，錦繡滿目，十分地富麗繁華。便是隨身的真兒和春雲也是盛裝打扮，比之往日大不相同。

主僕一行人出了明志院，外頭寶馬雕車已備。

這馬車平日輕易不得用，今兒主人盛裝赴宴，才將它拉了出來，內裡四敞明亮，錦衾繡墩自不必說，便是外頭也是金漆銀花、富麗堂皇。車簷下兩盞琉璃燈，乃是仿的宮燈式樣，既精美且光芒四射。

下人放了小凳子過來，夫妻兩個正待上車，忽然見到那駕車的車夫一抬臉，頓時都大吃一驚。

車夫仰著臉，嘻嘻笑道：「見過大少爺、大少奶奶。」

他雖穿了一身青布衫、戴了一頂小帽，臉塗得鍋底一般，到底嘴上那兩撇小鬍子是個最佳明證。

李承之瞪著眼睛道：「阿東！」

「是阿東？」金秀玉吃了一驚，仔細一看，果然是阿東。

「最神通莫測的便是你了，往日裡都不見人影，今兒怎麼突然就冒出來了？又做什麼裝神弄鬼的？」

阿東摸了摸臉，嘻嘻笑道：「大少爺何必刨根問底呢，主子們博帶華服，豪門夜宴，咱們做下人的跟著瞻仰瞻仰，也算是跟著享福了。」

李承之哼了一聲，先將金秀玉送上車去，自個兒也邁腿上了車。阿東正站在旁邊，扶他一把，卻叫他在腦門上重重敲了一記。

「嘶——大少爺下手真狠！」

阿東嘀嘀咕咕地，一面揉著腦袋，一面跳上車，舉起小馬鞭。

真兒、春雲另外坐了一輛車，跟在李承之夫妻倆的車後頭，一起往長寧王府而去。

第十九章　王府夜宴

長寧王府就在西市，與李家同處富貴坊，巷子名叫做平安巷，離著碧玉巷並不太遠。

李家的馬車一前一後剛進了平安巷，就見前頭一座高門大戶，紅彤彤四盞宮燈掛在門外。大門四敞著，門前車水馬龍，那車兒排成長龍，一直排到巷口。

李家的馬車剛拐進巷口便寸步難前了，只能排在長龍後頭慢慢挪動。好在赴宴車馬雖多，長寧王府的下人都是訓練有素，魚貫將車馬都從邊門領進去安置好，一輛接一輛，速度倒也不慢。饒是如此，及至李家馬車行到王府大門口，也費了大約三刻鐘。

李承之攙了金秀玉下了車，後面跟著真兒和春雲，隨著人流往門前走去。那馬車自有王府下人領去安置。

王府門口迎賓的下人早已得了上頭的吩咐，淮安李家乃是王爺特別交代的重要賓客，因此李家的名帖一遞上去，立刻就得到了十分熱烈的迎接，一路領進會客廳。

廳內此時正熱鬧著，十幾張檀木圓桌擺開，零零落落已各自坐了許多人。裡頭隔著湘妃竹簾，是內眷們的席位，隱隱綽綽可見人影，與外頭既互相隔開，又能互通生氣，倒是十分巧妙的安排。

金秀玉頭一次參加這種場面，有些緊張，手心出了一層薄汗，李承之拍拍她的手，遞了一個鼓勵的笑容。金秀玉回以微笑，帶了真兒、春雲，往那湘妃竹簾裡頭走去。

自有丫鬟高唱「李府大少奶奶到」，頓時女眷的目光都投射過來。人人都知道，李家大少爺娶了一個小門小戶的女子，頗有門不當戶不對之感慨，因此這目光中有好奇、有疑惑、有輕視，也有嫉妒。

金秀玉一眼望過去，四、五張檀木圓桌淨是人頭，人人都是富麗錦繡，一片珠光寶氣，因著這些俗物遮蓋，每個人的面孔都顯得一般模樣，她反而便鎮定下來。

這時有個聲音從人群中傳來——「李少夫人，請這邊來。」

她循聲望去，見是一大一小兩位婦人，那年長的中年婦女打扮得體，卻並不相識；年輕的那個一雙漂亮的鳳眼，可不就是知府千金侯芳小姐？依此推斷，她身邊那位中年婦女，想必就是知府夫人了。

難得有這麼一個相識的人，雖算不上熟悉，但與其餘陌生人相比，卻顯得親切許多。金秀玉用手指提著裙子，優雅地走過去。

「見過侯夫人，見過侯小姐。」

侯夫人果然雍容大方，微笑點頭示意。侯芳倒是比從前相見時活潑了一點，笑著拉她入座。

「這才是咱們第二次見面呢，頭一次見妳還是個雲英未嫁的姑娘，如今竟已是李家少夫人了，見妳盤髻盛裝，跟初初相見時實在大不相同。」侯芳笑吟吟地說道。

她跟柳弱雲是表姊妹，如今金秀玉自然猜到當初自個兒去送蠟燭，乃是侯芳為了柳弱雲來試探她；只是她念著出嫁時侯芳送來的那貴重的賀禮，雖用意不明，到底也是心意，便笑笑回答道：「當初也未曾想到，有朝一日能與小姐這般金貴的人兒比肩同席呢。」

侯夫人忙插嘴道：「少夫人是有福之人。」

侯芳回過頭去，受到娘親一個嗔怪的眼神，卻只是一笑，並不在意，回過頭來依舊與金秀玉說話。

金秀玉不大擅長應酬，好在侯芳不過是個閨閣女子，話題也有限，兩人便有一搭沒一搭地說著話。旁邊眾人雖有對她這位首富少夫人好奇之人，但瞧著她穿著雖華麗，卻並不出挑，言辭間也甚為誠樸，一時倒沒有人出來找她的不自在。

金秀玉一面應付著侯芳，一面隨意地掃視著旁邊席上的情景。此時又有內眷到，她看清了人，倒是小小吃了一驚，也是個熟人，乃是前不久才來李家拜訪過的柳夫人。

「她來做啥？」侯芳奇怪地說了一句。

金秀玉疑惑地轉頭，這才想起侯芳既與柳弱雲是表姊妹，那麼與這位柳夫人定然也是認識的，便問道：「有何奇怪之處？」

侯芳道：「少奶奶可知這人是誰？」

「柳家夫人，正是柳姑娘的母親。」

侯芳搖頭道：「非也。弱雲表姊的父親乃是我的表叔，但這位柳夫人，卻並不是表姊的親生母親。我那表嬸去得早，這位乃是表叔後娶的繼室，嫁到李家不久便生了一位少爺，因此與表姊並不相厚。只是如今我表叔早已先去，今日賓客乃是受王爺邀請，攜內眷前來。她既無外子，難道是以其婦人之身前來赴宴不成？」

金秀玉也同樣疑惑起來。

只是柳夫人進來後，自有相熟的夫人小姐與她打招呼，邀請她入席，她並沒有注意到這邊的侯芳和金秀玉，雙方也就搭不上話。

只聽外頭人越來越多，談話聲也一浪高過一浪。等到席位將滿，便有人高唱一聲「王爺到」，外頭的聲音頓時都停了，只聽眾人齊聲道：「見過王爺。」

一個中氣十足、清朗有力的聲音道：「眾位免禮。」

眾人又道了謝，這才恢復了一點子交談的聲音。

內眷這邊聽得不大清楚，大約是王爺同一些貴重的客人先談起話來，慢慢那氣氛又活絡起來，人聲也就漸漸又大了。

金秀玉坐的位置正好對著湘妃竹簾中間一條細細的縫隙，她透過縫隙，凝神一望，正好便看見了那位傳說中的長寧王，可惜只是一道背影。

長寧王穿了一身黑紅的袍服，固然是皇家風範，那一頭長髮也是極為濃密烏黑。金秀玉只能看到他寬闊的肩膀、筆直的腰桿，還有不時抬起的骨節分明、修長有力的手。

這位王爺十分健壯，十分豪爽，十分有氣魄——這是她從有限的認知中總結出來的印象。

下人們開始上菜，一道一道魚貫而入，果然山珍海味，鮮美異常。金秀玉只覺這筵席與前世所見公司尾牙並無不同，人人光鮮亮麗，瞧著親親熱熱，說話卻都只說三分，所談多者，無非是一些風花雪月無關痛癢的瑣事。

她只管品嚐著美味佳餚，與侯芳閒談幾句。侯芳或有問起柳弱雲的處境，也不過寥寥數語，應付罷了。

宴會上談公事，那是男人們的應酬；女人們，只管在湘妃竹簾後頭閒聊便是。所以男人往往食不知味，只有女人才能享受到筵席上的種種美味。

金秀玉正吃著，旁邊真兒俯身過來輕輕喚了一聲。她回過頭去，見真兒後面站著一個丫鬟，穿著打扮顯見是王府的人。

真兒附耳道：「少奶奶，小世子有請。」

金秀玉疑惑道：「何事？」

真兒搖搖頭，只用眼角指了指身後那丫鬟。金秀玉用帕子拭了拭嘴角，同左右說了聲失陪，便站起身來。

真兒吩咐春雲留守，以防大少爺傳喚，自個兒則扶著金秀玉，跟著那丫鬟往後院走去。

既然是長寧王府，自然院落格局比之其他人家要豪氣許多，亭臺樓閣，小橋流水，花木扶疏，那丫鬟領著金秀玉主僕二人九曲十八彎，總算到了小世子楊麒君的住處。

楊麒君的腿尚未痊癒，是以並未參加今晚的宴會。丫鬟在房門外通報一聲，得了裡面的批准，才抬手請金秀玉主僕進去。

金秀玉一進門，就見小世子楊麒君滿臉不愉地坐在上首，盯著同樣坐在椅子上的一個人。

那人沈著身子，臉頰鼓鼓，嘴唇噘得老高，不是李婉婷，卻是哪一個？

金秀玉先給楊麒君行了禮。「民婦李金氏，見過世子。」

「少夫人免禮。」楊麒君雖然也生氣著，不過身為世子，該有的氣魄和禮數是從來都不會忘記的。

「嫂嫂！」李婉婷一見金秀玉便大叫一聲，眼淚汪汪地撲了上來。

金秀玉忙接住了她的身子，見她滿臉淚痕，顯然前頭已經哭過，如今更是連鼻頭都紅了，不知又叫楊麒君怎麼欺負了，不由抬頭望著楊麒君。

楊麒君擰著眉，目光往旁邊一轉，一副不干我事的模樣。

「嫂子，他欺負人！」李婉婷抱住了金秀玉的腰，涕淚縱橫，控訴起楊麒君來。

楊麒君聞言，立時把眼睛一瞪。

李婉婷嚇了一大跳，立馬將腦袋埋進金秀玉懷裡，金秀玉大大詫異，這丫頭在家可是混世魔王，最能撒嬌耍潑，誰也拿她沒辦法。怎麼到了楊麒君手裡，就跟老鼠見了貓兒似的？

她摟住了李婉婷，嘴上卻責怪道：「阿喜不可胡說，小世子乃是皇親國戚，最雍容大度的，哪裡會欺負妳一個女孩兒家！」

阿喜身體扭來扭去，哭訴道：「他不許我吃飯，不許我出去找妳和哥哥，還不是欺負人？」

這個……

金秀玉悄悄抬起眼皮，看了看楊麒君。

楊麒君接觸到她的目光，板起了小臉，視線緩緩地往旁邊移開。

金秀玉笑道：「小世子，我們阿喜行為莽撞，禮數不周，若有得罪之處，還請小世子原諒則個。」

楊麒君咳咳清了清嗓子，僵著臉道：「她，不曾得罪我。」

「啊，那必是阿喜口角蠢笨，惹小世子厭煩，還請小世子見諒。」

楊麒君越發尷尬，又咳了一聲道：「她，倒也不算笨。」
李婉婷偏了偏腦袋，露出半張臉，委委屈屈地道：「明明說過人家笨……」
楊麒君又把眼睛一瞪，她立刻將那半張臉又縮了回去。
金秀玉笑道：「既然阿喜並無得罪之處，不知可否允許民婦將她帶在身邊，以便宴會結束後一道回府？」
楊麒君抿了抿嘴唇，盯著李婉婷的後腦勺看了一眼，不情不願道：「整日價哭哭啼啼，煩也煩死，妳趕緊把她帶走吧。」
「是。」金秀玉忙拉了李婉婷便要走，李婉婷卻拉住了她，急聲叫著「嫂子」，招手讓她俯下身來耳語了幾句。
金秀玉恍然，抬頭對楊麒君道：「民婦有一事相求，懇請小世子恩准。」
「妳說。」
「阿喜身為李府小姐，平日裡除詩詞棋畫待學，每日還有針黹女紅的功課，前幾日蒙小世子傳召垂訓，雖是莫大的榮耀，只是卻將這些功課都荒廢了，反不利其修養。民婦懇請小世子，念她年幼無知，又受了多日的訓導，已是真心悔改，可否暫且寬恕了她，允許她在家中勤練課業，以便收心斂性，不至於再犯？」
楊麒君一滯，立馬想到這是李婉婷逃避他的藉口，頓時又瞪著李婉婷，目光漸漸冷酷起來。
李婉婷對他總有一些害怕，即使金秀玉在，也不敢同他正面作對，只有努力往金秀玉身後藏去，只探出半個腦袋和一雙眼睛怯怯地看著他。

她這模樣，反倒叫楊麒君有些怔怔。

她怕他！

這個認知叫他胸口發悶，無端焦躁。他本意並非如此，卻不知為何得到了讓她害怕的結果。

「小世子？」金秀玉試探著問了一聲。

楊麒君一清醒，冷冷哼了一聲，賭氣道：「妳當本世子很有工夫嗎，若不是念她年幼，本世子還懶得訓導呢。既然妳替她求情，那就由妳帶回去好生教導，勿使她再惹禍端。」

「民婦遵命，謝小世子。」

金秀玉大聲道謝，拉起李婉婷便朝外走。李婉婷樂不可支，小馬駒一般歡快地小跑著。

楊麒君在後面瞧見了，不由又是一陣煩悶。「不識好歹的傢伙！哼！」

金秀玉帶著李婉婷回到席上，命丫頭添了一張凳子，就讓她坐在自己旁邊。

李婉婷好比出籠的鳥兒，立時恢復了活潑，小嘴巴拉巴拉說個不停。她本身長得跟年畫裡的娃娃似的，小嘴又甜，把哄李老夫人的話兒都搬出來哄這些婦人，很快便贏得了眾婦人的喜愛。

金秀玉冷眼瞧著，這個給她挾菜、那個送她小玩意兒，她倒是來者不拒，不亦樂乎。

侯芳羨慕道：「少夫人好福氣，有這般乖巧可人的小姑，倒跟女兒一般貼心呢。」

金秀玉一口湯差點噴出來。就李婉婷，還能叫乖巧？還能叫貼心？

這一場宴會，高談闊論、賓朋盡歡，直吃到月上中天方罷。

長寧王一露出筵席將結束的口風，最有眼力的人立時便起身告辭，於是陸陸續續地眾人都一撥一撥離開了王府。

內眷自然是跟著自家外子同走，金秀玉見一個又一個婦人離去，牽著李婉婷在角落裡坐了，等候李承之起身，真兒自然也是站在她身旁的。

春雲從湘妃竹簾外頭進來，左顧右盼，見到這主僕三人，忙走過來低聲道：「王爺宣了大少爺到書房商議要事，大少爺吩咐咱們在此等候。」

金秀玉點了頭。

赴宴的眾家賓客內眷都已走了，只剩金家主僕四人，有王府家人便領了她們轉移到花廳等候，自然又有茶果奉上。

金秀玉一面等候，一面斷斷續續問李婉婷，小世子每日傳她來都是什麼指教。這一問，引出了李婉婷的辛酸血淚史。她義憤填膺，又是委屈又是懊惱，將小世子捉弄她、取笑她、嘲諷她的每一樁事每一句話，都一一說了出來，大有此人窮凶極惡、罄竹難書的架勢。

金秀玉、真兒和春雲，初時還認真聽著，附和著一起說那小世子好生可惡。聽到後來，卻發現，正跟第一日那下棋一般，小世子每每都是在捉弄她，教她猜謎，猜不出便學小狗叫；要她背三字經，背錯了便打屁股；最好玩的是要她放風箏。

這放風箏，大約是李婉婷自己說漏了嘴，將她當初在家時折騰小丫頭們的招數給說了出來，結果叫小世子給用在了她身上。他腿腳不便，便讓李婉婷帶著風箏滿花園亂跑，直累得她氣喘吁吁、大汗淋漓，差點趴在了地上。

金秀玉和真兒、春雲一面互相打眼色，一面都強忍著笑意，都暗道：這才叫鹵水點豆腐，一物降一物呢！

李婉婷正說到氣憤處，春雲實在忍不住噗哧一聲笑出來，她登時炸毛了。

「好呀！我叫人家欺負，妳們卻都拿我當笑話聽！」她一把抓住了金秀玉的袖子，道：「嫂子，妳瞧這是什麼丫頭，我可是她主子呢！她敢取笑我，妳回頭要狠狠罰她！」

金秀玉忍著笑道：「罰！罰什麼？」

春雲笑道：「罰奴婢學狗叫、打屁股、放風箏，怎麼樣？」

金秀玉和真兒都忍俊不禁大笑起來，李婉婷一張臉脹得通紅，氣得直跺腳。這時候，忽然一人從門外竄了進來，眾人頓時嚇了一跳，笑聲戛然而止，都抬眼望去。

來人面如鍋底，唇上兩撇小鬍子，正是扮成車夫的阿東。只是他如今的模樣可不大好看，帽子也掉了，衣裳也歪了，鞋子有一隻趿拉著，差點沒跑掉了。

阿東見屋內都是熟人，二話不說，豎起手指大大「噓」了一聲，縱身往上一跳。眾人只覺眼前一花，就不見了他的人影，忙抬頭看去，果然見他正坐在房樑上。

阿東本就是藏身，她們這麼抬頭一看，豈不是人人都知道他在上頭？忙擺手如車輪，壓低了嗓音道：「快低頭。」

金秀玉等人剛低下頭來，「好小子！往哪裡跑！」伴隨著一聲大喝，一個青衣人從門外衝了進來。

金秀玉等人又嚇了一跳，只見這人一身青色勁裝，一隻袍角掖在腰帶裡，腳下一雙薄底快靴。

看相貌，大約是五旬年紀，在這時代算是老頭了。老歸老，臉部線條卻十分剛毅，刀劈斧鑿一般，太陽穴高高鼓起，又濃又粗的眉毛底下，一雙豹環眼炯炯有神。金秀玉幾乎都能聯想到，他這雙眼睛即使在黑暗中也能熠熠生輝。

老頭也沒想到這屋子裡竟有四個嬌滴滴的小姑娘。呃，對他來說，金秀玉這樣的少婦，自然也跟小姑娘沒什麼區別。

原本是凶神惡煞，撞見了四個小姑娘，自然嚇到了人家，尤其最小的那個小女孩兒，已經嚇得躲到人家懷裡去了呢。

他頓時有些尷尬，彷彿真的欺負了別人似的，將四人掃了一眼，明顯金秀玉是主子。

「這位女娃娃，可曾見到一個男子逃入此屋？」搔了搔頭，他有些彆扭地問道。

金秀玉差點笑出來，還從來沒有人叫她女娃娃呢，對這老頭頓時就覺得有趣。

她端著架子，穩穩當當地福了一禮，笑咪咪道：「不知這位伯父，說的是什麼樣的男子？」

老頭摸了摸腦袋，說道：「嗯，面如鍋底，形容猥瑣，倉皇逃竄。」

阿東在房樑上差點把鼻子給氣歪了，他哪裡形容猥瑣了？這老頭說話忒也惡毒！

金秀玉忍著笑，慢條斯理說道：「倒是曾見著這麼一個人……」

老頭頓時驚喜道：「在哪裡?!」

他一驚喜，一著急，一雙眼睛就又瞪了起來。這一瞪，不知為何就又一股肅殺的氣勢，金秀玉頓時心驚肉跳，那剩下的半句話不由又嚇回了肚子裡。

老頭察覺到自己又嚇著人家了。唉，小姑娘嬌滴滴的，就是麻煩！只好又放緩了臉色問道：

「那男子乃是我府中私逃的奴才，煩請女娃娃相告，我好捉了這惡奴回去懲治。」

金秀玉正待回答，李婉婷扯住了她的袖子，繃著小臉道：「嫂嫂，這個爺爺好凶，咱不告訴他！」

老頭一聽，頓時一張老臉脹得通紅。

金秀玉輕輕拍了拍李婉婷的臉頰，示意她稍安勿躁，自己則抬頭正色，對老頭說道：「敢問這位伯父貴姓？」

老頭「咦」了一聲，吃驚道：「妳不認得我？」

金秀玉也吃驚道：「我為何要認得你？」

老頭掃了真兒、春雲和李婉婷一遍，見幾人都茫然地看著他，不由又抬手搔了搔腦門，嘀咕道：「這長寧王府，居然還有人不認得本將軍？」

他聲音極輕，金秀玉等人都未聽見。阿東高高在上，他是有武功在身的，耳目比常人要靈敏許多，自然聽了個一清二楚，這老頭叱吒風雲慣了，第一次被人無視，倒也好笑。

老頭嘀咕了一句，像是不怎麼相信，對金秀玉等人道：「我姓爾。」然後就直直地看著她們，等著對方恍然大悟。

金秀玉等人面面相覷，不明所以。春雲不悅道：「你這老頭好生奇怪，說一聲姓爾，我們哪裡就知道你是誰了？」

老頭瞪大了眼睛。「我說姓爾，妳還不曉得？那我告訴妳，我的姓名是爾盛，這回妳們該知道了吧？」

金秀玉等人都是一腦門子的虛汗。老頭越發不可置信了，他盯著李婉婷道：「小娃娃，妳幾歲？」

李婉婷比了比兩個手指。「十歲。」

老頭愣了愣，突然兩道眉毛一豎，怒道：「混帳，原來他們都誆我呢，說什麼本將軍威名遠播，大允朝上下連三歲孩童都曉得本將軍的名諱，都是屁話！」

這回金秀玉等人卻是聽清了，他自稱將軍，在這長寧王府之中，王爺都見得到，有一位將軍也不足為奇。只是她們四人都是閨閣女流，古時資訊閉塞，婦道人家又總是大門不出二門不邁，哪裡知道這位爾盛將軍是何許人也？

爾盛自個兒生了一會子氣，突然想起本來的目的，忙抬頭道：「女娃娃，妳說方才見到那個男子了，他在哪裡？」

金秀玉不提防他這麼一問，下意識地一抬手就要往頭頂上指去，突然反應過來，忙改指為揮，擺著手道：「爾伯父，那人我雖見過，但有件事卻不得不問個清楚。」

她底下這麼一動作，房樑上的阿東已嚇出一身冷汗。

爾盛問道：「妳要問什麼事？」

「你說你要找的是你府中私逃的奴才，卻不知姓什麼叫什麼？」

爾盛答道：「他是我府裡的人，自然是姓爾的。」

金秀玉搖頭道：「這便錯了。」

爾盛一怔道：「哪裡錯了？」

「方才我見著那人，雖與你形容一般，面似鍋底，卻並不姓爾，而是姓陳；並且也不是你府裡的逃奴，而是我府中的長隨。想來，你我所說的並非同一個人，伯父還是另去他處尋找吧。」

「姓陳？」爾盛吃了一驚，皺了皺眉，突又大叫道。「是了是了，他既逃了出來，必是改名換姓，改姓陳也不奇怪。妳說他是府裡的長隨，也可能是他混跡於妳府裡逃避追捕，這也合情理。」

金秀玉不悅道：「我敬你是長輩，同你好生言語，你怎可信口雌黃呢！」

爾盛也正色道：「女娃娃，這話就是妳不對了。我明明親眼瞧見他逃進這屋裡，屋後頭乃是一片大池，無從逃竄，那人必定還在屋內，妳言辭閃爍，分明是有意遮瞞。哼，我也不同妳爭辯，等我將他找出來，到底姓爾姓陳，自有論斷！」

他冷著臉，又瞪起了眼睛，凝目四望。真兒和春雲都往金秀玉身邊靠攏過來，主僕四人緊緊挨著，都緊張地盯著他。

花廳裡擺設簡單，並無可藏人的家具，因此爾盛一連看了幾遍，也沒發現半個人影。只聽李婉婷輕輕說道：「嫂子，這老頭兒笨死了。」她方才見爾盛對金秀玉無禮，心裡不滿，就不叫爺爺，改叫老頭兒了。

金秀玉忙捂住了她的嘴，以免她說漏了什麼。

爾盛瞥了李婉婷一眼，更加確信人就在屋內，腦子轉了一轉，暗想下面沒有，那麼上頭呢？他把頭抬了起來，還沒等用眼睛搜索，就見一片暗影從樑上倏地躍下，在地上一彈，往門口射去。

「哪裡跑！」

爾盛一聲怒喝，恍若驚雷，金秀玉等人都忍不住又是一跳。只見他疾步如流星，五指一張，倒有簸箕大小，往前一探，便生生抓住了那黑影。

阿東脖子後面一緊，暗叫糟糕，身子一擰，泥鰍一般從衣裳中滑了出去，正待再向門外跳，膝蓋上被什麼小東西一撞，頓時一麻，就這麼一停頓的工夫，爾盛已經趕了上來，一腳將他踢翻在地，抬腿踩住了他的胸膛。

「哈哈，你小子，總算叫老子抓著了！」

爾盛豪情萬丈，臉上笑著，眼睛卻緊緊地盯著阿東。

阿東往上抬了抬身子，只覺胸口一腳如同一座大山，壓得他一動不能動，只好往地上一躺，洩氣道：「不逃了！不逃了！」

爾盛嘿嘿一笑，一俯身，抓住他胸口的衣服，甩開腿，將他提起。金秀玉忙叫道：「住手！」

爾盛看她一眼，手一鬆，放開了阿東的衣襟，卻抬頭在他腦門上拍了一擊，阿東頓時齜牙咧嘴。

「你小子，屬黃鼠狼的啊，倒是會躲，找了個好主子，真心護著你呢！」爾盛先是罵了阿東一句，後面那句話卻是斜睨著金秀玉說的。

金秀玉道：「這位伯父，這人乃是我李家長隨，若有得罪之處還請原諒，有什麼事兒只管同我這主家說便是。」

爾盛嘿嘿笑道：「女娃娃好不曉事，他究竟是何人，叫他自個兒告訴妳吧。」

阿東面現尷尬，躊躇了一下，對金秀玉深深施了一禮，道：「阿東隱瞞了少奶奶，實在是情非得已。我本名並不叫陳東，而是姓爾，名爾辰東。這個老頭，就是我老子。」

爾盛大怒道：「什麼老頭？」

「是是是，是爾盛將軍！這位爾盛將軍，就是我的父親；我，就是爾盛將軍的兒子。」阿東無奈地大聲重複一遍。

金秀玉一時反應不過來，愣愣地瞧瞧這個，又瞧瞧那個，真兒、春雲還有李婉婷也是茫然地在爾盛和爾辰東之間轉移著目光。

李婉婷突然道：「你們倆，瞧著可一點都不像呢！」

「啪」一聲，爾盛又抬手在爾辰東腦門上拍了一掌，罵道：「還不快將你這鬼樣子給洗了去！」

爾辰東齜牙咧嘴，鬱悶地看了他一眼，轉身對金秀玉道：「少奶奶且稍等片刻。」

他走到桌前，那茶水已經放涼，便用茶水清洗了臉，露出原本的膚色。然後走回金秀玉面前，從袖筒裡滑出一柄精巧的匕首，用鋒利的刃口輕輕將唇上的兩撇小鬍子都刮了去，臉上頓時一片乾淨。

金秀玉目瞪口呆地看著他，這哪裡是那個人到中年的長隨阿東？分明是個才二十出頭的小夥子。

古人成年後確實年齡難辨，只能從面貌和穿著的打扮推測。像阿東不過是留了鬍子，衣裳顏色沉了些，便讓人誤以為他是個中年男子，沒想到真身竟是如此年輕。
她頓時覺得人生幾何，各種奇人奇事都能遇見，正要開口，身後突然響起一個熟悉的聲音。
「果然不出我所料。」
她驚喜地轉過身去，果然李承之面帶微笑，款款走來。
「相公！」
又見李承之後面一個中年男人邁著方步走過來，黑紅袍子、金色腰帶，頭戴小小金冠，面如美玉、目若明星，唇上整整齊齊的一字鬍，倍增成熟。這男人，不過小小走了幾步，便穩如山、捷如豹、威如獅，天生皇家風範。
金秀玉雖只見過背影，但不用想就知道這位正是此間的主人，長寧王。她忙行大禮道：「民婦李金氏拜見王爺。」
真兒、春雲自然也立刻跪了下去。李婉婷到底大家出身，禮數是周全的，也跟著金秀玉行了大禮。
長寧王朗朗道：「免禮。」
「謝王爺。」金秀玉等人站起，恭敬肅立一旁。
李承之稍稍側了一下身體，藉著身子的遮擋握住了她的手，輕聲道：「莫怕。」
金秀玉也知道長寧王面色如此和藹，自然是不會為難她們的，只是天生上位者的威勢，還是讓她覺得十分凝重，不敢多做任何一個小動作。
長寧王也不理會她們幾個女子，對爾盛笑道：「恭喜將軍，終於找到了公子。」

爾盛斜睨著爾辰東，嘴裡應道：「不是找，是抓才對。」

爾辰東挑挑眉，倒沒說什麼。李承之笑道：「你果然不是尋常人。」

爾辰東嘆息道：「大少爺也並非尋常人，居然早已猜到我的身分。」

李承之搖頭，說道：「今日之前，我只是猜測你身分不同尋常。直到方才，才由王爺點破。」

金秀玉這才確信了，阿東果然是爾盛將軍的兒子。爾盛將軍跟長寧王如此熟絡，定然身分高貴，那麼阿東，應該也是一個大人物了。

她偷眼瞧了瞧長寧王，又瞧了瞧爾盛，再瞧了瞧阿東，暗自嘀咕淮安怎麼突然多了這許多大人物，莫非要風雲際會不成？

長寧王一直保持著溫和卻暗藏氣勢的微笑，目光一掃，落在了最矮小的李婉婷身上。

「這位，便是李府的三小姐嗎？」

李承之答道：「正是拙妹。」

長寧王點點頭，衝李婉婷招了招手。

金秀玉等人都對長寧王十分敬畏，就是李承之，那也是恭恭敬敬的，沒想到李婉婷倒是一點也不怕，長寧王衝她一招手，她幾步就走了過去，半點猶豫都沒有，站到跟前，也是仰著臉，一雙眼睛張得大大的，眨巴眨巴。

長寧王輕輕拍了拍她的腦袋，笑意比方才又多了幾分，問道：「我聽說，世子日日傳召妳，他秉性頑劣，是不是欺負妳了？」

李婉婷一怔，倒不知道該怎麼回答，轉過頭看著李承之和金秀玉。

金秀玉正待說話，李承之暗暗握住了她的手，在掌心一捏，夫妻兩個都閉緊了嘴巴不說話。

長寧王微微一笑，拿手指了指李承之，搖著頭，略顯無奈，這時，衣襟被拽了一下，他低頭看著李婉婷。

李婉婷歪著腦袋道：「王爺，你是小世子的父親對吧？」

長寧王點頭道：「是呀。」

李婉婷小臉一皺，十分苦惱地道：「那你能不能跟小世子說，讓他不要總是把我叫到這裡來，我有很多事情要做，很忙的！」

長寧王失笑道：「原來妳還是個大忙人呢！」

李婉婷用力地點頭。

李承之上前一步，拱手道：「王爺，舍妹年幼無知，說話口無遮攔，免不了常常惹小世子生氣。小人懇請王爺讓小人帶舍妹回家，禁其足，請家祖母好生調教，必使其成為淑女閨秀。」

他說完便一直保持著躬身的姿勢，長寧王定定地看著他，嘴角一直含著微笑，金秀玉卻覺得，他的微笑裡暗暗透出一種冷酷來。

李承之只覺投在他身上的目光如有實質，越來越沈重，但仍堅持著躬身的姿勢不肯起來。

終於長寧王長嘆一聲道：「罷了，依你所求。」

李承之忙道：「多謝王爺，如今天色已晚，小人便攜拙荊、舍妹告辭了。」

長寧王擺了擺手，李承之一手拉過李婉婷，金秀玉帶著真兒、春雲，一行人退出花廳，自有王府下人將李家馬車趕到了大門外等候接應。

一時車馬轔轔，自出長寧王府而去。

回到李府，已是亥時三刻。李婉婷早在車上便已昏昏欲睡，馬車進了府，也沒人叫醒她，李承之打橫抱了，送回長壽園偏院。

彼時老太太早已睡下，他命張嬤嬤等人安頓李婉婷睡下，便出了園子，自回明志院來。

金秀玉早吩咐下人燒好了熱水，伺候他沐浴完畢，兩人更換睡衣，躺到拔步床上，正好外頭敲了梆子，到子時了。

李承之渾身放鬆，旁邊依偎著軟玉溫香，正覺舒適，那精神便恍恍惚惚起來。

金秀玉卻有一肚子的疑惑，推著他不讓他睡去，追問王爺與他密謀何事，那爾盛將軍是什麼人，爾辰東又是怎麼回事，他懇求王爺時又為什麼那般奇怪？

李承之閉著眼睛一聲不吭，只裝睡，由她搖晃自己的身體，只覺那豐盈滑膩在胳膊與胸口磨蹭蹭，佳人軟語撒嬌，於桃花帳中倍加愜意。

金秀玉察覺到他的意圖，惱了起來，伸手在他腰間軟肉上擰了一把。

「嘶……」李承之身子一彈，眼睛頓時就睜開了，張得大大地瞪著她。

「我這裡一肚子疑問，你若不一一解答了，今晚就甭想睡。」

李承之無奈道：「罷了罷了，家有悍婦，為夫不得已從之。娘子有何疑惑，儘管問來便是。」

金秀玉沒好氣地瞪他一眼，想了想，道：「先說說那爾盛將軍和阿東的身分，我瞧著，這父子倆可不是一般人物呢。」

李承之笑道：「妳看人倒是頗準。這爾盛將軍，乃是咱們大允朝的常勝將軍，於邊境各國之間赫赫有名，當朝重臣，聖上股肱。阿東，本名爾辰東，乃是爾盛將軍的獨子。」

金秀玉驚疑道：「阿東既是如此尊貴的身分，為何要改名換姓，來咱們家做個小小的長隨？」

李承之嘆息道：「箇中緣由乃是爾盛將軍的家事，咱們不便背後議論。阿東私逃出京，來咱們家做長隨，不過是中隱隱於市，避他父親罷了。而爾盛將軍乃是一國重臣，自然有其耳目勢力，此次長寧王來淮安暫居，爾將軍同行，正是為了阿東而來。當初阿東來咱們家不過是機緣巧合，並未簽文書契約，從今往後，咱們家可就沒有陳東這個人了。」

金秀玉點頭道：「這是自然。咱們家不過是平民，若留一個將軍之子做下人，那才叫天下奇聞呢！那……王爺又是何事與你密謀？」

李承之看著她，疑惑道：「如何用了密謀二字？」

金秀玉一愣，她不過是因著前世所見，常以為高官達人於書房中私下議事，定是密謀大事，用這一詞不過習慣使然，沒想到卻引起李承之的疑心。

她咬著嘴唇，不知該作何解釋。

李承之卻摸了一下她的頭髮，嘆息道：「莫非豆兒也看出了其中端倪？」

「什麼端倪？」

李承之道：「此等大事，本不該洩漏與內宅婦人，只是李家今後須辦大事，少不得要上下一心，也不得不讓妳明白其中的關節。」

他慢慢地將事情從頭到尾說了一遍。

原來，當今聖上年屆五旬，操勞過甚，如今已是不堪負重，大有將去之勢。素來改朝換代都是風雲變幻的大事，影響一國朝運，尤其如今局勢，太子未立，東宮無所出，適齡皇子中有望登大寶者，唯大皇子、三皇子、六皇子三人。大皇子雖是長子，但母親不過是小小一妃，內宮之中並無高貴地位；三皇子則是貴妃所出，但論資排輩，卻在大皇子之後；六皇子母親地位與大皇子一般無二，但外公乃是當朝一品大員，勢力雄厚。如今三方各有朝臣勢力支持，均有登位野心，互相制衡，久據不下。

三皇子的母親乃是當朝貴妃，地位僅次於東宮皇后。尤其貴妃姓爾，正是爾盛爾將軍的姑母。古人生育先後時間不等，爾貴妃雖是爾盛的姑母，年齡卻比他還要小，那三皇子的年紀，比李承之還要小上兩年。

長寧王身為當今聖上親胞弟，正是屬意三皇子繼承大統，因此與爾盛也就十分親近。

如今正是三方勢力相鬥白熱化階段，長寧王乃是三皇子一派的主要支持者，深受其他兩方攻訐，深感局勢艱澀，便想出一計，名為隔岸觀火。先是借敵方攻訐，向聖上自請離朝休養，又囑咐爾貴妃和三皇子暫避鋒芒，收斂羽翼，只等另外兩方鷸蚌相爭，兩敗俱傷之時，三皇子一派再漁翁得利，一舉成事。

這才有了長寧王到淮安一行，爾盛也是希望爾辰東在此關鍵時刻為家族效力，才特特跟著長寧王同來淮安尋查他的蹤跡。如今，人已經叫他抓著了。
金秀玉歪著腦袋道：「那爾盛將軍瞧著憨厚無心計，不想竟是將來皇帝的表兄弟呢！」
李承之道：「莫要小瞧這位將軍，平日瞧著彷彿憨厚親切，那可是千軍萬馬之中的人物，殺伐果斷，嗜血成性。三皇子有這樣一位表兄，實在是大大的一方助益。」
金秀玉笑道：「那將來三皇子登基，這位爾盛將軍定是要封王拜侯的了。」
李承之疑惑道：「妳如何便知定是三皇子繼承大統？」
金秀玉自鳴得意，搖頭晃腦說道：「雖說如今三方割據，相持不下，但長寧王既出了隔岸觀火這一計，其他兩方不覺，已是棋高一著。而長寧王既支持三皇子，那麼等於三皇子已贏得了皇族的支持；再加上爾盛將軍這位軍方首腦，兩人一文一武、一政一軍，三皇子已穩立於不敗之地。」
李承之張大了眼睛，顯然被她這一番言論給驚到了。
金秀玉說得興起，繼續道：「況且，長寧王既已召你密謀，自然便是有意贏取你這位天下有名的富人支持。爭權奪位嘛，少不得要花錢的，你可是個錢袋子，長寧王既來到了淮安，放著你這位後勤大臣不要，豈不是蠢笨至極？」
李承之一面聽一面點頭。
她繼續說道：「我瞧你今日同王爺的相處神情，若是談不攏，你必是愁眉不展、心情沈重；而如今神色自若，定是你已經與王爺達成協定，決定靠向三皇子一派，做他們的財政後援了。你既願意替三皇子效力，自然是多方衡量之後，認定三皇子才是最終繼承大統之人。」

李承之搖頭道：「這話卻有不妥，我為何不採取觀望之態，三不相幫，只等風消雲散，局勢明朗，豈不是最佳的明哲保身之法？」

金秀玉也搖頭道：「相公豈不知，匹夫無罪懷璧其罪。又說，不為我所用，必為我所殺。長寧王是何等位高權重之人，殺死一個平民，不過踩死一隻螻蟻；況且，爾盛將軍又是沙場歷練、殺伐果斷之人，若是你無心投靠，他二人豈會輕易放過你？」

李承之終於十分震驚，望著金秀玉道：「原來我家娘子當家的本事馬馬虎虎，卻有治國的大才！」

金秀玉一聽就知道他是調侃，一拳捶在他身上，嗔道：「我有什麼治國的大才了！不過是聽書聽得多了，曉得上位之爭大抵不過這些手段，又有什麼好奇怪的？」

李承之一把抱住她掀翻在褥上，金秀玉大驚失色。

李承之重重壓著她的身子，咪咪笑道：「娘子天縱奇才，叫為夫好生佩服，素日裡多有不敬，還請娘子原諒。」

金秀玉看他說話拿腔作勢，就知道並非出自真心，靜待他下文。

「娘子整日在家操勞，必是身心疲憊，為夫略通推拿揉捏之術，今日便叫為夫伺候娘子一番。」

他說著便將手滑到了她高高聳起的胸脯上，果然捏揉起來。

金秀玉咬住嘴唇，滿臉通紅，一雙眼睛烏幽幽看著他，似嗔似怨，倒激起了他胸腹間的一腔邪火來。

第二十章　金林氏的提醒

第二日，到長壽園給老太太請安之時，李承之屏退眾下人，跟老太太仔細說了上位之爭、李家投入三皇子派別之事。老太太不過沈吟片刻，只說如今是他當家作主，一切重大事情都由他決斷即可，但李家須提早做好退步抽身之計。

李承之提出要在周邊鄉鎮秘密購買莊子置地，老太太也不多問，只讓他去辦。金秀玉暗想，大約是提供給長寧王使用。

這事兒說起來有天大，李家成了皇位爭奪戰中的一枚棋子，聽著倒是危機四伏、步步驚心。只是金秀玉空自警惕了半天，見李承之依舊如往常一般出門打理生意；老太太依舊如往常一般安居家中，打牌取樂；李婉婷沒了楊麒君的召喚，依舊是家裡的混世小魔王，只是小世子腿傷未癒，她對馬車撞人心有餘悸，倒還不敢出門。

府中人人無所覺，該做什麼做什麼，各司其職，各得其所，低頭一想，不覺自己好笑。要真箇說起來，李家不過是為三皇子一派提供錢財支援罷了，離核心勢力還差得遠呢，又兼著並不需要李承之出面，實際的風險比想像中要低得多。金秀玉想通了這環節，心神便也穩定下來。

此時，正好李越之興沖沖來到明志院，又纏著她說故事來了。

金秀玉大感頭痛，問道：「今日管先生不教功課嗎？」

李越之搖頭道：「管先生隔三差五都要去眠月樓一趟，今兒也照舊去了眠月樓，自然就不必上課了。」

那眠月樓一聽就知道是青樓楚館，金秀玉嚇了一跳，問道：「你可知那眠月樓是什麼地方？」

李越之搖頭道：「不知，先生只說是天下第一風雅之地。」

金秀玉暗自腹誹，這管先生倒是打的好花腔，這般逍遙瀟灑，又想起他那劣跡，深感此人放蕩不羈，恐怕還是會帶壞李越之，還是早早辭了的好。正想著，外頭下人稟報，親家奶奶金林氏攜親家少爺金沐生來串門子啦。

自從上次金林氏來訪，說是來親戚家串門子，往後她來，李府人人都只說親家奶奶又來串門子了。

金秀玉便道：「快請我母親到花廳奉茶。」

李越之笑道：「我許久沒見金奶奶了，正好跟著嫂子去見見，嫂子帶我一同去吧。」

他一步上前站在金秀玉身邊，背著雙手笑咪咪，一雙桃花眼幾乎瞇成一條線，透著幾分他哥哥李承之的真傳。

金秀玉只好帶著他，又帶了真兒、春雲，一齊去花廳。

到了花廳，卻只見到金沐生一人，不見金林氏的蹤影。

金秀秀早在花廳裡候著，見金秀玉一行人來，忙上前先福了一福，笑道：「方才老太太得知金奶奶來了，正巧缺個牌搭子，便命奴婢來請金奶奶，金奶奶如今正往長壽園去了。奴婢怕少奶奶不知，特地在此等候，好回稟少奶奶。」

金秀玉點點頭，這一個母親、一個祖母，湊得倒也巧，正是一對活寶。卻見金沐生正走過來，便問道：「你怎麼沒同母親一起去見老太太？」

金沐生道：「我有事情要問妳。」

他拉了金秀玉的袖子走到一旁無人處，金秀玉不明所以，只奇怪為什麼他每次都要偷偷摸摸問她事情。

「金豆兒，我問妳，那個……阿、阿東師父在家嗎？」

金秀玉搖頭道：「他不在，只怕他今後都不會在這家裡了。」

金沐生原本只是藉口一問，此時聽她回答倒吃驚起來，追問道：「這是什麼意思？」

「如今也說不準，只是你阿東師父並非普通老百姓，咱們家裡留不住他這尊大佛，往後只怕他有更大的事業要做，也無暇教你功夫了。」

金沐生急道：「這怎麼行！我才學了幾天呢，師父的真傳我還學不到一成，可不能半途而廢。」

金秀玉驚訝道：「這倒奇了，從前你學文，可從來沒有這樣的恆心呢。」

金沐生沒好氣道：「這怎麼一樣呢！那些個文章又臭又長，既不能當飯吃，又不能當衣穿，煩人得很。學武功可不一樣，將來能夠防身，又能懲奸除惡、保家衛國，這才是有用的本事呢。」

「喲！瞧不出來你志向大了呢，還要保家衛國。」金秀玉揉了揉他的頭髮，笑道。「莫非將來咱們金家還要出個小將軍不成！」

被揉了腦袋，金沐生只覺被當成孩子看待，十分地不滿，揮開她的手說道：「做小將軍有什麼了不起，要做就做大將軍，這才能比得上……」

他突然住口不說，金秀玉追問道：「比得上什麼？」

金沐生搖頭道：「沒什麼。既然師父不在，那麼阿喜在不在？」

「你找阿喜做什麼？」

金沐生從身後拿出一個小紙包，打開來，卻是幾串糖葫蘆。

「上回阿喜說想吃糖葫蘆，我今兒來的時候正巧看見了，買了幾串，要拿去給她。妳只管告訴我她在哪裡就是了。」

金秀玉道：「這可說不準，她整日價瘋跑，好在今日沒出門，只是府裡這麼大，也不知道她跑到哪個院子去了，不如你先跟我到長壽園去給老太太請個安，說不定能碰見阿喜。」

金沐生應了，將紙包重又小心翼翼包好。

金秀玉暗暗稱奇，這小子素來最是毛躁的，近來似乎沈穩了許多，膚色也比原先黑了幾分，臉上顯出一種微微的剛毅來，身上似乎也蘊藏了一股力量，往日只覺他像隻野猴，如今仔細一看，倒像隻小豹子，莫非這就是習武的功效？

她一面想著，一面又帶了眾人往長壽園去。

這還沒進園子呢，就聽見裡頭嘩啦嘩啦洗牌的聲音，又有金林氏拔高了嗓子道：「青玉姑娘可別忘了給錢喲。」

小丫頭打起門簾，金秀玉邁進去，正好看見青玉笑道：「金奶奶放心，我怎麼也不敢昧了金奶奶的債呢。」

金林氏十分得意地笑著，顯然是剛贏了一圈好牌。

「老太太安。」金秀玉先給李老夫人問安，然後又給金林氏隨便一福，道。「母親也安哪。」

金林氏一面洗牌，一面轉頭笑道：「安著呢！我的身子素來健壯，妳不用擔心。」

金秀玉見她身前桌面上放了一堆散錢，怕有一吊呢，難怪她這麼健朗了，那些個銅板可都是補腎益氣的良藥呢。

「娘今日怎麼來了？」

金林氏一面碼牌，一面說道：「一早起來就覺得耳朵癢，想著沒什麼人惦記我老婆子，這嫁出去的閨女呀，一心只有婆家人，只怕也顧不上唸叨我。我就想了一圈，啊呀，莫不是老太太沒個搭子打牌，正在想念我？這麼一來，可不是？我剛進門，老太太就派人來叫我了！」

老太太大笑道：「可不是？老了老了就囉嗦，她們年輕，可懶得同我說話呢，也就妳來，才能樂呵樂呵。」

金秀玉暗道，您還囉嗦呢，什麼事都有旁人去做，恨不得一天三百六十五天，日日都作耍取樂，哪裡聽見妳嘮叨的時候了。

金沐生聽了半天，終於不耐煩，問道：「金豆兒，阿喜呢？」

這話老太太倒先聽見了，回道：「正帶了小丫頭們在花園裡頭耍呢……」

話音未落，門外腳步輕快急促，李婉婷跑進來，聲音清脆道：「誰在唸我呢？」

金沐生頓時驚喜地叫了一聲：「阿喜！」

李婉婷循聲望去，也大叫道：「金沐生！」

老太太等人並金秀玉等人都愣了一愣，不約而同大笑起來。

金林氏說道：「這兩孩子一驚一乍，不知情的，還以為牛郎織女相會了呢。」

她說話素來口沒遮攔，屋內人人都知道這比方打得不對，念著她是大少奶奶親娘，又不好說破，都悶頭偷笑。

李婉婷沒聽出其中意思，只是見到金沐生手裡的紙包，猜到那是糖葫蘆，十分地歡喜。金沐生比她小了兩歲，反倒知道牛郎織女是個什麼意思，那耳根不知為何的就紅了一點。

金沐生攤開油紙包，露出兩串紅豔豔的糖葫蘆，山楂果外頭包著薄薄的透明糖衣，李婉婷喜孜孜地拿了其中一串，一張嘴咬掉大半顆，牙口倒是很不錯的，嘴角還沾了一點子紅色的糖衣。

金沐生將剩下的一串用油紙重新包好，遞給她道：「喏，拿去！」

李婉婷一愣：「都給我？你呢？」

沐生板著臉道：「不愛吃這個，都給妳吧。」

「當真?!」李婉婷欣喜地問了一聲，不待他回答，便劈手將紙包搶在懷裡，一雙眼睛笑得瞇瞇的，彷彿一隻小狐狸。

金秀玉在她頭上拍了一記，道：「當心吃多了牙疼！」

李婉婷鼻子一皺，道：「嫂子還管我呢，先管著奶奶吧，莫叫她把棺材本兒都給輸掉咯！」

金秀玉轉頭一看，果然她娘又贏了，老太太正愁眉苦臉地數錢給她。也真是邪門了，今日的金林氏運氣真是出奇地好，從進門到現在，還沒見她輸過呢。
金林氏一面盯著那錢，一面嘻嘻笑道：「咱們窮人家，概不賒欠，都是數現錢，這幾個銅板，老太太必是不在意的。」
老太太癟著嘴，將數好的錢往她面前一扔，道：「拿去拿去。」
金林氏嘿嘿一笑，將錢攏作一堆。
金秀玉回過頭來，在李婉婷臉上輕輕拍了一個耳刮子，輕聲道：「妳呀，最是口無遮攔，當心老太太聽見，就怪罪到妳這張烏鴉嘴上呢！」
李婉婷哼了一聲道：「誰叫她又要我學這個又要我學那個的，就是不叫她贏錢！」
她回頭拉住金沐生的手道：「她們就是打牌，無聊得緊，咱們不跟她們一起耍，我帶你去花園，裡頭那個大湖剛放養了許多紅鯉，可好玩呢！走！」她拖著金沐生便出了門。
屋子裡嘩啦呼啦牌聲響，不知這一圈，李老夫人能不能扳回一城。
李婉婷拉著金沐生一路直奔花園，過了月洞門，進了湖邊的水榭，隔著水榭的欄杆，往湖裡一看，果然有許多紅鯉。早有小丫頭拿了魚食來，李婉婷抓了一把往湖裡一撒，頓時一大群紅鯉聚集過來，爭先恐後，千條萬線，十分地賞心悅目，李婉婷拍手笑起來。
沐生手裡也抓著一把魚食，卻沒有撒到湖裡，只是歪著腦袋對李婉婷道：「阿喜，我聽說長寧王府的小世子經常叫妳去王府。」
「是呀。」李婉婷還沈浸在逗弄魚群的樂趣裡，又抓了一把魚食往另一個方向一撒，魚群頓時又成群結隊往那邊驅趕。

「小世子找妳做什麼呢？」

聽他這麼一問，李婉婷頓時笑容一斂，嘴巴一噘老高，恨恨道：「楊麒君討厭得很，總是欺負人！」

金沐生忙問怎麼欺負她了，李婉婷便將小世子楊麒君每天是如何捉弄她、如何嘲笑她、又如何懲罰她的手段都一一說了出來，說著說著，一時生氣、一時討厭、一時尷尬、一時臉紅，總之話裡話外就是說小世子楊麒君不是好人。

金沐生聽了，問道：「他這般欺負妳，妳為什麼還每日都去王府呢？」

李婉婷委屈道：「他是小世子，是皇帝的親姪子呢，奶奶說我要是不去，他怪罪下來，我們全家都要遭殃。」

金沐生點點頭，道：「哦，他是王府的小世子，身分很高，他說的話，我們都要聽。」

「就是這樣。」李婉婷點頭，又恨恨道。「哼，不就是有個皇帝叔叔嗎，有什麼了不起，天底下又不是他最大！」

金沐生好奇道：「還有誰比他大？」

「真笨，當然是皇帝了。」

「除了皇帝呢？」

「嗯……他爹也比他大。」

金沐生真想說一聲，妳才笨呢，傻子也知道世子的爹要比世子大。

「還有比世子大的人嗎？」

李婉婷歪著腦袋想了想，突然想起當天那位老頭將軍來，便說道：「或許……或許將軍也比世子要大。」

「哦。」金沐生點點頭，若有所思。

這兩個小孩子對官位高低自然是一竅不通，世子是爵位，將軍是官位，兩者根本就不能簡單地相提並論。不過在金沐生心中，此時便已把將軍比世子大的概念給記住了。

李婉婷生氣總是不長久，此時又笑道：「不過現在他可不敢再傳喚我了，我哥哥已經同王爺求了情了，我再也不用去長寧王府受欺負了。」

她仰起一張小臉，笑得十分燦爛。正在這時，一個丫頭小碎步跑來，往李婉婷跟前站定，說道：「小姐，長寧王府小世子有請。」

笑容頓時僵在了李婉婷臉上，金沐生挑眉看著她，剛才是誰說小世子不會再傳喚她的？

李婉婷鼓著臉，胸脯一起一伏，嘴巴一癟，跳腳道：「他怎麼又找我！王爺說過我不用再去的！」

她用手往外一指，對著小丫頭叫道：「不管他派了誰來，都與我打出去！打出去！」

丫頭頓時十分為難，來的是長寧王府的人耶！宰相門人都已是七品官了，何況王府的下人？李家不過一介平民，哪裡敢得罪皇親國戚。

李婉婷頓時急得團團轉，氣得快哭出來了。

金沐生忙伸手拉住她道：「別怕！妳不是說姊夫已經跟王爺求了情嗎？咱們去問老太太、去問金豆兒，叫她們想辦法。」

「對了對了，嫂嫂當時也在的，她也聽見了，王爺親口應了我哥哥的。咱們快走，去找嫂子。」

他二人手拉手，一路飛跑，往長壽園趕去。

正巧李老夫人、金林氏打完最後一圈，等著金秀玉吩咐大廚房擺飯，兩人一進門，李婉婷一頭便撲到了金秀玉身上。

金秀玉忙道：「這又是怎麼了？」

「嫂子！」李婉婷哭道。「那個討厭的楊麒君又來叫我了，我不去，打死都不去！妳叫人把那人打出去好不好？」

她扭著身子，不依不撓起來。金秀玉皺眉道：「王爺昨兒不是才應允的嗎，不再傳妳去王府，怎麼今兒小世子又派人來了？」

「嫂子快替我想法子！快替我想法子！我死也不去王府！」李婉婷鼻涕一把眼淚一把，只剩坐到地上撒潑打滾了。

金秀玉忙制住她，一迭聲道：「好好好，嫂子替妳打發了他。」

她本想叫個丫頭去前頭回話，但想到這是長寧王府來的人，還是得尊重些，便將李婉婷交給老太太，自個兒親自去了前頭。

李婉婷往老太太懷裡一靠，委委屈屈叫了一聲「奶奶」。老太太心疼地摸摸她的臉道：「可憐的，妳嫂子去了，必將人打發出去，不會叫妳去受罪的。這小世子忒也可惡，怎麼就盯上咱們阿喜了呢！妳們說，是不是？」

金林氏、青玉、秀秀等人自然都齊聲應和，幫著數落小世子的不是，都安慰李婉婷。金沐生在旁邊看著，那一對小拳頭不知為何就捏得緊緊的了。

不多時，金秀玉回來，說已經將人打發走了，只說阿喜奉了長寧王的命，禁足在家修身斂性，無王爺旨意，不敢輕易出府。

那人倒也沒多說什麼，就自去了。

李婉婷這才大大地鬆了一口氣，她哭得臉上唏哩嘩啦的，張嬤嬤自然將她帶去重新洗漱了一番。

此時，丫頭們來報，說是飯菜已在花廳備下，請太太奶奶們前去用飯。

老太太一手拉著李婉婷，一手挽著金林氏，走在最前頭，青玉、秀秀忙不迭地跟上去，金沐生自然也是同行。金秀玉走在後頭，剛邁出去一步，衣角就叫人給拽住了，回頭一看，卻是李越之。

「嫂子，我方才老老實實陪著看牌，一點麻煩都沒惹，妳什麼時候再說故事給我聽呢？」

金秀玉又頭痛起來，暗想這小祖宗怎麼就忘不掉那故事呢？唉，下午少不得再費些口舌了，只好哄著他先吃飯，吃了飯再聽故事。

金、李兩家加起來共六人，又有阿喜這個活寶，這頓飯吃得比平時可熱鬧多了。

吃了飯，自有奴才們撤去碗盤等物，重新沏茶上來。眾人剛剛各自落坐，茶還沒端到手裡呢，就有下人來報，說是阿東來向老太太和少奶奶辭行。

眾人頓時面面相覷。金秀玉和老太太是知道阿東身分的，既是爾盛將軍的兒子，必不會繼續留在李家，如今的局勢，他早晚也要回京城去為家族謀利。但是金林氏還有青玉、秀秀等人卻是不知，少不得覺得驚訝。真兒、春雲當日跟去長寧王府伺候，自然也知道實情，只是不曉得這辭行是個什麼意思。

大家都心存疑惑，老太太說了聲去前廳。眾人便起了身，浩浩蕩蕩往前廳而去。到了前廳，果然見阿東正長身站立，他相貌已與從前大不相同，小鬍子刮了，帽子不戴了，身上的服飾也穿得十分考究了，簡直如同換了一個人。

老太太雖說早已知道他不是普通人，但看到這麼大的變化，依然忍不住吃驚。但是最叫人吃驚的卻不是阿東，而是廳中除了阿東以外，還有另一個人，看到這個人，最震驚的莫過於李婉婷了。

幾乎是一看到這個人的面，她就嗖一聲躲到了金秀玉身後，恨不得將身子縮成一個球，好能夠鑽入金秀玉懷裡去。

金秀玉等人也是暗暗稱奇，來人正是小世子楊麒君，他腳上的夾板已是取掉了，但依然還不可站立行走，所以是坐著的。後面站著楊高等幾個彪形大漢，還有一架滑竿，正是抬小世子出入所用。

眾人趕忙先拜見了小世子，楊麒君不過說一聲「免禮」罷了。

李婉婷現在見了楊麒君，真真跟老鼠見了貓兒一般避之唯恐不及，如今卻正好打個照面，怕是躲也躲不了了。思及此，她不由凶狠地瞪著阿東。

金秀玉知道如今阿東已恢復身分，並非李府的長隨，來者是客，忙請他落坐，吩咐丫頭們上茶。

老太太等人也都坐了。

「阿東素日隱瞞身分，雖是情非得已，於老太太和少奶奶也確是心中有愧，這廂大禮賠罪了。」他長身而起，大大地一躬到底。

老太太擺手道：「罷了，這也算是你與咱們家的緣分呢。這廳裡頭都是些對你親和有加之人，卻都不知你真正的身分，你且與她們說一說吧。」

阿東便對眾人道：「在下姓爾名辰東，京城人士，大將軍爾盛之子。」接著，又把自己原是因家中爭吵私逃出京，為躲避家中搜捕才改名換姓寄居李府的緣故也說了一遍。

眾人這才恍然大悟，金林氏尤其暗中咋舌，這阿東原來竟是大將軍之子，那麼將來必定也是前途無量的，自己女婿真是有本事有造化，既能認識長寧王這位真正的皇親國戚，又能認識爾辰東這樣的朝廷顯貴。當初將女兒嫁給他，果然是再聰明不過的決定了。

老太太於是又問他辭行的理由。

原來爾盛將軍既找到了阿東，少不得要攛他回京替家族效力，如今正是黨派之爭最激烈的時候，阿東身為大將軍之子，可是不小的助力。這個理由李承之、金秀玉和老太太自然是知道的，只是不足為外人道。因此阿東也只是說要隨父親回京，並沒有多說什麼。

眾人自然唏噓。

阿東在李家待了老長一段時間，自然知道李府內素來是大大方方熱熱鬧鬧的，這般的離別唏噓之景倒是叫他十分不習慣，不由抬手撓了撓頭。

這個動作他做長隨時是常做的，如今穿得通身氣派、英姿颯爽的，再做這般動作便顯得有些滑稽，青玉忍俊不禁，便是噗哧一笑。她一笑，又有人跟著笑起來，笑聲一多，氣氛便自然鬆弛了一些。

小世子楊麒君突然咳嗽了一聲，金秀玉忙道：「小世子有何吩咐？」

楊麒君清了清嗓子，先是瞟了一眼躲在老太太後面的李婉婷，然後才答道：「這屋裡頗有些氣悶，我待去後花園坐坐。」

「是，待民婦叫上丫頭們伺候。」

楊麒君擺手道：「不必多叫人，要一、兩個小丫頭侍奉茶水便是。只是我不認得府中路徑，不如請三小姐代為指引吧。」

金秀玉心裡咯噔一聲，偷眼去瞧李婉婷，後者正在老太太背後拚命地使眼色擺手。她又轉過眼來，見楊麒君正冷冷地看著她，顯然方才跟李婉婷之間的小動作早已落入他眼中，不由得暗暗叫苦。

這小世子不過十二歲的年齡，怎麼就打的好官腔、做的好態勢？偏偏人家是長寧王世子，身分顯貴無比，哪裡是李家能夠得罪的。

金秀玉只好說道：「既然是小世子的吩咐，我等自然從命。阿喜，妳來為小世子引路。」

李婉婷臉色頓時一垮。

金沐生本是站在人群之中，此時突然高聲道：「我也去伺候小世子吧。」

金秀玉一驚，望了望小世子，見他並無反對，便衝弟弟點了點頭。

楊高等人便將小世子抱到滑竿之上，李婉婷和金沐生在前頭帶路。金秀玉自然不敢只派一、兩個小丫頭了事，親自點了秀秀和春雲兩個大丫鬟，還有一眾丫頭僕婦小廝跟著去了，囑咐好生侍奉。

待得他們一行人去了，廳內的氣氛越發地放鬆，阿東素來是活潑的，老太太一向是慣著他，青玉、真兒等人又同他熟識，大家說起從前的一些趣事笑話十分樂呵，倒沒有半分即將分別的愁意。

只不過到底是李家的家事，也就李家的人能夠摻和進去，金林氏不過聽聽罷了，偶爾插個一、兩句話，慢慢地便無聊起來，她這才想起自個兒此次來李府，可不單單是陪老太太打牌這麼簡單，乃是因聽了一樁奇事，要來問女兒的。

因此，便悄悄叫上金秀玉，母女二人攜手出了前廳，自尋了一處清靜偏僻處說話。

「娘，妳做什麼神神秘秘的？」

金林氏凝神看著自個兒女兒，說道：「在家的時候沒聽過幾聲『娘』，出嫁了反倒能多叫我幾聲。」

金秀玉抿了抿嘴，說道：「在家的時候您可沒個做娘的樣子，我出嫁了反倒覺出您的慈愛來。」

金林氏拿手指一戳她的太陽穴，金秀玉機靈地一偏腦袋，躲過了，卻不提防金林氏下面一巴掌拍在她臀邊，嚇了一跳。

「沐生如今有功夫，我是打不著他了，妳以為妳也能躲得過不成？」金林氏得意洋洋。

金秀玉撇嘴道：「貧什麼嘴呢，有什麼事兒就快說吧，老太太那兒可不能沒人伺候。」

「到底嫁出去的女兒潑出去的水，心裡只惦記著老太太呢！」

金秀玉揉了揉額角道：「妳既無話說，那我可就走了。」她作勢抬起腳來欲走。

金林氏趕緊一把抓住了，急聲道：「我話還沒說呢，這可關係到李家的名聲！」

金秀玉吃驚地轉過頭來看著她，突又笑道：「娘嚇唬誰呢！妳能同我說什麼關係李家名聲的大事來？」

金林氏甩了她，沒好氣道：「我怎麼就沒大事兒了！今兒要說的就是天大的事情，有我今日的提醒，李家將來才不至於吃官司，才不至於壞了名聲呢。」

金秀玉瞧她說得鄭重，不似打誑語，不由認真起來。

金林氏讓她附耳過來，悄悄地把話兒都說了。

「呀！」金秀玉聽了，頓時驚叫一聲，然後皺起了眉頭，臉色頓時凝重起來。「這事兒妳從哪裡聽來的？可有根據？」

金林氏忙道：「這麼大的事情，我能是胡亂聽的嗎？前日巷口那家的老婆子在門口哭，許多人圍著瞧熱鬧，就聽她一面罵自個兒子不爭氣，一面又罵人黑了心肝做這般缺德事。妳花嬸子正打跟頭前經過，聽了個真切，這才轉告了我來。」

金秀玉點點頭，示意她繼續往下說。

「我也知道，妳素來瞧不起我，總嫌我做事糊塗。這會兒可不一樣，我再不曉事，也知道這是官府下了公文明令禁止的，若有人做了，那就是犯法，是要吃牢飯坐牢房、聽說還有砍頭的呢。妳可是我親閨女，承之是我親女婿，妳說，這麼大的事情，我能不替妳們打聽清楚了？」她越說越激動，十分維護著女兒和女兒的夫家。

金秀玉點頭道：「若真有此事，娘就是我們的大恩人，我同相公都感念娘的恩情。」

金林氏擺手道：「我自個兒的親閨女、親女婿，我不向著你們向著誰呢！唉，只是咱們家那舊房子啊，前些日子一下雨，屋頂忒也陳舊，竟漏了好多處，真箇外頭下大雨，裡頭下小雨，處處狼藉呢。我思忖著，得叫個瓦匠來修修那屋頂……」她一面說著，一面便拿眼睛瞧著金秀玉。

金秀玉哭笑不得。這老娘，說是好心呢，也確是好心，只是總要帶上些功利的目的，少不得叫人生出些惱恨來；做了再多好事，自個兒也是不吃虧的，就是受不起人的感激。

她從腕上褪下一個金鐲子，扔進金林氏手中，沒好氣道：「這可是真金打造，夠妳修屋頂了，還能把那院子平一平、把牆都刷一刷呢！」

金林氏嘿嘿笑著，把鐲子湊到嘴邊咬了一口，這才收進懷裡，面上還笑道：「我正想著把院子也平一平呢，到底是我親閨女，事事貼心呢！」

金秀玉忍不住，真想朝天翻個大大的白眼。

金林氏又說道：「我既聽了花嬸子的說法，自然是非探聽清楚不可，便去了那巷口老婆子家串門，一來二去地才套出話來，正主兒雖不姓李，卻有個親戚是你們李家的。」

「是誰？」

金林氏把嘴巴湊到她耳邊，說了一個名字。

「竟然是他?!」金秀玉眉頭深鎖，十分不解。

「妳說說，這是不是大事?若是將來事情爆發了，你們李家是不是要吃官司?我如今可也弄明白了，李家是有錢，可家族中沒一個做官的人，行事少不得要謹慎些呢。」

金秀玉點頭道:「娘說的對極了，這是大事，我真要多謝娘的提醒。」她說著，便福了一福。

母女二人又說了一會子細節，這才回到了前廳。

廳內眾人如今說的不過是南來北往的閒話，東拉西扯，說些奇聞異事，阿東既是京城人，自然少不得同她們形容京城的各種風土人情，金秀玉和金林氏回來坐了，也聽得津津有味。

事實上，辭行不過幾句話的事兒，阿東不過是在等小世子，好一同回長寧王府罷了。

小世子楊麒君跟李婉婷、金沐生去了花園，倒不知有甚好玩的事，遲遲不歸。直到日頭將往那西山落去，天邊一片紅霞，才見楊高等人抬著他回來，李婉婷和金沐生手拉手跟在後頭。

楊麒君似乎做了什麼高興事兒，臉上竟有一些笑意，李婉婷沒什麼異色，金沐生臉上卻不大好看。

三人都是小孩兒，眾人只當拌了口角，玩耍不和，也沒往心裡去。

楊麒君和阿東前腳剛走，金林氏也帶了兒子金沐生告辭回家。

早先就有小廝回來通報，說李承之有晚宴，晚飯不回家吃。金秀玉自吩咐了大廚房，不過祖孫四人用了晚飯，各自回院中安歇。

金秀玉回了明志院，往上房一坐，對著桌上那一盞燭燈獨坐靜思，一想便出了神，忽然聽見外頭梆子響，原來已到亥時了。

真兒端了茶進來，金秀玉便問李承之回來沒。

「大門二門均無動靜，想必還得過一會兒呢。」

金秀玉點頭。

「奴婢瞧著，少爺近日越發辛勞，早出晚歸，兩頭見星星，卻不知在忙些什麼，往日裡便是生意再好，也沒有忙成這樣兒的。」

金秀玉看她一眼，淡淡道：「他有大事要做。」

真兒應了聲是。

「對了，近日一整天未見柳姑娘，是何緣故？」

真兒笑道：「少奶奶怎麼忘了，柳姑娘到城外大佛寺還願，一大早就出門了，還是少奶奶昨兒批准的呢。」

「那她回來了嗎？」

「回了。她跟蓮芯在大佛寺吃了素齋，正好飯後進的門，二門上還來報給少奶奶過的。」

「哦，我都糊塗了。」金秀玉揉了揉額角，顯得有些疲憊。

真兒走到她身後，抬起兩手替她按摩著太陽穴，說道：「這一大家子也夠少奶奶操勞的了，上回大少爺說請個大夫來為妳診脈，拖到今日也未成行，不如明日便請了許大夫來，開些益氣補身的藥給妳調理身子。」

金秀玉點點頭，真兒的手法極為適中，使她感到十分舒服，漸漸有了睡意。

「少奶奶到床上歪一會兒吧，等大少爺回來了我再叫妳。」

金秀玉擺擺手，睜開眼睛，反手將她拉到身前，示意她坐下。

真兒見她似乎有話說，便乖乖搬了個春凳過來坐了。

「今兒妳金奶奶跟我說了一件事。」她俯到真兒耳邊說了，真兒頓時面色大變。

「竟有這等事？」

金秀玉皺眉道：「如今尚未弄清，究竟是有人打著咱們李家的幌子，還是真的咱們李家有人在做這樣的勾當。妳與我參詳參詳，咱們府裡頭有誰會做這樣的事情？」

真兒疑惑道：「金奶奶只說是李家，少奶奶怎麼就肯定是咱們府裡呢？也或者，是二房、三房或者四房裡頭的人做的。」

金秀玉點頭道：「唔，這我倒是未曾想到。妳說的對，並不一定就是咱們府裡人幹的，但是否其他幾房所為，咱們不方便問，只能讓妳大少爺去查了。」

真兒恨恨道：「當然要徹查，官府明文規定，民間不許以此等手段牟利。若真是李氏族人所為，不管是咱們府裡頭還是其他幾房的人，都是害群之馬，必須禁了，否則將來定要惹出大禍，殃及全族呢。」

「是，這事兒可不能掉以輕心。這麼辦，大少爺那邊自有我去同他說，查查是否為其他三房所為；至於咱們自己府裡頭，妳暗中查訪，看有無可疑之人。」她想了想，又加了一句道：「先別叫柳姑娘知道這事。」

真兒問道：「少奶奶懷疑柳姑娘？」

金秀玉搖頭道：「如今一切不明，不好說是誰，只是上回王婆子造謠一事已顯出她的心計與手段，若是叫她聽到了這事兒的一點風聲，就算不是打草驚蛇，恐怕也要多生波折。先瞞著她，莫要叫她察覺了，妳平日與她一同理帳，尤其要守口如瓶。」

真兒點頭應了聲是。

「還有春雲，暫時也別告訴她。她那脾性可藏不住話，一張嘴就給嚷嚷開了，若是那般，咱們便什麼事兒也辦不成。」

真兒笑道：「少奶奶放心，我這張嘴巴最是嚴實了，誰也撬不出話去。」

正說著，外頭春雲高聲道：「大少爺回來了。」

主僕二人趕忙站起，果然見李承之大步走進來。

「大少爺。」真兒福了一禮。

李承之點點頭，金秀玉迎上去道：「今兒又晚了。」

「累妳久等，往後不必一定等我回來，自管先睡吧。」李承之心疼地握住她的手。

真兒笑道：「大少爺心疼少奶奶，少奶奶也心疼著大少爺呢，每日必等你回來，親自服侍你洗漱更衣，才好安歇。」

李承之擰了一下她的臉頰道：「也連累妳這丫頭久等了。」

春雲正端了水進來，嘟著嘴道：「哼，我也等著呢，少爺光說真兒辛苦，就瞧不見我的辛苦了。」

金秀玉對這兩個丫頭哭笑不得。

李承之大笑道：「好好，也辛苦春雲了。妳二人都累了一天，不必在這兒服侍了，都去歇息吧。」

真兒、春雲都說要先服侍兩位主子睡下，金秀玉擺擺手，發了話，兩人才乖乖退了出去。

李承之微微張開雙臂，方便金秀玉替他解腰帶。夜間縱有燈光，臉上也難免有些昏暗，他瞧見妻子眼瞼下似乎有些暗影，抬起手捧著她的臉，用大拇指輕輕摩挲她眼瞼以下。

「妳整日也是操勞，往後切莫等這麼晏了。」

金秀玉一面替他解衣裳，一面說道：「那還得看你能不能早些回來呀。」

她將衣裳甩到座屏衣架上，在臉盆裡絞了毛巾遞給李承之，一面看著他擦臉，說道：「今兒，我母親又來了。」

李承之嗯了一聲，將毛巾遞給她，金秀玉隨手接過，放到水裡去絞。「她同我說了一件事。」

李承之進了拔步床，往床榻上一坐，道：「什麼事？」

金秀玉將毛巾掛到臉盆架上，也走過來坐到他身邊，輕聲將金林氏說的那件事又說了一遍。

李承之大驚。「果真有這樣的事？」

「如今只是風傳，倒不知是別人打了咱們家的幌子，還是真有咱們姓李的在做，這事兒還得查了才能知道。」

「查！當然要查，不光是咱們府裡查，其他三房也要查，查出來若真是李家人所為，必嚴懲不赦。」

李承之驚怒的程度叫金秀玉嚇了一跳。這事兒雖說是官府明令禁止的，但是民間做這行當的並不少見，多數時候官府也就睜隻眼閉隻眼。她當時聽了，也不過考慮到李家是望族，在淮安素來名聲良好，斷不能叫小人敗壞了全族的名聲，沒想到李承之聽了這事兒，居然有如此大的反應。

「妳也糊塗了，若是放在平常，這事兒倒也可大可小。但如今咱們李氏一族跟長寧王府和三皇子，那是一根繩上的螞蚱，若叫政敵抓住了咱們這個把柄，必要大肆渲染，只怕到時候要置咱們李家於死地呢！」

金秀玉頓時嚇了一跳，這才想起，政治鬥爭從來都是比沙場征戰更加冷酷，她趕緊把剛才同真兒商量的結果告訴了李承之。

李承之點頭道：「妳做得很好。那三房自有我去提點，咱們府裡頭，妳費心查一查。這事兒千萬不能聲張，就是查出來了，也先按兵不動，莫要打草驚蛇。」

金秀玉應了。

小夫妻兩個，一個在外頭奔波了一天，一個在家裡操持了一日，到了晚間這個點，也都十分地困倦，因此沒再多說什麼，齊齊睡了。

到了第二天，金秀玉又到長壽園跟老太太說了這件事。

老太太的見識比起她來自然又高了一籌，所思所說，跟李承之一般無二。不過李承之到底不曾在內宅理事，老太太比起他又多了一層考量。

「這事兒只能私下偷偷地查，妳是不便出面了，既然委任了真兒，倒也適合。我這裡，青玉最是清楚府中人事，不如叫她來協理真兒，一同查訪。」

金秀玉點頭道：「還是奶奶想得周到，若能叫青玉和真兒一同查訪，必定事半功倍。」

於是，老太太又叫了青玉來，同她說了。青玉果然也十分震驚，她從前當過家，最是容不得下人做鬼，自然一口應承。

只是這事兒既然只能私下裡查，自然急不得，只能慢慢來。也不知是不是那人得了風聲，近來竟一件買賣都沒做，青玉和真兒查了一陣子，都因摸不著那根藤，以至於查不到那個瓜。其餘三房的當家人，得了李承之的提點，知道事態嚴重，均暗中查起來，只是暫時也沒有可疑之人。大家只好將心都放下，慢慢查了。

所謂一波未平一波又起，這事兒還沒查清，倒先出了另外一件事，只不過這事兒不是出在李家，而是出在金家——

第二十一章　失蹤的金沐生

這日一大早，金秀玉才吃了早飯，李承之前腳剛出了府門，就有小廝飛奔來報，說是金家出事兒了，來報訊的並不是金家的人，而是三水紙馬鋪佟掌櫃的兒子佟福祿。

佟福祿滿頭大汗，說話都不利索了，結結巴巴說了半天，金秀玉只聽出是金沐生出了事，金家二老正在家鬧得不可開交呢。只是佟福祿說不清楚，惹得她心焦，拽了他便出門。

早有下人備好馬車，虧得春雲跑得快，跟上了金秀玉和佟福祿，真兒弱質纖纖的，三步才頂得上春雲一步，無論如何是趕不上了，也正好先叫小丫頭們去通報了老太太，等著這頭小廝們套好第二輛馬車，這才往那金家去了。

第一輛馬車到了金玉巷大樟樹下，金秀玉一掀車簾就跳了下去，見門口圍了許多鄰居，正指指點點，她忙提著裙子擠過人群跑進院裡。果然，金林氏正坐在地上大哭，一把鼻涕一把淚，金老六坐在堂屋門口，拿了個旱煙吧嗒吧嗒抽著。

金秀玉知道父親會抽旱煙，但平日是不抽的，只有真正遇到愁煩之事，才會抽上一袋。他既然點上了煙，那麼這事兒就真的嚴重了。

金林氏正在那裡大哭，嘴裡罵罵咧咧，也不知道在說些什麼。

金秀玉聽得焦躁，隨手拿起一個木盆往地上重重一摜，大喝一聲：「青天白日，嚎的什麼喪！」

金林氏尖叫一聲，頓時閉了嘴，一口氣憋在嗓子眼裡，瑟縮地坐在角落，她從前可沒發現，自個兒生的女兒竟然也能有這般氣勢。

金秀玉往那裡一坐，一個字未說，只將臉色一沈，倒真有些當家奶奶的威勢出來了。「說吧，究竟怎麼回事？」

金林氏吸了吸鼻子，道：「前兒夜裡，我就瞧著沐生有些個不對勁，飯也沒吃幾口，話也沒說幾句。往日裡，飯後他總要出去遛達半個時辰才回來安歇，前日半步都沒出門，就在自個兒房裡窩著呢，末了，我同妳爹要睡的時候，他突然來敲門。」

說到這裡，她偷眼看了看金老六。

「有什麼說什麼，看我做啥？」

金林氏癟了癟嘴，對金秀玉道：「妳弟弟妳是知道的，平日裡偷懶耍滑，最愛往外頭蹦，從沒有個正經的時候。前兒夜裡來敲咱們的門，妳爹只當他又是作耍，喝令他回房睡覺。妳弟弟倒沒進門，只是在窗外頭說了句話。」

「什麼話？」

金林氏又偷眼瞧了瞧金老六，後者別過了臉。

「他說的是，父親、母親，早點歇息吧。」

金秀玉皺眉，她身後的春雲也不解道：「沐生少爺特地說這句話做什麼？」

「我也這麼想呢，就覺著有些不對勁，本想著起床去看看，可是妳爹、妳爹不讓……」金林氏聲音低下去，看著金老六。

金老六沒好氣道：「我說不讓了嗎？」

金林氏委屈道：「不是你說的嗎，有什麼話兒明日再說，可自打昨日起便再也沒見著人了。」她一說著，便嗚咽起來。

金秀玉著急道：「又哭什麼，什麼叫昨日起便沒見著人，妳倒是說呀！」

金林氏捂著臉哭道：「還有什麼呢！昨兒一早起來便不見他人影了。」

這時候，正好一個人從堂屋門口進來，正是後頭趕過來的真兒。她一進門就聽見金林氏說金沐生昨日一大早起便不見人，沒多說什麼，只是往金秀玉身後一站，偷偷向春雲打聽。

與此同時，金家三口的對話還在繼續，只聽金秀玉疑惑道：「他不是總一大早便往外頭竄嗎？難道昨日沒回來？」

「昨日就是沒回來呢！」金林氏將手一甩，大聲道。「我昨兒一起來就想著前夜他的動靜，總覺著不安心，便去他房裡看，沒瞧見人，將咱們家裡翻了個遍，也沒看見他。妳爹也說，大約一大早便出去了，我想開了院門去，結果，那院門後頭的門還插著呢！他若是從大門出去的，哪裡能夠從裡頭上了門？」

金秀玉大驚道：「妳既然昨日就發現不對，怎麼不早說？」

金林氏低下頭去，羞愧地道：「我也是今兒才想起這處的可疑來。」

金秀玉鬱悶地嘆口氣，說道：「妳接著說。」

「我昨日沒覺著不對，只道他去找福祿這些個夥伴去了，哪知中飯沒回來吃，晚飯也沒回來吃。妳是知道的，他跟福祿十分要好，親兄弟一般，一個月裡總有那麼幾回，不是福祿在咱們家借宿，就是他在福祿家裡頭借宿，我原以為他也同往常一般，只顧著跟福祿玩耍，耽誤了回家的工夫，就在三水紙馬鋪裡頭歇了。妳爹也是這般以為，便沒有起疑心。哪知今兒一早起來，還是不見他回家！」

「哼！」聽到這裡，金老六突然冷哼一聲。

金林氏看了看他，才接著道：「妳爹便生了氣，說是朋友們再要好也沒有像這樣的，將家裡頭一扔，父母俱在的，卻連個口信都不送回來。吃了早飯，他就上三水紙馬鋪去逮人，結果到了那裡一問才知，沐生昨日既沒有去那裡玩耍，晚上更沒有在紙馬鋪過夜。我和妳爹這才覺著事情不對，這一算來，妳弟弟可是一天一夜不見蹤影了！」

她說到這裡，又嗚嗚咽咽起來，金秀玉著急道：「那你們可曾出去尋找？」

金林氏大哭道：「找！哪裡能不找！我跟妳爹將整個東市都尋遍了，左鄰右舍們都問了，都幫著找！可這要是找著了，哪裡還用得著叫妳回來呢！」

金秀玉也慌了，好端端一個大活人憑空不見了，這事兒可真不對勁。她皺眉深思，方才金林氏提到，昨日早上沐生已經不在家了，她開院門的時候發現是從裡頭門著的，也就是說，沐生並不是從院門出去的。他自從跟了阿東習武，就學會了高低上下的本事，莫不是自個兒翻牆出去了？

金老六看她神色，就猜到了她的想法，說道：「我今日上去將那牆頭都看了一遍，確實有些踩踏的痕跡，瞧著也像是新弄的，不是舊痕。」

金秀玉驚訝道：「難道是他自個兒翻牆出去的？」

「放著好好的門不走，翻牆做什麼?!」金林氏大聲反駁，一面又著急道。「我有個猜測，你們瞧著有沒有這樣的可能，咱們這淮安城是最富庶的，平日裡官府就常常拿什麼江洋大盜、飛賊之流，沐生會不會叫那起江湖好漢給偷了去？」

「荒唐！」金老六喝斥道。「他們偷個毛頭小子做什麼？」

「咱們豆兒不是嫁給李家了嗎，興許好漢們缺銀子使，劫貧濟富，要拿咱們家沐生跟豆兒換銀子呢！」

金秀玉揉著額角道：「娘，我瞧著妳平日也不聽書，哪裡來的這些猜測，荒唐至極！若真有這樣的好漢缺錢花，何必劫了沐生去，直接往李府來偷了阿平或者阿喜，不是更加便捷？」

金林氏一怔，吶吶道也是。金老六斜她一眼，恨她天馬行空卻又蠢笨得很。

站在金秀玉後頭的真兒，此時搖頭道：「這也不對，若是沐生少爺自個兒翻的牆，卻又是為著什麼呢？他要做什麼事情，用得著這般鬼鬼祟祟？又為什麼一天一夜都不回家？」

這確實是最奇怪的地方，不過眼下，這並不是最重要的。

金秀玉道：「當務之急是先找著沐生的人，爹、娘，你們想想他會去哪裡？」

金林氏著急道：「他素來野馬一般，整個淮安城裡，除了官府衙門軍機大營，哪裡不曾去？他在外頭作耍，回來了也從不告訴我們，妳爹也不管他，我們哪裡能夠知道呢？況且，我方才不是說了，咱們已經將整個東市都翻了遍，也沒見著半個人影。」

金老六對男孩兒素來是主張放養的，對金沐生平時的行蹤確實不怎麼過問，如今找起人來，無頭蒼蠅一般，才曉得平日對兒子有多疏忽。

「沐生自從跟著阿東師父學武，每三日倒有一日是同阿東和福祿在一起的，平時在家也總要練半天的武，睡前若是不出門，也要在家紮半個時辰的馬步。啊！是了，他前夜連馬步也未紮呢！」金林氏想到這裡，又是一個可疑之處。

「福祿？」金秀玉突然想起，佟福祿是金沐生最好的朋友，或許他知道點什麼，況且方才也是他來李府報的信，便問道。「福祿可在？」

「我在這兒呢！」佟福祿一面高聲應了，一面從院子裡跑進來。

金秀玉忙問道：「福祿，你可知道沐生去了何處？」

福祿搖頭道：「我還是聽金姨說了，才曉得沐生不見了呢！」

金林氏嘆息道：「我方才不是說過嗎，妳爹一早到三水紙馬鋪打聽，福祿就說，他從昨兒起就沒見著沐生了，自然更加不曉得他今日失蹤的事。」

金秀玉洩氣道：「是我糊塗了。」

真兒見金秀玉已經方寸大亂，便走上前來道：「少奶奶，我看人怎麼不見的，咱們不忙著議論，還是先找人要緊。咱們回家去，家裡人手多，都派出去找，讓大少爺也派人去打聽，這淮安城雖大，咱們將它翻個遍兒，只要他在城裡頭，總能找出來！」

金林氏忙不迭地點頭道：「正是正是。」

金秀玉也覺得真兒說的對，便同父母商量好，這邊繼續拜託左鄰右舍們留意尋找，家裡頭也得留個人，免得沐生回來了錯過；她那頭一回家便立刻派出人去，李家人手多人脈廣，總能將網撒得更大一些。這麼商量好了，她便帶著真兒、春雲回府去，走之前留了個伶俐的小廝，囑咐他一有消息，立馬回府來報。

送走了女兒，金林氏坐在堂屋門口抹淚，抽抽搭搭。金老六聽著心煩焦躁，沈聲道：「哭什麼！哭能把人哭回來嗎？」

金林氏如今正心慌害怕，如今叫金老六一罵，反倒激起她的火性來。她頭一抬，眼睛一瞪，淚水還掛在臉上呢，嘴裡已經嚷嚷道：「都怪你！要不是你讓他去學武，他能有那本事？能半夜翻牆跑了？能到現在還不回來嗎？」

金老六也發火道：「要真是他自己翻牆跑出去，一天一夜不回家，等他回來了，看我不打斷他的腿！」

他可是說得出做得到的人，尤其這一發火，好像要殺人似的。金林氏頓時心驚肉跳，剛剛撒了潑，立刻又蔫了，只好低下頭，又抽抽搭搭起來。

金秀玉回了李府，立刻召集了所有不當值或者非緊要值司的下人，說明了情況，將所有人都派了出去。這邊廂，老太太知道金家出了事，也到了前廳安慰金秀玉不要著急。

李越之和李婉婷都聽了林嬤嬤、張嬤嬤的話，這個時候不打擾金秀玉，所以一個安安分分地跟著管先生學功課，一個雖說依舊在府裡玩耍，但好歹沒有來纏著她。原本在清秋苑的柳弱雲，此時自然也得在跟前伺候著。

一大撥下人派出去，府裡頭自然顯得冷冷清清，前廳裡一屋子女人，老太太、金秀玉、青玉、秀秀、真兒、春雲，還有柳弱雲和蓮芯，人人都焦急地等待著消息。

柳弱雲站在角落裡，蓮芯就在她身後，兩人看著默默無語，仔細看，卻能見到那嘴唇輕微嚅動著，顯然是正在悄聲交談。

「蓮芯，妳去跟少奶奶請命，也出府去尋人。」

「我去做什麼？這是少奶奶自家的事兒，咱們幹麼跟著摻和！」

「蠢貨，妳當我真叫妳找人？」

「那是為何？」

「咱們平日輕易出不得府，那件寶貝帶不出去，換不得銀子，今兒是個好機會，妳以尋人的名義出府，大門二門都不會查妳。」

蓮芯恍然大悟，暗道姑娘打得好算盤。她趕緊走出來跟老太太和金秀玉說，願意也出府去尋人。老太太自然沒多想，金秀玉此時正著急著，也想不到她們會有其他打算，多一個人手多一分力量，自然也應允了。

蓮芯出了前廳，因著府裡頭空蕩蕩的，正好沒人看見她的行動，便悄悄回了清秋苑，取了翡翠白菜藏在身上。她雖然不怎麼聰明，身量卻十分地玲瓏有致，將東西往腰上一綁，拿衣裳蓋住，正巧今兒的衣裳也寬大，竟顯不出半分的異常來，順順利利就出了府。

而前廳這邊，柳弱雲瞧著天近正午，便走出來，給老太太和金秀玉都福了一福，說道：「老太太、少奶奶，快到午時了，是不是先叫大廚房擺上飯來？」

金秀玉正煩著呢，哪裡有胃口，只斜睨了她一眼，一聲不吭。

柳弱雲道：「賤妾知道，少奶奶這會兒心裡頭必是著急的，只是再著急，總得要保重身子。

說句不吉利的話，若是沐生少爺真有個什麼事，而少奶奶卻餓了病了，還怎麼能夠處事呢？」

老太太聽了心裡一動，對金秀玉道：「她說的也有道理，人是鐵飯是鋼，有什麼事兒，也得先把肚子填飽了，身體保重是第一要緊。」

金秀玉想了想，點點頭。柳弱雲見自己的話奏效了，便退到一旁，擺飯的事情素來都由真兒、春雲吩咐，自有大廚房的人做事。

老太太倒是多看了她一眼，若有所思，就連青玉也頗有深意地看了她一眼。只是兩人都沒有說什麼。

大廚房擺上飯來，眾人落坐動筷。金秀玉心中有事，縱然面前山珍海味，也是味同嚼蠟，不過動了幾筷便放下了。真兒和春雲正要勸說，下人突然通報大少爺回來了。

自從跟長寧王達成了秘密的協定，李承之近來每日都是從早忙到晚，連晚飯都鮮少在家吃的，更別說午飯了。是以聽到下人說他這個時辰回府，眾人都有些驚訝。

果然下人才報了，李承之已經大踏步走進廳來。金秀玉忙迎上去道：「今兒怎麼回來了？可用了飯？叫人替你備副碗筷？」

李承之擺手道：「不必，我已在外頭吃了。」

他左右看了看，問道：「怎麼今兒府裡頭冷冷清清的，人都到哪裡去了？」

「都派出去找人了。」金秀玉將金沐生失蹤的事情跟他說了。

老太太附和道：「承之啊，你人脈廣，叫那些個生意上的夥伴都替咱們找找人，早些找著沐生，也免得叫你媳婦兒擔驚害怕。」

李承之笑了笑，說道：「不必找了，我知道他的行蹤。」

「什麼?!」金秀玉大吃一驚，心頓時提了起來，急聲問道：「他在哪裡？」

李承之握住她的手拍了拍，和聲道：「莫急，他沒出事。妳坐下，聽我跟妳說。」

金秀玉還愣怔著，李承之只好扶著她坐了。

「我這會子回來正是要同妳說這件事。早上我正在一品樓同人談生意，有長寧王府的人來找，同我稟報了沐生的事。」

金秀玉忙追問沐生是怎麼一回事。

原來沐生確實是自個兒跑出家裡的。前夜裡，他等金老六和金林氏都睡下之後，翻牆出來，一路穿過平安大街和廣彙大街，到了西市富貴坊平安巷的長寧王府。王府門人自然是不認得他的，況且又是半夜裡，越發可疑。沐生費了好大周折，直到報出自己是爾辰東的徒弟，來見的並不是王爺，而是他師父爾辰東。門人深知爾盛將軍和爾辰東少爺乃是王爺的座上賓，不敢輕忽怠慢，先報了信，待確認了，才將沐生放了進去。

原來那日在李府，阿東來辭行說要回京城，啟程的日子也已經定了，沐生記住了那個日子，這回來就是要求跟著師父去京城的。他料到父母一定捨不得他遠行，若是跟他們講了，必定不肯答應，而且還會打草驚蛇，反讓他們起了防備，所以才前一天夜裡偷偷翻牆跑了。

阿東自然要問他去京城的原由，又問金家二老是否同意。沐生只說想跟著他學好武功，不願半途而廢；又說想跟他到京城去見世面。至於後面一個問題，他也沒扯謊，直接說自己是私逃出來的，懇求阿東帶上他。

阿東本來就是個無拘無束的人，既是徒弟哀聲懇求，自然就應允了。但這是件大事，金家二老發現兒子不見了肯定會著急，所以吩咐沐生一定要讓父母知道他的去向。

沐生也是個精明的，知道若是走之前通知了父母，說不定就走不成了，所以跟阿東商量好，等啟程之後，再讓王府的人去通知。

阿東倒是想得更周全一些，若是貿貿然叫王府的人去通知，只怕讓金家二老受到驚嚇，所以事先吩咐好，王府的人先去通報了李承之，由李承之轉告金家二老和金秀玉，就既能取信於眾人，又能減低他們受驚的程度。

李承之這麼一說，眾人才恍然大悟。金秀玉又驚又怒道：「這個混帳，天大的事情也得同家人商量，怎麼能夠不聲不響就去了京城！」

她又是生氣又是傷心，只覺得這個弟弟根本沒把她跟父母放在心上。

老太太忙安慰道：「人沒出事，就是大幸。他雖說是孤身，到底還是有師父阿東帶著，總歸是有依靠的，男孩兒嘛，難免不愛跟家人說心事，有志向也是好事。妳把心放寬些，莫要胡思亂想，反把身子氣壞了。」

其餘眾人也是紛紛紜紜，有人鬆口氣，感激並不是出了事故；也有人讚嘆，說沐生小小年紀竟敢到京城去闖蕩；更有人唏噓，所謂父母在不遠遊，沐生竟然如此狠心，拋棄父母，自個兒投奔前程而去。

金秀玉火氣慢慢降下來，卻想到了更多旁枝末節。自從做了李家的少奶奶，她當家的時日越長，想事情便越細緻，總能將一些平時不起眼的細節也想進來。

此時她想到的就是，沐生幾次三番與小世子楊麒君的邂逅，還有同李婉婷的相處之道。她深深地覺得，沐生跟著阿東去京城，恐怕與李婉婷也有些干係。不過她又皺了眉，懷疑是自己多心，畢竟沐生他才八歲呢！

李承之見她臉色忽晴忽陰，變幻不定，不由問道：「怎麼了？在想什麼？」

金秀玉搖搖頭，站在一旁伺候的柳弱雲忽然開口道：「想必少奶奶擔了一早上的心，如今得了沐生少爺的消息，心神一鬆，反而就覺得累了。」

老太太點頭道：「說得是，只怕是嚇著驚著也累著了，承之啊，扶你媳婦回院子裡去歇息歇息。」

金秀玉忙道：「爹娘那邊還得去通知呢。」

老太太嗔道：「這事兒我叫人去辦就是，妳只管安心歇息去。」

金秀玉應了聲是。

李承之見她果然十分疲憊，便親手扶了她，帶著一眾丫鬟們往明志院而去。

這邊廂，老太太看著柳弱雲，幽幽道：「妳服侍妳們少奶奶，倒也盡心。」

柳弱雲躬身道：「都是賤妾的本分。」

老太太點了點頭，看著桌上的飯菜道：「都撤了吧，我也回園子去睡個中覺。」

青玉和秀秀忙扶她起來，柳弱雲說了聲恭送老太太。

一行人出了前廳，徑直往長壽園而去，廳裡頭便只剩下柳弱雲還有一些個小丫頭和粗使僕婦，柳弱雲吩咐撤了桌子，這時候，蓮芯突然貼著門邊悄悄溜了進來。

「姑娘……」她才說了兩個字。

柳弱雲一抬手阻了她，一個眼刀飛了過去，蓮芯立刻噤了聲，廳裡頭丫頭僕婦們撤桌子還沒散去，蓮芯會意。

「我也回清秋苑去，這裡就交給妳們了，手腳都仔細些，打破了一個碗盤，都要妳們描賠。」

「是。」眾人應了。

柳弱雲嗯了一聲，大模大樣地走出廳去，直到回到清秋苑，將房門緊閉，這才問起蓮芯事情進展如何。

原來蓮芯雖去了當鋪，卻是當場遇到一位喜好收集翡翠的富商，那翡翠白菜一亮相，便讓對方如癡如醉，當場要問蓮芯購買。蓮芯當然知道賣比當可多了不少銀子，自然選擇了賣，當場銀貨兩訖。

柳弱雲問賣了多少。蓮芯豎起手掌，比了個三。

柳弱雲點點頭，重又皺起了眉頭，道：「三萬兩，只怕還不夠呢！」

蓮芯疑問道：「什麼樣的生意三萬兩居然還不夠？」

「海運生意，投進去多少錢，拿回來的就是翻個番兒也打不住。那天她也說了，按各家出錢算份額，到時候按份額分帳。區區三萬兩，怕是只能分個零頭。」

「可是海運生意也未必全是賺的，那茫茫大海，各樣的風險都有。」

柳弱雲道：「商人，五成利就敢鋌而走險，何況這海運的利潤是數以倍計。咱們想拿回母親留下的生意，就必須有大把的銀子，如今有這麼好一個機會，怎麼能夠輕易放過？」
柳弱雲抿著嘴唇在房裡來回走，手裡絞著手絹兒，眉頭皺得深深的。蓮芯看著她，幾次欲言又止，始終沒有說出什麼。
「蓮芯，這三萬兩中，妳拿出一半來，叫那人放出去！」柳弱雲突然說了一句。
蓮芯嚇了一跳，一半，那可是一萬五千兩呢。「姑娘，還是謹慎些吧！」
柳弱雲搖頭，堅決地道：「捨不得孩子套不著狼。只是最近府裡查得嚴，妳得小心行事，千萬不可露出馬腳。」
蓮芯點點頭，沒說什麼。柳弱雲見她似乎有什麼猶豫，便問道：「妳有什麼話要說？」
蓮芯咬了咬嘴唇，終於說道：「姑娘，奴婢想問問妳，妳可知道，如今妳是李家的人？」
柳弱雲奇怪地看了她一眼，沈聲道：「妳想說什麼？」
「姑娘既已嫁入李家，甭說當初是為什麼進府、又是怎麼進的府，到底妳如今已是大少爺的妾，入了李家的戶籍。奴婢知道姑娘一心想著的就是拿回太太留下的生意，只是咱們女人，一輩子所託，只有男人罷了。姑娘為何不跟大少爺商量，讓大少爺幫忙，何必自個兒耗盡心力這樣算計？」
柳弱雲咬住下唇，說道：「我瞧著妳還沒說完，接著說。」
蓮芯見她面色雖沈，卻並無生氣的跡象，大著膽子又說道：「況且姑娘也該為自己多打算，既是李家的妾，這一輩子就只能託在大少爺身上。為著今後打算，妳理該同大少爺多多親近，生下一男半女的，才算有了依傍。不然，就算拿回了太太留下的那些生意，又能怎麼樣呢？」

柳弱雲臉色一變，慘然嘆道：「難道妳不知道，李家有家訓，妾是不能生子的。」

「姑娘忒也認真了。」蓮芯跺腳道。「那一條，不過是當初老太爺臨死一時激憤所說，妳瞧著攏共四房裡頭，有誰遵從了？」

她說完才突然想起，李家四房裡頭雖然並沒有家訓明規禁止妾室生子，但事實上，李家眾子嗣均為正室所出，可沒有一個妾室生下後代呢。

柳弱雲見她自個兒已經懊悔起來，越發臉色慘澹道：「妳也想起來了，李家四房老爺少爺們，納妾的不少，卻沒有一個妾室留下子嗣。這還不夠明訓嗎？」

蓮芯咬著嘴，惱恨道：「李家忒也霸道，既不叫妾室生產，豈不是斷了人日後的活路？」

柳弱雲長嘆一聲道：「如今妳知道了，我為何事事都要靠自個兒。我雖說是大少爺的妾，但從進門到現在，妳可見大少爺在我這裡宿過一回？」

蓮芯吶吶不開口。

「他一顆心都撲在少奶奶身上，哪裡能夠分出半點給我？夫婿既不可託，子嗣又不可求，我自然只能靠自個兒。況且——」她頓了一頓，看著蓮芯道。「妳不要忘了，我如今是李家的妾，按著大允律令，妾之財，盡歸主家。我母親留下的生意，我即便拿了回來，也不能讓李家任何人知道，否則便只能歸到李家的家產裡頭，更加沒有我的半分了。」

蓮芯臉色灰敗。「那咱們還爭個什麼呢！」

柳弱雲原本心情沈重，見她比自個兒還要灰心喪氣，不由又是好笑又是嘆息。

不說清秋苑那邊，單是長壽園裡頭，李老夫人也正跟青玉和秀秀說著疑惑。

「老太太，我瞧著那柳姑娘服侍少奶奶倒是真的盡心。」秀秀端了碗茶放在老太太手邊，一面說道。

青玉冷笑道：「妳倒是個心慈的，莫非忘了當初那王婆子的事兒了？」

秀秀面上一肅，凜然道：「哪裡能夠忘了，那日單看蓮芯已是十分狠毒，柳姑娘的心機更加深沈。」

老太太喝了口茶，放下茶碗，從青玉手中接過帕子拭了嘴角，說道：「她心機雖深，總歸妳們少奶奶已經有了防備，退一萬步說，我老婆子還在呢，她翻不出天去。」

青玉卻搖頭道：「老太太也太寬心了，少奶奶跟柳姑娘可不相同。少奶奶可是小門小戶出身，從前做姑娘的時候不過幫著家裡做蠟燭，聽說左鄰右舍之間的紛爭也是不怎麼過問的，顯見的不是個愛事兒的人。柳姑娘卻是商賈之家，從小學的就是經濟學問，最曉得本利計較。如今少奶奶雖然當了家，卻還缺少歷練，老太太若是不及時提點著，只怕少奶奶遲早要吃柳姑娘的虧呢。」

秀秀也附和道：「青玉姊姊說得是呢。少奶奶貴在嬌憨，下人們都極為喜愛尊重，但說到計算，她必是比不上柳姑娘的。」

老太太嘆息道：「誰說不是呢，這個孫媳婦兒樣樣都好，就是心思簡單，不會世故算計。只不過各人各福，人善自有天護，迴圈報應的，未必傻人就吃虧。」

青玉和秀秀見她說金秀玉是傻人，都覺得好笑。

老太太嗔她們一眼，對青玉問道：「妳同真兒查那件事情，怎麼樣了？」

青玉搖頭道：「咱們四房同時查人，再怎麼隱瞞，動靜總是小不了的，那人大約是察覺到了，收斂行動，我們一絲兒線索也抓不到。」

老太太道：「怕是打草驚蛇了。」

青玉點點頭。

老太太見她有些發愁，便笑道：「妳也不必愁，那人做這勾當，已經是嚐過甜頭的，忍得一時，卻忍不得一世，總要想辦法再做。只要他出手，咱們總能抓到把柄，到時候再順藤摸瓜便是。」

青玉和秀秀都齊聲應是。

老太太話雖這麼說，眉頭卻依然皺著。青玉問道：「老太太似乎有什麼疑惑？」

秀秀聞言也觀察著老太太的神色。

「這人哪，有異心是不怕的，最怕的是不知道她為什麼生出這些心思來。」

聽了老太太的話，青玉也皺眉道：「老太太這麼一說，我也覺著有些奇怪。這些日子我冷眼瞧著，那柳姑娘雖說心裡有了算盤，然而平時並不見她在大少爺跟前獻殷勤，若說她是想爬高的，理該同大少爺親近才是。然我看著，她都是在少奶奶跟前服侍效勞，從沒有往大少爺跟前湊的。」

秀秀附和道：「是了，這就奇了。難道她是真心要做少奶奶的好幫手，安安分分做她的姑娘不成？」

老太太擺手。「妳們到底見識淺，把她看得也低了。我瞧著，她可不同一般女子，心只怕大著呢。」

她說了這話，又想了一想，作了個決定，對青玉道：「明日妳去打聽打聽她的娘家。」

「柳家？」

「是。我有些猜測，怕是同她娘家有關，待妳打聽了再說吧。」

青玉應了，又道：「可要提醒少奶奶？」

老太太想了想，答道：「妳明兒提點一下真兒，叫她同少奶奶去說。」

「是。」

說完了這件事，老太太身子往後一靠，懶懶地嘆了口氣。

秀秀道：「老太太怎麼又嘆起氣來，除了柳姑娘，哪裡還有煩心事呢？」

老太太瞥她一眼，沒好氣道：「哪裡沒有煩心事？妳瞧阿喜，一天到晚沒個正形；阿平，跟著先生學功課，也瞧不出什麼長進來。就這兩個，還不是我最操心的呢！」

青玉捂嘴一笑，道：「老太太最操心什麼，我倒是知道，秀秀不妨猜上一猜。」

秀秀也是個聰明的，眼轉一轉，便想到了，笑道：「我也猜著了，老太太如今最著急的，是少奶奶的肚皮。」一面說著，一面還用手指了指自己的肚子。

老太太一笑，青玉擰住了秀秀的臉，笑罵一聲：「鬼丫頭。」

秀秀拍開青玉的手，斜她一眼，轉臉過來說道：「老太太忒也心急，少奶奶嫁過來才兩個月呢，就是洞房花燭便懷上了，也沒這樣快就有症狀的。」

青玉吃驚道：「妳倒是懂的？」

秀秀紅了臉道：「也是聽來的，咱們做奴婢的不都得知道些麼，將來好伺候主子呢。」

老太太和青玉都點頭微笑。

「我瞧著，少奶奶打自進了門就沒一刻清閒的，不如老太太找個好日子，帶少奶奶出城去散散心，城外的大佛寺、觀音廟都是極有名的去處呢。」

老太太眼睛一亮，道：「好主意，聽說那觀音廟的送子觀音十分靈驗呢。」

青玉又擰了秀秀一把，笑道：「妳出了個好主意，最好帶上阿平、阿喜一道去，他們倆這兩個月也憋壞了呢。老太太可還記得，阿喜提了好幾次要出去跑馬呢！」

老太太笑道：「說得是，回頭就跟妳們少奶奶商量，挑了好日子去。」

沐生一聲不吭扔下家裡人跑去京城，這事兒著實叫金秀玉傷心了一陣。當日老太太派人去跟金家說的時候，金老六氣得將凳子都劈了，把金林氏也給嚇得病倒。金秀玉跟家裡告了假，回家去照顧了三天，才把金林氏給養了回來。

也幸而有金林氏這麼一折騰，眾人都記掛著她的病，將對沐生的怨懟也就沖淡了。

昨兒一早，金秀玉才從金家搬了回來。真兒因擔著管理內務的職責，沒去成，是春雲跟著的。回到王府，她還指揮著眾下人搬行李，折騰了一上午。

事先老太太已經說了郊遊的事兒，昨日提起，第二天會是個好日子。李承之憐惜金秀玉進門後便一直悶在府裡，這段日子又不停出事，她也很是勞累，便也鼓勵她跟著老太太出城去散心，只是他自己還有事在身，沒法相陪。

是以今日一早，李家便紛紛擾擾起來，眾人們忙著套馬車、準備路上的吃食以及各種必備物品。

老太太帶著金秀玉，自然少不了阿平、阿喜兩個小祖宗，下人帶的是春雲、花兒、青玉、秀秀，還有林嬤嬤、張嬤嬤。柳弱雲和真兒沒去，前者一是不得喜愛，老太太不願帶著她，怕惹孫媳婦兒不高興；二是金秀玉也有意留她在家，總覺著這人算計著什麼，給她一個機會，瞧她能幹出什麼來。真兒嘛，自然是金秀玉特意留下，一是顧家，二是看著柳弱雲。

一家子老老少少上了馬車，車後頭還跟著幾匹駿馬，那是預備著到了城外開闊處供阿平、阿喜跑馬用的。兩個小傢伙都憋壞了，都說要趁這回好好玩耍一番。

李家一行人浩浩蕩蕩出城去，經過平安大街和廣彙大街的時候，惹來許多人注目。群眾們指指點點，紛紛讚嘆李家好大的出遊陣容，連最低等的小丫鬟都有四人一車的待遇呢。

此行的目的地是大佛寺和觀音廟，兩處都在城外以西的碧螺山上。說是這山長年鬱鬱蔥蔥，又有些盤曲虯結，遠看著像個大大的青螺，這才得了個碧螺山的名字。

出了城，不過十二、三里路就到了碧螺山。大佛寺地勢不高，背山而建，平地上去不過三百多級臺階，終年香火繚繞，在山腳下就能看見那森森的牆瓦，青松高大，錯落掩映著，隱隱縈繞著香火煙氣。

李家一行人在山腳下了馬車，青玉吩咐車夫、馬夫們將車馬去停了，又給了他們茶資，吩咐他們在茶寮中歇息等候，不可四處亂跑，然後又吩咐人雇了四頂滑竿來。

從山腳下到大佛寺要走上三百五十六級臺階，老太太花甲之年，李婉婷和李越之又是孩子，哪裡經得起這般勞累，自然要用滑竿抬上去才行。

進了大佛寺，果然人流如織，香火繚繞。李家一行人先進了大雄寶殿，殿裡供的正是如來佛祖金身，先拜過，再捐了香油錢。

淮安首富出手自然大方，驚動了方丈要親自招待，同李老夫人講禪。老太太因念著還要上觀音廟，便給婉拒了。

觀音廟同在碧螺山上，從大佛寺後山往上直到半山腰，就是觀音廟所在了。

雖然觀音廟高一些，但由於傳言這裡的送子觀音十分靈驗，有求必應，所以也照樣香火不斷，一路上去，臺階之上最多的正是求子的婦人。

李家一行人仍然是坐了滑竿上去，到了觀音廟，眾人順著人流進去，果然見正殿上一尊漢白玉觀音，腳踏蓮花，手托男嬰，寶相莊嚴，俯視眾生。

青玉扶著老太太跪在蒲團上，金秀玉也在旁邊跪了，從丫鬟手中接過已經點燃的香，三跪九叩祝禱起來。老太太嘴唇嚅動低聲祈禱，祈禱完畢，老太太求了個籤，得的是第十一籤：薦蘁維。

眾人皆不懂，拿了籤去求解。

「書薦蘁維。詩曰：欲求勝事可非常，爭奈親姻曰暫忙。到頭竟必成中箭，貴人指引貴人鄉。正是命中注定，求仁得仁。老太太只要多多行善積德，必能得償所願。」

老太太聽得高興極了，一出手又捐了五百兩香油錢，不多會兒，主持師太便出來了。

「原來是李老夫人，本廟不勝榮幸，恭請老夫人靜室奉茶。」

古往今來，老太太們總是喜歡同出家人參禪聽佛的，既是主持師太有請，李老夫人自然答應了。不過李越之、李婉婷卻十分地不願意，鬧著要去外頭逛，金秀玉也嫌說禪過於枯燥虛幻，便藉口看顧阿平、阿喜兩個小祖宗，也出去了。

一出門，兩個小傢伙便跟脫了韁的野馬一般高興地嚷嚷起來，四處亂跑，金秀玉哪裡耐煩跟著，只好叫小廝、丫鬟們跟緊了，莫要出了差錯。

可憐林嬤嬤、張嬤嬤兩人，已經上了年紀，又是體弱的婦人，還得跟在後頭奔波，那個辛苦真是不足為外人道哉。

金秀玉就帶著春雲和花兒，主僕三人信步走著，見廟中屋宇整齊，處處透著禪意，又見青松挺拔，山花爛漫，一面走一面輕聲談笑著，從角門出了觀音廟，正好到了一處巨岩下。

那岩石光滑如鏡，底下便是萬丈深淵，那方岩石便像是凌空掛在危崖之上，一半懸空一半著地，十分地驚心動魄。

不遠處正有一道瀑布飛湍而下，水流砸在突出的岩壁上，濺出巨大的水花，山風一吹，隱隱有水氣透衣，陣陣涼意。金秀玉往崖上一站，清風撲面，心曠神怡，衣袂飄飄，幾欲凌空飛去，春雲笑道：「真該叫大少爺來瞧瞧，咱們少奶奶這會兒不就像個仙女似的！」

花兒點頭，兩人嘻嘻笑了起來。金秀玉嗔怪地回頭一瞥，無意間卻透出十分的嫵媚來。

這時，不知從何處突然傳來一個男子的聲音：「巧笑倩兮，美目盼兮。窈窕淑女，寤寐求之。求之不得，寤寐思服。」

話音剛落，那方鏡面一般的岩石後頭便轉出來一個青年男子，拿著一柄附庸風雅的摺扇，襟口插著一朵剛摘的山花，對金秀玉咪咪笑著。

這幾句詩雖然出自《詩經》，但經這人嘴巴一說，分明就成了調戲之語。而這個男人一露面，金秀玉的臉更立刻沈了下去。

那男子穿了一身粉色的長袍，罩了件白色輕紗坎肩，油頭粉面，笑得一雙瞇瞇眼，雙手端著摺扇，往前一拱手，眼角上挑，直勾勾地看著金秀玉，口裡說道：「見過嫂子。」

他這一拜，太過靠近，差點碰到金秀玉，她立刻驚慌地後退幾步，春雲和花兒一邊一個扶住了她。

金秀玉喘了口氣，定了定神道：「原來是勳哥兒，你怎會在此？」

這人正是四房的獨苗，鐸大奶奶的親生兒子，李勳。

金秀玉對李勳可是厭惡至極，她過門第二日見親戚時，李勳便曾經十分輕浮，幸而當時大庭廣眾之下，她又躲得快，才不曾受了他的輕薄。

事後她問了李承之，才曉得李勳因是四房的獨苗，四老太太上官氏十分寵愛，便養成了嬌慣的性子。他又有那麼個娘，鐸大奶奶柳氏自個兒人品不說，哪裡是個會教人的，直把個兒子養得驕奢淫逸，典型一個紈袴子，平日不務正業，仗著家裡有錢，整日價鬥雞走狗尋花問柳，是淮安城裡有名的浪蕩子。因著這惡名，好人家都不願把閨女嫁給他，上官老太太和鐸大奶奶又最是嫌貧愛富的，以至於高不成低不就，拖到了如今的年紀，還沒有替他說下一門親事。李勳倒也不以為意，依然我行我素，樂得在那粉蝶帳兒裡逍遙。

今兒原本是個好日子，金秀玉萬萬想不到會在這樣的名山寶剎遇到這個人，只覺十分掃興，出於親戚的禮儀，卻又不得不與他交談幾句。

李勳見她問了，便嘻嘻笑道：「今兒一早便聽到喜鵲在枝頭上叫，也不知是什麼緣故，懵懵懂懂便來到了這碧螺山上，不想卻在這裡遇見了嫂子，看來正是老天有意憐惜我，才指引我來同嫂子相會呢。」

此話一出，十分地失體統，金秀玉和春雲、花兒三人均是大皺眉頭。

金秀玉勉強笑道：「勳哥兒真愛說笑，瞧著天色不早，老太太還在裡頭等我呢，我這就回去了。勳哥兒不妨再欣賞一下這山中美景，陶冶性情。」

李勳見她要走，忙上前一步道：「我也正要回去呢，不妨與嫂子同行。」

金秀玉暗暗叫苦，死死捏住春雲和花兒的手，春雲和花兒自然會意，忙扶了她走。

「山路顛簸，嫂子慢行！」

李勳剛叫了一聲，金秀玉腳下就一扭，幸虧兩個丫頭抓得緊才沒摔倒。春雲牢牢地抱住了金秀玉，花兒低頭一看，不知從哪裡滾過來的一塊石頭正在金秀玉腳下，她抬起頭狐疑地看了一眼李勳。

李勳卻絲毫未覺，臉上只流露出十分擔心的神情，伸出手便去拿金秀玉的腳，嘴裡則說道：「莫不是扭了腳，快讓我瞧瞧。」

他的手一碰到腳踝，金秀玉只覺渾身上下都被刺了一下，閃電般將腳往回一縮。

李勳眼睛一挑，抿著嘴角道：「嫂子怕我？」

金秀玉一面捏著春雲和花兒的手，一面說道：「哪裡的話。」

到底春雲服侍她的時間長，一下子便反應過來了，大叫一聲：「有野蜂！」手中順勢將帕子一揮，那帕子在空中一甩，無巧不巧地打中了李勳的左眼。帕子乃是柔軟之物，但人的眼睛何等脆弱，一點點的異物都能感到難受，何況叫那帕角直直地打中了眼睛。

李勳頓時大叫一聲，身子一縮，兩手捂住了左眼。

「啊呀！勳少爺恕罪，奴婢是無意的。」春雲一面怪叫著，一面便跟花兒打著眼色，兩人攙著金秀玉便往廟裡頭飛快走去。

李勳左眼劇痛，流淚不止，又見嘴邊的鴨子往外飛，大急，跳腳道：「嫂子等我！」

金秀玉只當沒聽見，一心往前走，春雲回過頭笑道：「勳少爺還是趕緊找你家的下人，叫他們與你瞧瞧，這眼睛上的事兒，可馬虎不得呢！」

李勳又氣又急，偏偏眼睛一個勁地流淚，就是睜不開。

金秀玉主僕三人腳下生風，眨眼便到了角門處，春雲抬腳一踢，將那門踢得大開，三人閃身進了廟裡。

「花兒，快關上門！」

春雲一聲叫，花兒回頭便提了門閂將那角門給閂住了，主僕三人這才鬆了一口氣。

金秀玉心神一放鬆，就覺得腳踝處針扎一般地疼痛，忍不住輕呼起來。

春雲彎下腰去摸了幾下。「骨頭似乎沒事，怕是傷到筋了，咱們得趕緊下山找大夫去。」

金秀玉臉色蒼白，虛弱地點點頭。

花兒恨恨道：「都怪動少爺，真是可惡至極！」

春雲嗔道：「說他做什麼，哼！只等今晚大少爺回來了，咱們告訴大少爺，自有他的好果子吃！」

花兒點頭稱是。兩個丫頭一邊一個，將金秀玉的胳膊抬到自己肩膀上，半扶半抱往那靜室而去。

正好老太太同主持師太說完了禪，要在廟裡用午飯，見金秀玉狼狽歸來，自然大驚失色。廟裡頭是清靜之地，這事兒又是李氏家族的家醜，金秀玉不便多說什麼，只說沿路看風景，不小心扭傷了腳。

老太太最是心疼她，自然顧不得吃午飯，忙忙地叫人一面去找李婉婷和李越之，一面叫人抬了滑竿來，一行人忙忙碌碌地出了觀音廟，一路下了碧螺山。

青玉火燒火燎地召集了車夫、馬夫們，見他們中有人喝得醉醺醺，氣得差點破口大罵，好在顧及大庭廣眾下得替李家留住面子，才沒有發作。

眾人又是忙忙地坐了馬車，結了滑竿的帳，急急地往城裡頭趕。

老太太的車最大，鋪設也最軟和，因不知金秀玉傷勢如何，便叫她跟著自己坐了這輛馬車，路上少不得詢問，金秀玉只說腳踝疼，也不知道到底傷了哪裡，丫頭們掀開她的褲腳看去，只見腳踝上腫起老大一塊，有往常的兩倍粗，不由都嚇了一大跳。

青玉見金秀玉神色間十分氣憤痛恨，暗暗驚疑，又耳語給老太太知曉，老太太也瞧著孫媳婦兒臉色不對勁，不像是一般的扭傷，便又問了一聲。金秀玉一再推說是自個兒不小心，老太太也只得罷了。

進了城，沿著平安大街一通跑，差點沒把人家的攤子給撞翻了，半路就抓了大夫來，隨行一同回到李府。

青玉、春雲等人叫了一個壯實的婆子來，將金秀玉揹回明志院，大夫一路上讓馬車顛得七葷八素，此時好不容易緩了口氣，就叫丫頭們拖來給她看傷了。

一番檢查，幸而並未傷到骨頭，只是扭到了筋。正巧這位大夫最擅長治跌打損傷，隨身的醫藥箱裡就有對症的膏藥，便取了幾帖出來，先替金秀玉敷了一帖，囑咐不可沾水，不可再下地行走，又交代了丫頭們換藥的時間，再開了活血化瘀的方子，命照方抓藥，每日早晚兩劑，三天即可痊癒。

眾人都道萬幸，送了大夫出去。

金秀玉躺在床上，顯得十分疲憊。老太太握了她的手，摸了摸她的臉，嘆息道：「可憐見的，好端端出去玩一趟，就傷了腳。」

李婉婷和李越之一直站在床頭看，此時也覺著十分可惜，特別是李婉婷，噘了嘴道：「原本說好了要跑馬的，嫂子這一受傷，什麼也玩不成了。」

老太太回頭瞪她一眼，道：「林嬤嬤、張嬤嬤，帶阿平、阿喜回去歇息，省得在這裡打擾他們嫂子。」

林嬤嬤、張嬤嬤應了聲是，李婉婷和李越之老大不樂意地跟著走了。

「妳好生歇著，中飯不必出來吃了，叫丫頭們給妳送到房裡來。」

金秀玉點點頭。

老太太又安慰幾句，這才帶著青玉、秀秀回長壽園去了。

真兒和春雲過來問金秀玉有何吩咐，她擺了擺手，兩個丫頭見她確實累了，便服侍她睡下，慢慢地退出門去。

金秀玉這傷倒是不嚴重，休養幾天也就好了，大夫開藥也不過是安慰病人，主要還是嚇到了，一想到當時李勳抓住了她的腳踝，她就渾身不舒服。驚嚇過後易疲累，她著實感覺精神不濟，一躺下便昏昏沈沈睡去。

中飯自然是丫頭們送進房來吃的，晚飯也是一樣。她睡了一覺，精神好了些，便靠在榻上跟真兒、春雲等丫頭們說說話兒，原本真兒有關於柳弱雲的事情要稟報，但見她懶洋洋的，想著這事兒也不急，便沒有開口，只閒談罷了。

在觀音廟的事情，尤其金秀玉怎麼受的傷，春雲自然是第一時間就告訴了真兒，包括花兒在內，三個丫頭都憋著一股氣，專等著大少爺李承之回來要告上一狀，非得好好懲治那個惡徒李勳不可。

一直到晚飯過後，大約戌時正了，李承之才進了明志院。

真兒、春雲和花兒頓時精神一振，能給少奶奶出氣的人終於回來了！

第二十二章　遭遇登徒子

真兒、春雲原本是憋了一股氣，打定主意要告李勳一狀，就等著李承之回來呢！可是李承之一進門，她們卻不由得齊齊洩氣。原來李承之是叫小廝們揹著進來的，撲面而來的酒氣一聞就知道，又在外頭喝醉了。

春雲皺著眉，低聲對真兒道：「大少爺在外頭應酬也不是一日、兩日了，怎麼還是這般容易醉？」

真兒斜她一眼。「主子的事也是妳能非議的？還不快些服侍去。」

春雲癟癟嘴，自從金秀玉點了真兒協理內務，她在自個兒面前越發像個總管了，明明自個兒才是少奶奶最貼身的陪嫁呢。

腹誹歸腹誹，她還是跟著真兒，引著小廝們將李承之放到了軟榻上，可不敢讓他進內室去，少奶奶正在裡頭躺著呢，熏得滿屋子酒氣的，定惹她不快。

真兒和春雲一個絞了帕子來替李承之擦拭，一個吩咐人去煮解酒湯。

金秀玉原本在床上歪著，並未熟睡，只有些昏昏然，聽到外頭動靜，不多時便醒了，揚聲道：「真兒，可是大少爺回來了？」

「正是呢。」真兒高聲應了，衝春雲一使眼色。

春雲忙進了內室，果然金秀玉正要起身，她趕緊上前扶了，慢慢地走出來。

李承之正在榻上躺著，背後靠枕墊得高高的，這會兒醉得可不輕，臉上都快成了豬肝色，嘴唇嚅動著，喃喃不知說些什麼胡話。

金秀玉遠遠站在內室門口便聞到了濃重的酒氣，不由皺了皺眉。

「大少爺他，又醉了……」春雲囁嚅著，聲音低了下去。

金秀玉無奈地嘆口氣，一瘸一拐地走到軟榻前，說了聲「我來」，接過真兒手裡的毛巾，替李承之擦拭起頭臉來。

李承之嘀嘀咕咕，砸吧兩下嘴，突然抬手一揮，正好直直打在金秀玉肩膀上，金秀玉一隻腳是虛點在地上的，全靠另一隻腳使力，被他這麼一打，頓時撐不住，往後一倒。

春雲和真兒都沒站在她後面，第一反應已經是伸出手去，但金秀玉倒得太快，還是沒能抓住，只聽撲通一聲，金秀玉倒在地上，臀部和手肘都是一陣發麻，緊跟著便發疼，那受傷的腳踝又扭了一下，鑽心般地疼，令她呻吟了一聲。

真兒和春雲大驚失色，搶上去將她扶起，抱到軟榻上坐了，然後立刻蹲下去察看她的傷勢，驚慌道：「可是又扭到了？疼得緊嗎？要不再去請大夫來！」

金秀玉忍了一會兒，覺著緩過來了，腳踝上的疼痛略減，便搖頭道：「不必了，大半夜的哪裡找大夫去呢！大約只是稍稍扭了一下，妳們先扶我到床上去。」

兩個丫頭趕緊一邊一個扶著她進了內室，坐到拔步床上。

金秀玉往床上一坐，只覺腳上的疼痛已經不明顯了，身上倒是針扎般痛起來，尤其右手手肘上，火辣辣一片。真兒聽了她說，立刻捲了她的袖子來看，果然蹭破了一溜子油皮，有絲絲的血珠滲出。春雲驚呼一聲，立刻翻箱倒櫃，找了雲南白藥和乾淨的帕子出來。

兩個丫頭小心翼翼替她擦了血跡，敷了藥，拿帕子包好，因疼痛帶來的驚慌慢慢淡去，卻另有一陣淒苦湧上心頭。

這些日子李承之因在外頭忙，在家的時間本就不多，他跟金秀玉還算得上新婚呢，已是有些冷落了。況且她今日在外頭受了李勳的輕薄調戲，又扭傷了腳，正想等李承之回來，同丈夫撒撒嬌倒倒苦水，可他倒好，喝了個酩酊大醉回來，自個兒替他收拾，居然還被推了一把，傷上加傷。

說什麼賢妻，說什麼憐惜，將家裡的事兒往她身上一扔，整日價在外頭與人胡吃海喝，醉死才好呢！金秀玉想著想著，又氣又惱又委屈。

「妳們兩個，替他收拾了軟榻，夜裡就叫他在外頭睡吧，滿身酒氣的，莫要熏壞我的屋子！」她一面說著，一面別過臉去，重重地哼了一聲。

真兒和春雲對視一眼，不敢多說什麼，張羅著替她換了睡衣，梳洗完畢，服侍她上床安歇了。

金秀玉疲憊地擺擺手，兩個丫頭都退了出來。

李承之在外屋軟榻上躺著，猶自扭著身子，渾然不知自己幹了什麼好事。真兒手裡還捏著毛巾，同春雲相視一眼，都是搖頭苦笑。

兩人將他扶起，給他灌了解酒湯，李承之暈暈乎乎地，那湯水只喝進去一小半，多數都灑在衣襟上。

可真是醉得不輕呢！兩個丫頭只得又進內室去替他拿了乾淨的睡衣，又抱了一床褥子一床被子，回到外屋，替他在軟榻上鋪設了被褥，又換了衣裳、解了頭髮，春雲還打了盆水替他洗了腳。

兩個丫頭忙碌了好一陣，這才服侍他在軟榻上睡了。真兒摸了摸被子，點點頭。如今已是深秋，將近冬日，夜裡頭著實有些寒冷，好在春雲取來的褥子被子都夠厚，足以禦寒了。因小夫妻兩個素來沒有留人守夜的習慣，兩個丫頭安置好了這兩位主子，也就退出上房，自回自己的房間去了。

李承之睡到半夜，喉嚨乾澀，像有火在燒，迷迷糊糊醒了過來，叫了一聲：「豆兒，取茶來。」

屋內靜悄悄無人回應，他腦子昏昏沈沈地，渾身也軟軟乏力，懶洋洋地一甩胳膊，卻並沒有如預想中那般碰到那具柔軟的身子，這才發覺有些奇怪，慢慢地睜開了眼睛。

屋內並無燈燭，外頭的月光透過窗紙灑了些清輝進來，顯得屋裡有些幽幽的亮光。

他眨了眨眼睛，定了定神，看了看四周，這才發現自己並不是躺在那張寬大的拔步床上，而是躺在外屋的軟榻上，頓時覺得奇怪，待要起身，腦子卻一陣發緊，忍不住呻吟一聲。

喉嚨實在乾澀得緊，他還是扶著頭站了起來，摸到桌前倒了杯冷茶來喝，喉嚨的不適感緩解，頭腦也變得清晰了，這才想起自個兒似乎是喝醉了回家的，大約豆兒睡得早，丫頭們怕他的酒氣熏了她，才服侍他在外屋安睡。

他微微一笑，自管往內室走去，推開內室門，轉過屏風，見拔步床前紗幔飄飄，月亮的清輝透過帳子灑在床幃之間。那帳子裡頭，曲線起伏，可不就是自個兒的小妻子？

他心裡一熱，輕手輕腳地走了進去，深怕驚醒了熟睡的人兒。摸到了床沿，依稀看見金秀玉靠裡睡著，夫妻兩個素來都是他睡外頭，她睡裡頭，即使是一個人睡，也改不了這個習慣。

李承之坐到床沿，慢慢地抬起雙腳挪上床去，側身摟住了金秀玉，聞著妻子身上熟悉的味道，又沈沈睡去。

第二日，李承之是叫真兒和春雲給搖醒的。

「大少爺，您壓著少奶奶的腳了。」春雲見他睜開眼睛，立刻便著急地說了一句。

李承之微微有些慍怒，這個丫頭越發地沒有規矩了，主子的內室也是隨便進的？何況未經傳喚，竟已經撲到床前，也不避諱主子們是否有不方便。

他正要喝斥一句，見床頭還站著一個真兒呢，臉色也有些古怪，眼睛越過他的肩膀看著床裡面。他回過頭去，見金秀玉已經睜開了眼睛，正沈沈地看著他。

不等他說話，春雲已經俯身下去，雙手握了他的小腿，抬起來挪到一邊，然後伸手去挽金秀玉的褲腳，嘴裡則問道：「少奶奶可覺著不適？」

金秀玉挪開了目光，輕聲道：「無礙。」

兩個丫頭這才鬆了口氣，她們一早起來見大少爺不在外屋，就猜到他定是半夜回了內室，深怕他醉中不知深淺，碰著金秀玉的傷腳，這才不像平時那般規規矩矩，直接就進了內室，掀開了帳子察看。

昨兒夜裡，兩個主子一個受傷了、一個喝醉了，自然不可能做什麼，一大早的也就沒什麼要顧忌的，她們兩個本來就是貼身服侍主子的丫鬟，也沒什麼好避諱的。

李承之聽到她們說什麼腳傷，這才低頭看去，見春雲已經替金秀玉挽了一半的褲腳，白皙的小腿和纖細的腳掌之間貼著一塊膏藥，用帕子包著，看著比平時粗了一些，頓時驚訝道：「怎麼了？腳踝傷了？」

春雲挑著眉毛道：「原來大少爺還不知嗎？啊呀，我真是糊塗了，大少爺昨兒大醉回府，哪裡能夠知道呢！」

「春雲，妳也忒糊塗，只顧著少奶奶腳上的傷，怎麼就忘了她胳膊上還有個傷處呢。」真兒一面說著，一面便俯身過去，隨手撥開了李承之的手臂，將金秀玉的袖子挽了起來，果然露出素白帕子的包紮。

李承之目瞪口呆，自個兒跟妻子同床共枕一夜，居然不知道她上上下下都受了傷，不由得又驚又怒道：「少奶奶這些傷是怎麼來的？」

真兒和春雲互相對視一眼，然後默默地都將頭轉了過去。他又轉頭去看金秀玉，金秀玉白他一眼，噘了噘嘴，也別過臉去。

李承之低頭看見金秀玉腳踝腫脹著，抬頭又見她胳膊上包紮的帕子底下一點子蹭破的油皮，頓時憐惜起來，伸手掰過她的肩膀，柔聲道：「昨兒不是去大佛寺了嗎？怎麼就帶了一身傷回來？」

金秀玉噘著嘴，委委屈屈道：「還不都是你們李家男人惹的禍。」

李承之一怔，不明所以。

春雲是個急性子，等不得主子發問，便氣憤道：「不是奴婢愛嚼主子的舌根，那四房的勳少爺實在不是個東西！」

李承之皺眉道：「怎麼，同勳哥兒有關？」

他對李勳這個人實在不喜，雖說四房的上官老太太和鐸大奶奶柳氏都幾次同他說情，想讓李勳也管一些族中的生意。但李勳這個人惡名在外，不學無術，李承之不願招這麼個禍害進來，所以都想方設法婉拒了，今兒一聽春雲說，妻子金秀玉的傷竟然還跟李勳有關，不由便先皺起眉來。

春雲道：「大少爺，您聽奴婢同您細細地說。昨兒我們出了城，上了碧螺山，先是去了大佛寺，後來再去觀音廟，在廟裡拜了觀音求了籤，老太太便叫那主持師太請去聽禪，阿平、阿喜兩位小主子都是閒不住的，滿山亂跑，少奶奶為著周全，將所有的丫鬟小廝都派去跟著，自個兒身邊就留了我跟花兒兩人。」說到這裡，她嗔怪地看一眼金秀玉道：「少奶奶往後可不能這樣，身邊好歹得多留幾個人才行。」

金秀玉瞥了她一眼，沒說什麼。

真兒側目道：「妳說事兒歸說事兒，怎麼教訓起少奶奶來了？」

春雲梗著脖子道：「我哪裡是教訓了，分明是規勸。」

李承之沈聲道：「東拉西扯做什麼，說正事兒。」

他目光一凜，春雲不由自主地縮了下脖子，乖乖地接著說：「我同花兒跟著少奶奶就在廟裡頭走走看看，走著走著便出了廟，就在那後山一處岩石旁邊碰見了勳少爺。」

李承之又皺眉道：「他去觀音廟做什麼？」

春雲將手一拍道：「著哇！大少爺問的正是呢，勳少爺是個男人，去大佛寺倒也罷了，去觀音廟又是做什麼？那觀音廟的香客都是為著求子而去，勳少爺尚未成親，又沒有姊姊妹妹，求的哪門子菩薩！難不成求著觀音娘娘給他老娘送子，給自己添個小弟弟不成？」

金秀玉和真兒都是噗哧一笑。

李承之雖不喜愛四房的人，到底是同宗長輩和兄弟，春雲這個小丫頭無法無天，竟編排起主子來了，可見平日對她過於寬鬆了。他一面想著，一面便淡淡說道：「原來春雲還擅長剖析人的心思，不如我同縣老爺推薦了，讓妳做個刑名女師爺可好？」

「啊？」春雲還沒反應過來，怔怔的。

李承之冷笑道：「妳這丫頭人大心大，主子都不放在眼裡，想必是個有大才的，我們李家這小院子，哪裡拘得住妳呢。」

春雲這會兒總算是聽出他惱了，最是見機快的，撲通一聲跪倒，委委屈屈道：「奴婢造次，奴婢知罪了。」

金秀玉暗暗搖頭，當初她尚未出嫁，在金家也曾這樣嚇唬過春雲，當時春雲也是這般，兩腿一彎，一磕頭，一表忠心，自個兒就心軟了。這丫頭雖說有些不知分寸，到底也是忠心耿耿，平日做事也是伶俐勤快的。

見李承之仍冷著臉，便忍不住說道：「你又不是不知道，這丫頭最是有口無心的，何必與她較真。」

李承之道：「哪個要同她較真，不過她這性子將來若在外頭也這般沒輕沒重，得罪了貴人，或是叫親戚們聽見了，指的還不是咱們李家的不是！」

金秀玉也知道這個道理，只好看著春雲道：「還不快認錯！」

春雲忙磕了個頭，眼裡含著兩泡淚水，說道：「奴婢知錯，一定改掉這毛病。」

李承之見她可憐，擺擺手讓她站起來，接著剛才的話頭說。春雲這回不敢再妄言議論，老老實實將如何遇見李勳、李勳如何出言調戲金秀玉，主僕三人如何避開他、金秀玉如何受傷、李勳又如何惺惺作態都一一說了。

李承之聽得臉色鐵青，一掌拍在桌上，連那碗盤都跟著震了一震。

「混帳！」

他怒喝一聲，春雲也是說得氣憤，隨口就跟上來。

「可不是，勳少爺忒不是東西，咱們少奶奶清清白白正正經經，哪裡容得他覬覦，真真是混帳東西！」

真兒忙拉了她一下，提醒她不要剛好了傷疤就忘了疼。春雲話說出口，也有些惴惴，偷眼看了看李承之，倒沒有苛責她。

李承之面沈如水，狹長的桃花眼一瞇，越發顯得邪魅深邃，嘴角一挑，冷冷一笑。

金秀玉只見過他發火，卻從來沒見過他這樣的神情，既不生氣也不發怒，只是眼神一凝，卻叫人忍不住心往下沈。真兒和春雲也是暗自心驚，都低頭站著，不敢多說什麼。

李承之冷冷道：「春雲，接著說！」

春雲愕然道：「說什麼？」

李承之斜眼看著她，面無表情道：「妳不是才說了少奶奶腳上的傷嗎，她胳膊上的傷，又是怎麼來的？」

春雲接觸到他的目光，只覺渾身冷如冰窖，心頭發怵，再不敢像前頭那麼理直氣壯，吶吶地不敢開口。

李承之眼神一凝，道：「妳怕什麼，只管說便是。」

春雲十分為難，真兒在後頭掐她一下，用眼神示意快說。她越發地鬱悶，真兒最是奸猾，每回都把這樣的燙手山芋扔給她，只是大少爺目光凌厲，她又不敢不說，只好囁嚅道：「少奶奶手上的傷，卻是、卻是大少爺給弄的。」

「什麼？」李承之臉色沒變，卻眼角一挑，透著訝異。

春雲癟癟嘴，又將晚間他酒醉歸來，金秀玉替他擦拭，被他一胳膊打中摔在地上的事都一一說了。李承之一張臉跟木頭一樣，全無神情變化。

春雲和真兒都不敢說話，金秀玉正待揮手叫她們退下，門外頭花兒誠惶誠恐地進來了。

「大少爺、少奶奶，二門上通報，四房的勳少爺來了。」

金秀玉和真兒、春雲都大吃一驚，說曹操，曹操到！

李承之冷哼道：「他居然還敢上門來！」

李勳背著雙手，顛著腳在花廳裡頭轉悠，嘴裡哼哼唧唧地唱著不知道哪裡學來的曲兒。他想著昨日在岩石後頭見金秀玉衣袂飄飄、清雅秀麗的妝容，又是那剛剛成形的少婦風情，搓了搓手，彷彿還能感受到當時握住她腳踝時那溫熱柔軟的觸感，心頭頓時熱了起來。

他自然是不敢貿貿然上這大房李府來的，不過聽說這陣子李承之日日早出晚歸，白天都不在家，瞧這天色，此刻只怕早已跟那些銅臭為伍了，將個嬌滴滴的小媳婦扔在家裡獨守空房，何其忍心！

他自詡最是憐香惜玉，這般美人，自然應當有惜花之人，寵愛疼惜軟言寬慰才是。這府裡頭除開李承之，不是行將就木的老婆子，就是乳臭未乾的臭小子，年輕的小媳婦哪裡能不覺著沈悶呢！他越想越覺得自己來得對，待會好好地說上幾個笑話，定能逗這位小嫂子笑顏如花。

正胡思亂想著，聽得廳外腳步聲近，頓時把一顆心都提了起來。

要說金秀玉也並不是十分美貌，但他也不知自己是怎麼了，滿腦子就是想著她那一對月牙眼，還有那一對梨渦，只覺甜到心裡。

這會兒聽見腳步聲，以為定是這小嫂子來了，不由滿心歡喜地轉過身來，頓時跟來人正正打了個照面，他咦了一聲，臉色立馬就變了。

李勳一抬頭，見對面來的並不是想念中的嫂子金秀玉，卻是個更為豔麗嫵媚的女子，水汪汪一對大眼，好似會說話一般，又彷彿帶了勾兒，能勾了他的魂去。比起金秀玉，這女子又更加豐韻飽滿一些，偏生身量是個纖細的，透著一股子嬌嬌夭夭、嫋嫋婷婷，若是那雙眼睛再勾上一勾，只怕他骨頭都要酥了。

這女子他也認得，那日眾親戚見新媳婦，她就到他母親鐸大奶奶柳氏跟前見過禮，是李承之的一房侍妾姑娘，既是柳氏的姪女兒，自然便是姓柳了。

李勳不禁感嘆李承之的好福氣，有那般清秀可愛的妻子，又有這般豔麗嫵媚的侍妾，正是最最叫人羨慕的齊人之福，這呆子堂兄竟也捨得在外經營，將這樣兩個美嬌娘扔在家裡，若換作是他，只怕天天膩在內宅還不夠呢。

他一面嘆息，一面便上前兩步，又托起那柄摺扇躬身道：「見過柳表妹。」

柳弱雲自然也認得他是四房的長孫李勳，卻被他的禮數給嚇了一跳。雖然自個兒同他確實是表兄妹的親戚關係，但如今她已是李承之的侍妾，按理她跟這位李家的少爺便是奴婢與主子的分別，哪裡有奴才受主子禮的道理。

她慌忙深深一福道：「見過勳少爺。」

在李勳心裡，對旁人自然要擺擺他李家少爺的款兒，對著美人卻是不屑於這般俗禮的。他正懊惱，當日怎麼就沒看出這位表妹有這般動人的風情呢？

「表妹欲向何處去？」

柳弱雲被他兩聲「表妹」膈應得牙都酸了，只擠出了笑容道：「奴婢跟少奶奶請了安，正要回清秋苑去，勳少爺可是來尋大少爺？」

李勳剛想說不是，猛然醒悟，這小叔子見嫂子的話哪裡是能夠說的，便點點頭道：「正是，我本想同堂兄談些生意上的事，卻不料堂兄每日都早早出門，竟是錯過了。」

柳弱雲暗想大少爺還在明志院中，尚未出門，怎會沒見著？她正待回答，就見對方張大了眼睛，驚疑不定道：「啊呀，表妹怎的這般形容憔悴，面色都黃了呢！」

女人哪有不愛美的，柳弱雲一聽他說自個兒憔悴，立刻便吃了一驚，下意識地抬手去摸自己的臉。

李勳一步湊上前來，俯身過來，伸了手指道：「妳瞧，這眼下都青了呢。」他指尖差一點就指到了她臉上。

柳弱雲忙往後退了一步，蓮芯一個箭步竄上來擋在她前面，瞪著李勳道：「哪裡敢煩勞勳少爺，自有奴婢服侍著姑娘。」

李勳嘿嘿笑道：「正要多勞妳這位俏丫頭了。」

蓮芯只覺渾身上下蟲子爬一般的難受，柳弱雲忙開口道：「勳少爺既是來尋大少爺的，不知下人們可通傳了？」

李勳正欣賞著她的模樣兒，美人驚慌之時也別有風味，沒怎麼聽懂她話裡的意思，只隨口答道：「啊，已去通報了。」

柳弱雲忙答道：「那便是了，大少爺才在明志院中用早飯，想是剛得了下人的通報，未及過來相見，勳少爺再等片刻也就是了。」

「啊?!」李勳張大了嘴，吃驚道：「堂兄尚在府中嗎？」

柳弱雲點頭道：「正是，也是勳少爺來得巧，往日此時大少爺確已經出府去，今日倒還在府中，我命人再去通傳一聲，勳少爺稍坐。」

李勳還在驚疑中，啊啊應了兩聲。柳弱雲見他沒反應過來，趕緊帶著蓮芯走了。待得她主僕二人去了，他才驚醒過來，暗叫一聲糟糕。他本是趁著李承之不在家過來看他的嬌妻美妾，如今這位堂兄既是在的，他哪裡還敢造次，忙抬起腳來往外走。

「咦！勳哥兒急急忙忙，這是要往哪裡去呀？」

他腿剛邁開一步，就聽背後一個聲音涼涼說道。

心頭猛地一沈，他僵著身子慢慢回過頭去，就見一人似笑非笑地看著他，不是李承之卻是哪個？

「啊，堂兄！」他既是心虛的，嘴裡喊得便十分大聲，禮也行得比往日恭敬得多，一面躬下身去，一面還偷偷打量著對方的神色。

李承之微微笑道：「自家兄弟，何必多禮，快請坐吧。」

李勳吶吶應了，往那椅上坐下，見李承之臉上喜怒難辨，只是那雙眼睛顯得比往日尤其深邃幽黑，不由心中越發惴惴。

「勳哥兒一早便過來，不知有何要事？」

「啊，這個……」李勳原本是打算見金秀玉，可沒準備好同李承之碰面的，一時不知該說些什麼。「堂兄不是要出門談生意嗎，我的事情不急，改日再說便是。」

「噯！」李承之擺手道。「說的哪裡話，外頭的生意哪裡有自家兄弟重要，你一大早便過來，定是有急事的，但凡有什麼為難之處，儘管與我講來便是。」

李承之越是熱心，李勳越是不安。他可是記得，從前自家奶奶和母親三番四次求李承之給他謀個差事，李承之都毫不客氣地拒了呢，這位堂兄素來瞧不上他，何時有過這般笑模樣？他自個兒心中有鬼，自然覺得對方的表現有異，搜腸刮肚想著該用什麼說辭掩飾過去才好。

李承之也不著急，端起一杯茶來慢條斯理地品著，那嘴角只是掛著微微的一絲冷笑。

卻說柳弱雲主僕二人匆匆離了花廳，想起李勳那刀子一般的眼神，仍舊忍不住渾身不舒服。

蓮芯最是心直口快，見四下無人便低聲罵道：「作死的賊子，拿我們姑娘當什麼人了，上來便動手動腳的！」

柳弱雲也皺眉道：「四房這位少爺在外頭素有惡名，最是浪蕩無賴，今兒遇見他，實在是走了霉運。」

蓮芯忙呸了一聲，像是要把霉運都吐了去。

柳弱雲哭笑不得，正要說她，忽聽旁邊隔著樹叢有人小聲說話，忙示意蓮芯噤聲，主僕兩個凝神聽去。

原來竟是李越之和李婉婷這兩個小傢伙，正在商量要教訓什麼人。

「我就說嘛，嫂嫂怎麼無緣無故就扭了腳，原來是這個壞蛋欺負了她！」

「若不是聽見春雲跟真兒說，咱們還都被蒙在鼓裡呢，嫂嫂受了委屈，怎麼也不跟奶奶說呢？」

「她不跟奶奶說不要緊，幸虧咱們知道了這件事，阿平，你說那人可惡不可惡，咱們為著嫂嫂是不是該教訓他一頓？」

李越之才略一沈吟，就聽李婉婷焦急道：「你個臭阿平，讀書把腦子都讀傻了！咱們嫂嫂受了人家欺負，你難道還不為她出口氣嗎？」

「可那春雲不是說要告訴哥哥嗎，哥哥知道了定會教訓那個李勳，哪裡用得著咱們。」只聽「啪」一聲肉響，不知是不是李婉婷打了李越之一下。

「你這糊塗蟲，哥哥教訓那壞蛋，那是他疼自個兒媳婦；咱們教訓他，那是孝敬嫂嫂。各人歸各人，誰說那個李勳就不該多教訓幾頓了?!」

李越之又沈吟一會兒，才幽幽說道：「好吧，妳說，咱們該怎麼教訓他才是？」聽到這裡，餘下不過是兩人商量如何將李勳引到偏僻處，如何叫上幾個壯實的家人將他用麻袋套了毆打。柳弱雲跟蓮芯面面相覷，悄悄兒地便走遠了。

李越之和李婉婷二人渾然不知自家的談話都被人偷聽了去，還在爭辯該用什麼法子教訓才好。

卻說李勳出了李府的大門，猶自覺著有些找不著北。

他原以為必是金秀玉同李承之說了什麼，少不得叫這堂兄訓斥一頓，沒想到訓斥沒有，倒有一個天大的喜訊。

從前上官老太太和鐸大奶奶多次請求，就是想替自己在族中的產業上謀個肥缺，卻總是無功而返，他雖然生性浪蕩不羈，到底知道族中生意之盛，凡是能在商行裡當差的，哪個不是富得流油？四房裡頭就他一個男丁，他若是不在生意上插一腳，只怕將來這天大的富貴就沒他們四房的分兒了，因此對於族中的生意也是極為眼饞的。
只是他知曉李承之不喜自己，奶奶和母親的面子尚不肯賣，何況他呢，所以每每都不敢親自提起。
沒想到今日太陽打西邊出來了，李承之開口就說李家貨棧裡頭有個管事職位的空缺，叫他明日便去當差；又說從前實在是各個職位都滿了，無從安排，才叫他等了這許多時日。
他才不相信李承之所說的自家兄弟，肥水不流外人田的話，不過他自有自的理解。
為何昨日才見了嫂子，今日就得了差事呢？
莫不是嫂子在堂兄跟前替他美言了，否則焉能有這般湊巧呢？
看來嫂子果然是有同他親近之意的，想來也是，這般綺年玉貌的，哪裡忍得住寂寞呢！他越想越覺得有理，尤其覺得自個兒這般地風流多情，哪有女子不愛？一面偷偷樂著，一面就顛顛地往家裡去，要將這個好消息告訴母親和奶奶。
嗯哼，咱勳少爺如今也是在家族生意上有差事的人了，從今往後，看還有哪個不長眼的奴才敢背地說他是紈袴敗家子！
他越是得意，就越是覺得金秀玉這個嫂子可愛可親，往後總得尋個機會感謝一番才是，卻不知，這才是他苦難的開始呢。
柳弱雲這些日子可是有些春風得意了，今兒蓮芯才把一小箱銀子捧到她面前，足足五百兩呢，那可是白花花的真銀子。

「這才幾天的工夫，怎麼就有這麼多？」她驚訝極了。

蓮芯笑道：「姑娘還說自個兒擅長經濟計算呢，這算得了什麼？那人的本事可還不只這點呢！」

柳弱雲想了想，也笑道：「他倒確實是個有本事的人，哪條道上都能交到朋友，當初我能夠進府，也都是承他幫忙。」

蓮芯不敢在這個話題上接茬，只笑道：「虧得姑娘機靈，早早地斷了府裡的這條線兒，少奶奶她們再怎麼查也查不到一個外人頭上。」

柳弱雲搖頭道：「我早說府裡頭的人不可靠，倒不是忠心不忠心，而是難逃耳目眾多，早晚要露馬腳。妳當初還懊悔呢，如今瞧瞧這箱銀子，又是怎麼著？」

蓮芯豎了個大拇指。「姑娘英明。」

「去！」柳弱雲佯作啐她一口，轉頭又看著那一小箱銀子，心裡盤算著，幾天工夫弄出來五百兩，多久才能弄出五千兩、五萬兩……「蓮芯，可還記得那女人說什麼時候做那海運的大買賣？」

蓮芯答道：「這可說不準，那天她說了，這海運生意尚待開拓，這會兒不過是本著拓展航線去的，咱們柳家不過是小頭，大頭還有幾個大人物和大商家呢。得等他們商議定了，才能成行。」

柳弱雲嘆息道：「柳家的家底還是薄了一些啊。」才嘆息著，便又恨起來，怒道：「都是那女人弄鬼，既陷害了我，又謀奪了我母親的產業，還不是都拿去給她那兒子了，哼，我瞧著她懂什麼經營，這大好的生意到了她手裡竟沒有半點開拓，真是廢物！」

蓮芯嚇了一跳，暗想姑娘這些天來心境越發地詭異難測，她屈指一算才想起來，原來再過幾日，又是太太的忌日了。

柳弱雲自顧自地發了一回恨，才抖抖衣袖起身道：「今兒早上莊子裡又送來幾車果蔬家畜，妳去捧了帳冊，咱們同少奶奶回事去。」

蓮芯應了，尋了帳冊出來捧在懷裡，跟著她出了清秋苑。

到了明志院，丫頭們說金秀玉在上房，主僕二人便直奔上房而來。

金秀玉果然正在上房外屋做針線，同真兒兩個商議著該用什麼絲線好，見柳弱雲來，便放下了針線籃子。

柳弱雲先上前請了安，將帳冊遞上去，細細數了莊子裡送來的各樣物品，菜蔬多少斤、雞鴨幾籠、乾柴多少，等等等等。金秀玉一一看了，點頭表示無誤，仍將帳冊還給她，命她往後還是這般登記，柳弱雲應了。

金秀玉端了桌上的茶啜了一口，放下茶杯，微微斜睨著她問道：「前些日子妳不是還說因著連日下雨，莊子上沖了好些個房屋，田地產出也各有損耗，又是坡地果林受損，又是死傷了幾個莊戶，還支了銀子去修繕撫恤的，怎麼我瞧著今日莊子上送來的，卻並不比往日少呢。」

柳弱雲心頭一跳，回道：「少奶奶想是記岔了，遭災的是鄉下幾個靠著淮水的莊子。今日送土產來的卻是城外最近的南莊，進城不過兩個時辰罷了。」

「哦，原來如此。那幾個莊子的修繕進展如何？幾家莊戶可發了撫恤銀下去？」

柳弱雲答道：「前日才有人來回話，說是已經聘了工匠，撫恤銀也已經派人發下去了。」

金秀玉點點頭，沒再說什麼。柳弱雲暗暗僥倖，幸虧自個兒周轉得快，不然還真得露出破綻來。

她既回完了事情，金秀玉又無別的吩咐，便告了退，帶著蓮芯自回清秋苑去。

金秀玉目送她走了，轉身去了書房。

書房裡頭，李承之正拿著一捲書，斜倚在榻上，春雲在旁邊替他剝著橘子，去了絲遞到他嘴邊。

金秀玉走進來，截了春雲剛遞上去的一瓣橘子，笑罵道：「大少爺好享受。」

李承之見她來了，先是一笑，擺擺手讓春雲退出去，拉了金秀玉坐在自個兒腿邊。「怎麼了，少奶奶理完事了？」

金秀玉將橘子往他嘴裡一塞，道：「完了，虧得大少爺娶了個好精明能幹的侍妾，我才有這麼個幫手呢！」

李承之刮一下她的鼻子道：「又拈起酸來。」

金秀玉略略低下臉，挑著眼角看他，咬著嘴唇道：「我不就是個醋罈子嗎，最愛拈酸吃醋了，大少爺又不是第一天曉得。」

李承之見她雪白的牙齒咬著一點嫣紅的唇，煞是嫵媚，眼睛卻微微瞇起，成了兩彎弦月，十分地可憐可愛，待要伸手去拉她。金秀玉卻一扭身子，躲開了。

「好吧，妳愛拈酸吃醋也由得妳，就算哪天醋吃多了，將那位發賣了出去，我也不奇怪。」

金秀玉癟癟嘴道：「相公把我想成什麼人了，豈是那等心胸狹窄的妒婦，柳姑娘素來規規矩矩，又是大家小姐出身，最是聰敏能幹，我還真離不開她這個好幫手呢。」

李承之一把勒住了她，粗聲粗氣道：「最見不得妳這拿嬌作喬的模樣兒，心裡頭不知打著什麼主意！」

金秀玉只抿著嘴笑，什麼也不說。

他扔了那書，攬了她的身子過來，道：「好容易偷得浮生半日閒，陪我睡一會子。」

金秀玉身子一扭，掙開了他的手臂，側身坐在原來春雲坐的圓凳上，側目道：「沒那閒情逸致。」

李承之挑了挑眉，沒接她的話茬，挪了挪身子，找了個舒服的姿勢倚靠好了，自管睡起眼睛養神。

金秀玉隨手揀了一片橘皮往他臉上一扔，嗔道：「蔫壞的！」

李承之臉上受了這麼輕輕一下，自然不好意思裝睡，睜開眼睛笑咪咪地看著她。

金秀玉賭氣扭過身子去，嘴裡卻不忘說道：「明明說要教訓那惡徒替我出氣的，怎麼卻替他謀了差事去，果然是兄弟如手足，妻子如衣服不成？」

李承之坐起來，伸手掰過她的肩膀道：「妳當那差事是好做的？」

金秀玉斜挑著眼睛瞪他，氣鼓鼓地猶如一隻小豹子。

李承之忍不住又刮了一下她的鼻子。「他叫妳受了委屈，我心疼都來不及，哪裡還會替他送好事去，妳只等著看，定叫妳解氣便是。」

金秀玉咬了咬嘴唇，身上一鬆，還是叫他拉進了懷裡。不過總歸是白天，哪裡能夠真的陪他躺著了，若是叫下人們看見，還要臉不要？

金秀玉不過倚靠在他懷裡，手裡剝著橘子，一瓣給他一瓣給自己。李承之拿起那本書來，一句一句唸著。

金秀玉問這是什麼書，通篇的大道理，李承之翻了那書名給她看，卻是什麼勸善行記，說是一個大有學問的人，寫的一冊書，全是些勸人向善的小故事。

「這書有什麼看頭，還不如聽那些個戲文傳奇呢！」她嫌棄了一句。

李承之又扔了書，低聲笑道：「我聽阿平說，他嫂子講得好傳奇故事，我竟不知呢，今兒正巧閒著，倒不如講來我也聽聽？」

金秀玉忙縮了脖子道：「不過是哄孩子罷了，阿平的話哪裡信得。」

話音剛落，就聽門口有人脆聲道：「才不是呢！嫂嫂就會哄人，哥哥莫信她，那故事是真的好聽得緊！」

兩人轉過頭去，見李越之和李婉婷手拉手跳進來，說話的正是李婉婷。

等她說完了，李越之也嚷起來。「嫂子上回才講到那小乞丐是個美貌的小姑娘，卻還沒說她姓甚名誰，為何要扮作乞丐作弄郭靖。今日既然哥哥也在，正好同我們一起聽。」他又轉過臉對李承之道。「哥哥，你莫叫嫂子哄了去，她嫌說故事累，正犯懶呢，絕不能由著她，你要是聽了她的故事，會連飯也不想吃了呢！」

金秀玉拿起一顆橘子扔在他頭上，笑罵道：「你們兩個沒良心的小東西，每回說故事都說得我口乾舌燥，也不見你們有半點孝敬！」

李婉婷張口道：「誰說我們不孝敬了，今兒才替妳唔……唔……」她的嘴叫李越之撲上去捂住了，李越之瞪著眼睛道：「妳莫要亂說，小心嫂子生氣了，再也不說故事給妳聽！」

沒有故事聽，那日子還有什麼趣味？李婉婷立時閉了嘴巴。

原來前些日子金秀玉一時突發奇想，講了一段《射雕英雄傳》給李婉婷和李越之聽，丫頭們也聽了，全都被這精彩的故事給吸引住。

李承之瞧他們說得有趣，又見門外進來了好幾個丫頭，真兒、春雲、花兒，還有兩個小丫頭，都眼睛晶亮地看著金秀玉，顯見的在期待什麼。

他轉頭看著金秀玉道：「怎麼說的？今兒還不好好伺候一段！」一面又附耳過去，低聲威脅道：「是要現在說故事，還是要夜裡受罰，妳自個兒掂量著辦。」

金秀玉哭笑不得，咬牙瞪了他一眼，見龍鳳胎和幾個丫頭們都熱切地看著她，一個個眼睛裡都能冒出綠光來，只好說道：「罷了罷了，小女再伺候列位看官一段便是。」

眾人頓時歡呼起來，紛紛找了凳子湊到跟前坐下。兩個小丫頭們跑到門外呼朋喚友，頓時又呼啦啦湧進來一堆丫頭，她們坐了就太逾矩了，便都站著。

金秀玉見一下子又多了這許多人，不由暗暗叫苦，只怕將來這說故事的名頭傳到老太太耳朵裡，連老太太也纏著要聽，可如何是好？一面發著愁，一面便清了清嗓子，又開始說起那《射雕英雄傳》來……

眾人剛聽到楊鐵心去世，包惜弱一把匕首自盡殉夫，正齊齊發出一聲大譁，然後紛紛唏噓起來，又說完顏洪烈如何狠辣，楊康如何認賊作父等等。

金秀玉正好藉此歇一口氣，端起茶來潤喉嚨。

李承之只微笑著，看眾人分說不休，春雲和真兒正爭論著包惜弱是否為烈女，他只是搖頭不語。

為著腹中胎兒，又有什麼不能捨棄的？名聲哪裡抵得過性命。正想著，見門口一個小廝正小心翼翼地往裡頭張望，卻是新近提上來做了長隨的小泉，頂了阿東的缺，才十五歲，人卻很機靈懂事。

小泉本是來尋主子李承之，進了明志院，卻見除了看門的婆子，滿院子看不見一個人影，那婆子也正拉長了耳朵聽呢，小泉來問，也只不耐煩地揮手。

小泉無奈，見書房這邊有動靜，這才走了過來，一進門就見滿屋子主子丫鬟、鶯鶯燕燕的，不知在做些什麼，他不敢隨便進來衝撞了，只得在門口伸長了脖子張望。

李承之抬手對他招了招，小泉忙貓著腰貼著牆根一溜煙跑進來。

「什麼事？」

「四房的勳少爺叫人給打了。」小泉低著頭輕聲說了，雙眼賊亮，嘴角含著笑。

李承之沈聲道：「什麼時候的事？」

「就昨兒夜裡。鐸大奶奶正嚷嚷著要找您作主呢！」

李承之皺起了眉頭。「怎麼就要我作主？」

「小的也不盡清楚，大少爺還是去那邊府裡瞧瞧吧。」

李承之點了頭，同金秀玉說了一聲，起身跟著小泉走了。

李婉婷和李越之也不理會他，只纏了金秀玉要聽下一段，金秀玉只不肯，求了半天才鬆口，說是最後再只說一段，今兒就再不說了，兩個小傢伙只急著聽下一段，後面的事情後面再說，立馬乾脆地答應了。

金秀玉只得又絞盡腦汁回憶那些情節，眾人自然又聽得如癡如醉。

這般又說完一段，眼見得紅日西沈，她便學那說書先生來了句「欲知後事如何，且聽下回分解」，眾人只嘆息著，李婉婷和李越之再糾纏，卻是再不能了。

不多時，便有人來報，說是大廚房已備好了晚飯，請少奶奶過去用膳。

金秀玉問老太太那裡稟報了沒有，下人回說已經派人去請了。

她正要帶李越之和李婉婷過去，卻見李承之迎面大步走了進來，沈著臉，抿著嘴，一語不發，進門只往那椅上一坐。

金秀玉不明所以地上前問道：「又是遇著什麼生氣的了，怎的這般模樣？」

李承之不睬她，只看著李越之和李婉婷兩個，冷冷道：「你們兩個，過來。」

李越之和李婉婷似乎已有所覺，提心弔膽走了過來。

李承之看著他們二人，忽然手一張，丟下一件東西，啪嗒掉在李婉婷腳邊。金秀玉一看，卻是個青草綠繡荷花的荷包，瞧著眼熟，像是阿喜身上常戴的。

「這東西是誰的？」李承之質問道。

第二十三章 家法

李婉婷頓時臉色蒼白，往哥哥李越之身後縮去，上面「啪」一聲，拍了桌子道：「躲什麼！」

李婉婷越發害怕，連李越之面色都變了。

金秀玉瞧著一頭霧水，見兩個小的嚇成這樣，很是不忍心，怪道：「有什麼事好好說，你嚇唬他們做什麼！」她一面說著，一面上前揀了那荷包，確認這是李婉婷常戴的，便說道：「這荷包是阿喜隨身的東西，我記得是青玉做了給她裝散碎零錢的，怎麼到了你這裡？」

李承之看著李婉婷，道：「妳問問她。」

金秀玉又看李婉婷，見她整個人都縮到李越之後面了，李越之也是咬唇不語。「你直說便是了，做這個樣子嚇誰呢！」

李承之哼一聲道：「今兒小泉來尋我，說是四房的勳哥兒昨夜叫人給打了，我過那邊府裡一看，鐸大奶奶正指天罵地地詛咒，勳哥兒滿臉青紫，一身的傷。我倒是不知他為何要我替他作主，只給了我這麼個東西，說是昨夜那夥人打了他，掉了這個東西，他揀了回來，妳去瞧瞧，那荷包上繡了什麼。」

金秀玉翻了翻荷包，外頭瞧著沒什麼，翻出裡襯，卻見繡了兩個字，一面一個，一個是李字，一個是婷字，不由驚愕地看著李婉婷和李越之。「是你們兩個打了他？」

李婉婷不敢抬頭，李越之咬著嘴，算是默認了。

「說吧，他怎麼招惹你們了，竟要找人半夜打他悶棍？」

李婉婷平素咋咋呼呼，真遇到了事就是個慫的，一句話不敢說。還是李越之，咬牙道：「他沒招惹我們，是我們前幾日來找嫂子的時候，聽到春雲跟真兒說，上回去城外觀音廟，嫂嫂叫那個壞蛋給欺負了。咱們氣不過才商量好揍他一頓，替嫂嫂出氣。」

金秀玉聽了心中一熱，李承之卻冷笑道：「你們商量的？只怕是阿喜攛掇的吧！」

李婉婷躲在李越之後面，聽到李越之把事情一口氣都說出去了，她反倒鎮定了一些，越過他的肩膀，探出腦袋癟著嘴巴道：「哥哥慣會誣賴人，怎麼就說是我攛掇的？」

李承之斜睨著她。「你們兩個小傢伙的脾性，我還不曉得？妳尾巴一翹，我就知道妳要往哪兒跑！」

李婉婷抿著嘴，用手摸了摸自個兒臀部，嘀咕道：「人家哪裡長了尾巴，分明是渾說。」

金秀玉差點笑出來，李承之黑了臉，一拍桌子道：「還敢油嘴滑舌！哪家小姐有妳這般調皮，不在家做針黹女紅也罷了，咱們家不缺妳那點活計；不學些文采功課也罷了，也不指著妳做個才女。只是妳性情這般頑劣，整日只會玩耍闖禍，如今竟連當街行凶的事也做得出來！」

說到這裡，他轉頭對金秀玉道：「我今兒過去瞧，動哥兒臉上都是青紫，腦門上腫了一塊，胳膊折了一條，腿上也受了傷，如今行走不便，只能將養。大夫雖說只是皮外傷，但那腦門上的腫塊卻是不能輕忽的，這李動再不濟，到底是四房三代單傳，若是叫咱們家的人打出個好歹來，咱們怎麼有臉去見四老太太，那鐸大奶奶鬧起來，又豈是好相與的！」

金秀玉嚇了一跳，忙問道：「那鐸大奶奶見了你沒鬧嗎？」

李承之搖搖頭，道：「她還不知是阿平、阿喜闖的禍。勳哥兒這回做事倒是十分通情理，竟只將這個荷包給了我，也沒說什麼。莫非真是當了差，便懂事了不成？」

金秀玉沒想這些奇怪的，只聽到鐸大奶奶尚不知情，便鬆了一口氣。她一直當李越之和李婉婷是小孩子，儘管愛吵愛鬧，不過是天性跳脫，家裡嬌慣罷了，沒成想，如今竟已經有了這樣的攻擊力，竟能讓一個成年男子都受了重傷，莫非真的是驕縱過度，養出兩個囂張跋扈的紈袴來了？

李越之如今已是不說話了，他聽了哥哥李承之的話，就知道自己做得過分，犯了錯了。李婉婷猶自強道：「我們不過是為嫂嫂出氣，難道就得任由嫂嫂受人家欺負不成？」

「誰說要任由你們嫂嫂受欺負了？」

李婉婷嘀咕道：「那也不見你教訓那個壞蛋。」

李承之似笑非笑道：「誰說我沒有教訓那個壞蛋了？」

李婉婷頓時眼睛大亮，脫口道：「哥哥也揍他了？」

「妳當我是妳嗎，盡做些沒頭沒腦的渾事！」李承之怒道。「少跟我耍花腔，這回你們犯的可不是一般過錯，按法理，你們是當街行凶；按家規，是冒犯長輩。我今兒就要罰你們個二罪歸一！來人吶，」他喊了一聲。「先把二少爺捆起來！」

金秀玉吃驚道：「你要做什麼？」

李承之見下人們沒一個動彈的，頓時大怒，拿起一個茶杯就摔在地上，喝道：「都耳聾了不成！沒聽見我吩咐嗎！把二少爺捆起來！」

那茶杯的碎片跳起來迸得老遠，嚇得眾人都是齊齊一跳，下人們這才曉得大少爺是真發怒了，不是開玩笑的。就有兩個小廝拿了繩子過來，扭住李越之綁了，李越之也不反抗，只是緊緊地咬著嘴唇。

金秀玉忙去拉李承之的衣袖，李承之轉頭瞪了她一眼，然後擠了一下眼睛。她頓時一愣，雖不明白他是什麼意思，不過手上卻放開了。

李婉婷卻急了，嚷道：「哥哥你要做什麼?!」

李承之冷哼一聲，對李越之道：「你身為兄長，不但不能以身作則，反而慫恿妹妹做出這等目無綱紀、冒犯長輩的事來，我今日便親自執行家法打你十大板子，以儆效尤！」

他說著，便要下人取家法板子來，下人自然不敢不給。

李婉婷眼見有人提了條凳過來，將李越之按到凳上，扒去外衣，只留中褲。李承之提了一條四指寬的板子，對著李越之的臀部高高地抬了起來。

「嫂子！嫂子！」她紅了眼，揪住了金秀玉的袖子急得直跳腳。「妳快救救阿平！哥哥他瘋了！哥哥他瘋了！」

金秀玉比她還著急，只是方才李承之那一眼似乎別有深意，她不敢隨意妄動，破壞了他的計畫，只有強忍著。

只見李承之高高舉起了板子，大喝道：「阿平，你認不認錯？」

李婉婷急得大哭，喊道：「我認錯我認錯！」

她放開揪著金秀玉袖子的手，跑到李承之跟前，抽抽搭搭哭道：「哥哥，是我錯了。是我慫恿阿平的，阿平本來不願意的，是我硬拖著他。哥哥，你要打就打我，別打阿平，嗚哇……」她說到後來便嚎啕大哭起來，而且打起了嗝，越發顯得可憐淒慘。

李承之低頭看著她。「妳說是妳的錯，那麼妳要代阿平受罰嗎？」

李婉婷淚眼迷濛地看著他手裡的板子，也不點頭也不搖頭，只是淚流得更凶了。

被兩個小廝壓在條凳上的李越之，努力抬起頭叫了一聲「阿喜」，李婉婷扭過身子，撲過去抱住他的頭，哭道：「阿平，都是我不好！」

李越之想說點什麼，但臉上、嘴上都沾了她的淚水，濕乎乎地十分難受，眾丫鬟小廝們不敢上前，只在旁邊圍觀著。

李承之放下了板子，卻仍牢牢拿在手中，沈聲道：「阿喜，妳可知道自己犯了什麼錯？」

李婉婷一抽一抽道：「知道了，我不該隨便打人，也不該對長輩不尊敬，我再也不敢了，嗚哇……」她又大哭起來，李越之的腦袋被她抱在懷裡，又沾得一臉的淚水。

金秀玉心疼得要死，忙上前握住李承之的胳膊。「他們倆已經知錯了，你且饒他們一回吧。若是打了他們，回頭老太太知道了，定要生氣傷心了。」

真是說曹操曹操到，她才剛提到老太太，老太太就帶著一堆丫鬟僕婦風風火火進院來了，嘴裡還嚷著：「哪個狗膽，敢打我寶貝孫子！」

李承之聽得真切，隨手將板子扔得遠遠的。金秀玉回頭去看真兒、春雲兩個丫頭，果然真兒衝她點點頭。原來她機靈，見機不對，一早就偷偷派了丫鬟去通知老太太。

老太太進了門，見所有人都在院子裡，拖著一張條凳，凳上趴了一個、旁邊跪了一個，都是滿臉的淚水，那老臉登時就沈了下來。

金秀玉見老太太神色不對，立刻高聲叫道：「都是死人吶，還不趕緊將二少爺解下來！」說著，便親手去給李越之鬆綁，旁邊真兒和春雲也箭步竄上來，鬆綁的鬆綁，安慰李婉婷的安慰李婉婷，忙成一團。

老太太指著李承之的鼻子道：「咱們家的大少爺好大的威風，竟要打死我的寶貝孫子呢！」

李承之在老太太面前可不敢做出義正辭嚴的模樣，只笑道：「奶奶說的什麼話，我不過是因他們犯了錯，小小施予教導罷了。」

老太太哼一聲道：「你小的時候沒犯過錯？我可曾拿板子來教導你？」

李承之訕訕地說不出話。

金秀玉那邊已經扶起了李越之，將人交到真兒手裡，李婉婷自有春雲照顧著。她自個兒便過來攙了老太太的胳膊，笑道：「老太太消消氣，有什麼話咱們坐下來再說。」

她攙著老太太往上房走，暗中給李承之打著眼色。

李承之回頭衝小泉一擠眼，小泉最是聰明伶俐了，抱起那板子一溜煙跑出去藏了。他點點頭，這才跟著進了上房。

真兒、春雲兩個護著李越之和李婉婷也進了屋，李越之倒是沒什麼大礙，雖然綁了一會兒，但到底下人們都有分寸，不曾傷了他，綁得也不甚緊，又是半點板子都沒挨上的，神色很是平常。倒是李婉婷哭得不成樣子，兩個眼睛都是腫的，臉上涕淚縱橫花貓兒一般，猶自一抽一抽停不下來。

老太太那個心疼啊，忙攬過來抱在懷裡，親自拿帕子替她擦臉，口裡哄著：「我的心肝，怎麼折騰成這個樣子？」

金秀玉坐在旁邊柔聲道：「奶奶莫擔心，並沒有打了他們，阿喜不過是哭了一會子，也並沒有受罰。」

老太太從鼻孔裡哼了一聲，抬頭看著李承之道：「他們兩個小人能犯下什麼大錯，叫你連家法都動用了，你今兒非得跟我說個明白不可！」

李承之正色道：「他們這回犯的過錯著實不小。」他把兩人為何替金秀玉出氣、又是怎麼打了李勳悶棍的事情都說了一遍。

「如今勳哥兒還在床上躺著呢，鐸大奶奶嚷嚷著要找出凶手來送官。奶奶您說，他們兩個越來越不像話，今日敢當街行凶，保不齊明日就敢殺人放火了！」

「呸！」老太太啐他一口道：「這話也是能亂說的？」她轉頭看著金秀玉道：「妳也是的，怎麼就看著他折騰這兩個小的，也不攔著，可見是不心疼弟妹的。」

老太太今兒是急了，這話有些傷人，不過剛說出口，她自己就先後悔了。

金秀玉自然也是委屈的，她對李婉婷和李越之是打心眼裡疼著愛著，正是因為疼愛，才不能由著老太太溺愛他們。

她也正色道：「奶奶，依我看，今日相公教訓是教訓對了，阿平和阿喜過了年便十一歲了，哪裡還能這般莽撞行事、無法無天？阿平倒也罷了，不過耳根子軟，容易受阿喜的攛掇。可阿喜上回才把長寧王府的小世子給撞斷了腿，如今還沒好利索呢；這回又當街行凶，打了族中的長輩，長此以往下去，她豈不是成了驕縱跋扈的潑婦，與那李勳又有何分別？」

老太太聽了，雖覺得有幾分道理，卻還想再為孫女辯解幾句。金秀玉緊接著說道：「再過上三、四年，阿喜到了議婚的年齡，若是還這般，有誰敢娶她做媳婦？況且，人家不得事先打聽女方秉性嗎？若是阿喜如今就改好了，過個三兩年，人們也就將她過去的劣跡都忘了，只當是小孩子家不懂事；若是大了再改，別說改不改得好，就是改好了，大家還記著她曾犯下的惡行，如何肯要這媳婦兒？咱們家就是不缺銀錢、養得起她，難道連名聲也不要了嗎？」

這話說出來，卻由不得老太太不細細思忖了。原本阿喜小的時候倒也罷了，越是活潑越惹人愛，細細一想，這些年來阿喜確實性子越來越野，雖說他們李家最不喜那些個木頭一般的閨女做派，但到底好人家的女兒，還是應當懂禮數、明事理的，就好比金秀玉，若她只是個粗野村婦，李家又怎會因一紙八字便娶了她做正房奶奶？

想到了這些，老太太這才認真思考起阿喜的教育問題來。

他們說這些話的時候，李越之自然是老老實實站在一旁；李婉婷卻是聽著，彷彿大家都不喜歡她了，連最疼她的奶奶都猶豫起來，不由又是委屈又是羞愧又是傷心，好不容易才止了哭聲的，豆大的淚珠子又吧嗒吧嗒掉了下來。

老太太見了她的模樣，想著將來哭還不如現在哭，心一狠，抬頭對李承之和金秀玉小夫妻說道：「阿喜確實該好好管教了，依你們看，該如何才好？」

這事兒金秀玉卻還未曾仔細考慮過，不由往李承之看去。

李承之方才對李越之動家法，本來就是想逼李婉婷承認錯誤，如今看來，這個妹子還是十分良善的，尤其對家人十分愛護，他心裡這才好過一些，只是這性子確實得管教，不然將來會闖更大的禍。

他說道：「我聽豆兒說，奶奶同她想過幾次法子要好好管教阿喜，只是妳們都狠不下心，約束不得她。我瞧在家裡大家都疼著她讓著她，只會寵壞了她，倒不如送到家廟裡去。」

老太太頓時嚇了一跳。「這怎麼使得！」

金秀玉也道：「除了祭祀，只有犯了大過錯的女眷才要去家廟清修受罰，阿喜哪裡就至於如此了？」

李婉婷聽了家廟二字，也第一時間緊緊抓住了老太太的衣服，小臉上流露出驚惶之色。

李承之擺手道：「妳們聽我說完，並不是送阿喜去家廟清修，家廟旁邊不是有咱們的莊子嗎？不過是想著那邊清靜，又離祖宗們近，阿喜不至於胡鬧，咱們派上足夠的丫鬟僕婦照顧她的飲食起居，自然也不會叫她受苦。」

老太太皺眉道：「那麼誰來管教她呢？」

「長寧王府的兩位供奉嬤嬤都是宮裡出來的老人，最善於調教大戶人家小姐，經她們手出來的，無一不是知書達禮的好姑娘。長寧王素來和善可親，我去求他，必能將這兩位嬤嬤聘來，由她們教導阿喜一段時間，相信一定能讓阿喜改了性子。」

三人便敲定了這個主意，打算等聘了那兩位嬤嬤來，便將阿喜送到家廟裡去。雖然以李婉婷的性子，自然是不肯的，不過今日李承之已經祭出家法了，任憑她再怎麼撒嬌哭鬧，這個決議是不會更改了。

打今日起，這小丫頭便發起愁來。

送李婉婷去家廟的事情已經定下來了，金秀玉便同李承之商量給李勳送藥材禮品的事。

李勳因李婉婷和李越之受傷的事並未聲張，不過李勳這當事人是知道的，這邊就少不得送些藥材禮品，面上只作慰問罷了，省得鐸大奶奶又鬧將起來。

李勳也是倒楣，那日正是他上工頭一天，剛跟人交接完，生意上的事還半點未曾經手。李家貨棧是三房獨支的少爺李慎負責，但貨棧上下除了李慎和幾位管事，夥計們都不知道來了個新管事李勳，誰叫他頭一天晚上就被人打了，如今只能躺在床上，哪裡能夠同夥計們見面。

這事兒，還有兩個人覺得可惜，一個是鐸大奶奶，一個便是李承之。

鐸大奶奶是因兒子好不容易往李家商行裡頭插了一腳，這還沒攬上權，就先休了假，好沒意思。李承之是因為他原打算叫貨棧的人好好刁難李勳一回，一方面是為妻子出氣，一方面也是叫他知道做生意不是空口白話就能做成的事，叫他認識認識自己是個草包。

兩人的願望都落了空，自然都覺得可惜。

金秀玉定了藥材禮品，寫了禮單交給真兒，讓她帶了人往四房那府裡送去。此時這邊府裡頭又來了一位客人，倒也是常客，便是金林氏。

因沐生突然上京，金林氏狠狠病了一場，如今雖大好了，到底家中只夫妻二人，孤獨是難免的，人也跟著消瘦了些。她這回來沒跟著老太太打牌作耍，而是問起了沐生的消息。

「自打他上了京便音信全無，妳爹面上不說，心裡也是記掛的，昨兒還到他房裡坐了半個時辰。他一個小孩兒家，雖說有位阿東師父，到底是寄人籬下，也不知有沒有受人家的白眼、日子過得好不好，這天冷了，衣服可夠穿……」金林氏說著說著，便抹起了眼淚。

金秀玉也傷感起來，這弟弟到底只八歲，家裡當寶一般養大的，孤身在外不知得吃多少苦！這一念起，又想到已經十歲的李婉婷，如今還這般不懂事，便不無恨恨地覺得，送到家廟裡去磨一磨性子也是對的。

「這小子也是真真地狠心，一個字也沒有，拍拍屁股就這麼去了，卻把我們父母當作什麼？」金林氏越說越是傷心。

金秀玉握了她的手，紅著眼圈道：「娘……」

金林氏翻掌將她手反握了，問道：「他可有信給妳？」

金秀玉一愣，搖了搖頭。

「忒也狠心！」金林氏又埋怨一聲。「豆兒，我合計著，李家不是有生意在京城嗎？妳託了女婿，叫人在京裡打聽打聽，若是尋著人就叫他送個信回來，便是口信也使得的。」

金林氏可憐巴巴，一臉祈盼。金秀玉一想，左右爾盛將軍是朝中大員，他的府邸不難打聽，李家在京中的生意不小，又有長寧王這條路子，尋金沐生應該不難，便點頭應了。

金林氏又抹了一回眼淚，金秀玉留她用飯，她只推說金老六在家，沒有自個兒在女婿家裡吃飯的道理，還是要回家去。金秀玉只得吩咐人套了馬車送她，想著母親原本何等張揚活躍，如今因思念兒子顯得這般憔悴，不由嘆息。

正想著自個兒是否要回家小住上一段時日，陪陪父母，便見真兒等去給李勳送藥的人回來了，金秀玉便道：「妳們回來得正好，快到中飯時間了，大廚房那邊大約已經籌備開了，咱們去長壽園給老太太請個安，再瞧瞧阿喜，順道用飯。」

丫頭們應了，金秀玉想起什麼，又道：「前兒妳大少爺不是拿了個九連環回來嗎，妳取了來，咱們帶去給阿喜，也好讓她在家廟裡能找個樂子。」

春雲道：「那九連環是大少爺好不容易找來給少奶奶解悶的呀！」

真兒一指頭戳在她腦門上。「少奶奶都說要送人，倒是妳捨不得了，平日玩的最多的就是妳了，偏偏從來沒解開過。」

春雲脹紅了臉，她又叫人家給取笑了一回。

她們兩個一天不吵嘴就難受，金秀玉早見慣了，也自由著她們折騰，帶了丫鬟們便往長壽園而去。

進了園，入了上房，見秀秀正在做針線，就坐在軟榻下的腳踏上。老太太坐在榻上，青玉站在旁邊，兩個人妳一句我一句地指點秀秀的針法，一會兒說這個顏色的線不好，一會兒又說花樣子少繡了幾針，秀秀滿臉不耐。

金秀玉不由笑道：「老太太快別說了，您自個兒哪裡是針線上的能手了，還說人家呢，別叫秀秀笑話才是。」

老太太這才想起自個兒從來都是一點針線都不拿的，卻是沒臉去指點人家；青玉倒也難得地脹紅了臉一回。

她們這長壽園裡本來就沒個針線好的，都跟著老太太享樂慣了，不然當初就不會找柳弱雲來教導李婉婷的女紅。

秀秀長吁一口氣道：「虧得少奶奶來了，不然我可得教她們折騰死，這花樣子繡了也得扔，哪裡能入眼呢！」

老太太和青玉都撇臉過去，不接話。

金秀玉往老太太身邊坐了，問道：「阿喜呢，她這幾天可還好？」

這話一出，卻是人人都嘆了口氣。

老太太嘆氣道：「自從定了去家廟的日子，她便跟換了個人似的，如今沈默得我都揪心。妳既來了，就去那邊院子裡瞧瞧吧，妳們娘倆素來要好的，勸勸她或許有用。」

金秀玉點頭，起身往偏院去了。

李越之這會兒自然是在花園那小樓裡頭跟著管先生學功課，若是以往，李婉婷必是在外頭瘋耍，只是今天卻乖乖待在房裡。金秀玉進去的時候她正跪在羅漢床上，因天氣冷了，那床上鋪了層棉墊子。

李婉婷跪在羅漢床上，上半身卻趴在窗沿上，用兩隻胳膊墊著下巴，眼睛望著外頭的天空。

金秀玉隨著她視線瞧去，遠遠的兩隻飛鳥飛過，就知道她是自憐自身了。

「阿喜。」

李婉婷轉過頭來，小臉沒了往日的鮮亮紅潤，只輕輕地叫了聲：「嫂子。」

這聲嫂子卻叫金秀玉一陣心酸，坐到她身邊，攬過她軟軟的身子。「阿喜，今兒玩什麼了？」

李婉婷垂著頭，輕聲道：「我哪裡還敢玩呢？就是從前太貪玩，才惹得哥哥生了大氣，要將我送到廟裡去做姑子。」

這話包含了多少怨氣呢，金秀玉柔聲道：「哪裡是要妳做姑子，妳哥哥不過是送妳到家廟旁邊的莊子裡，那邊風景開闊，與城裡自有不同的樂趣。」

「他還說要請兩個王府嬤嬤來管束我呢，往後我再不能隨心所欲了。」李婉婷說著這話，已是帶了一點子哭腔了。

金秀玉轉過頭，真兒遞了那放了九連環的小匣子給她，她將小匣子遞到李婉婷眼前。「妳瞧，嫂子給妳帶什麼好東西來。」

李婉婷接過匣子打開來，裡面是一層紅絨布，墊著一個銅製的九連環。她知道這是送給她解悶的，鼻子一酸，抬起頭來可憐兮兮道：「嫂子，非要送我去嗎？我以後乖乖的，再不貪玩了，讓我留在家裡成不成？」

她兩隻眼睛紅得跟兔子一般，顯然是哭過了，小臉雖然依舊圓潤，卻已露出一點尖下巴的影子來，那眼裡兩泡淚水一含，頓時便十分地惹人憐愛。

金秀玉嘆息道：「這事兒，妳哥哥同奶奶都定了，王府的嬤嬤也已經下了聘金，怕是不能更改了。」

李婉婷垂下頭去，兩顆豆大的淚珠砸在金秀玉手背上，一陣滾燙。這時候有人往屋裡走進來，卻是下了學的李越之。

他見阿喜正在哭，也是一樣的悶悶不樂，往姑嫂二人旁邊一坐，說道：「阿喜莫哭，我常常去那裡看妳就是，妳別怕。」

他不說還好，一說，李婉婷反而越發覺得淒涼，淚珠便止不住地滾下來。金秀玉和李越之便又柔聲安慰她，又陪她一起吃了午飯，許是上午哭累了，飯後沒多久，李婉婷就靠在金秀玉懷裡睡著了。

張嬤嬤走過來輕聲道：「阿喜也是可憐的，這幾日夜裡都睡不好，常常魘著，總要奴婢抱著才得安穩。」

金秀玉輕輕摸了摸李婉婷熟睡的小臉。「她是嚇著了，又對去家廟一事深深忌憚著，可惜這事哪能由得她呢，只怪她以往驕縱得過了，連闖了幾次禍，只能狠下心整治了。」

張嬤嬤也是嘆息。

兩個人合力將她放倒在羅漢床上，又取了枕頭被子等物，替她遮蓋嚴實了。命張嬤嬤好生看著，金秀玉到正院跟老太太告了退，便出了長壽園。

主僕一行人一路走，春雲忍不住先開了口。「這還沒去家廟呢，就已經這般消瘦低沈，等到去了那裡，又有王府嬤嬤管著，還不知怎麼吃苦呢！我聽說，凡是宮裡出來的，都是最嚴厲的，阿喜這性子，怕是少不得受罰。」

金秀玉搖頭道：「嚴厲是嚴厲，不過也不是隨意就罰人的，阿喜就是從小苦頭吃得少了，才養成這般驕縱。」

這話是真理，春雲也只能認同，但真兒卻說道：「我瞧著，這裡頭只怕還有點別的文章，大少爺那日發作得那般狠，不像是臨時氣到了，倒像是事先就籌謀好的。況且，老太太才一問，他就說出要聘王府的兩位供奉嬤嬤來教導阿喜。想那供奉嬤嬤是王府內宅的事情，大少爺怎麼知道？如此種種，都顯著大少爺早就有了這個打算，不過借著那天的由頭發作了罷。」

金秀玉聽得點頭。「若要這麼說起來，只怕還真同長寧王府有關。那小世子前幾回總叫阿喜去王府，每每嘲笑她沒規矩，什麼也不懂、什麼也不會，若說是同她作耍，何必總是一樣的藉口，只怕是真的有心要使阿喜變好呢。」

真兒吃驚道：「少奶奶難道是說，這是小世子暗示了大少爺這麼做？」

金秀玉雖未承認，卻也沒有否認。這事兒誰又說得準呢，古人多早熟，她十五歲就嫁給李承之做李家媳婦了；金沐生才八歲，就會為了前程投奔京城；那小世子十二歲，起了小兒女的心思也不奇怪。

春雲和真兒卻是都有些驚嚇了，少奶奶這話兒是真叫人意外了。正說著呢，後面小丫鬟提了句花園裡的桂花開得正好。主僕幾人聽了，便也起了賞花的心思，繞道往花園走去。

剛到了月洞門前，一人從門內走出來，正好打了照面，卻是教導李越之功課的管如意。

金秀玉先是微微福了一福，說了聲：「見過先生。」

等管如意回了禮，她疑惑著問道：「聽阿平說先生今日有事要辦，才放了他的假，怎麼先生卻還在府裡頭？」

管如意眼睛閃了幾下，卻只笑道：「少奶奶有所不知，我今兒要辦的事情，正是要在府裡頭才能辦成。」

「哦，不知是什麼事？」

管如意道：「說起來也不免叫少奶奶笑話，卻是我同幾個同窗畫友打賭，每人畫上一幅美人圖來，大家做比，誰的美人圖落了最末等，便要作東請大家喝酒。我尋思著，這外頭的美人不好尋找，咱們府裡那位柳姑娘卻是個大大的美人呢！」

「先生要以柳姑娘入畫？」金秀玉有些驚疑。「這事兒可問了她本人？」

管如意笑道：「已是問了的，在下過去同柳姑娘也見過幾面，畫過一幅小像。這回託人問時，柳姑娘倒是十分和善，不忍心叫我成為破財作東的人，便答應了我，只是今日才得空閒，所以約定了今日作畫。」

金秀玉點點頭，若是她自個兒，是絕不會答應這種事情的。哪有內宅婦人拿自己入畫，當別人比鬥賭博的籌碼，沒地叫外人看輕。只是柳弱雲既然答應了，她也懶得管，由著人家折騰，便沒有再多說什麼，不過點點頭，各走各路罷了。

卻說管如意走了幾步便躲入旁邊的草叢中，偷眼見金秀玉帶著丫頭們走了，他自愣怔了一會兒，這才收拾起心情，往那清秋苑而去。

到了清秋苑門前，見一個看門的婆子正在打盹，便在那門上敲了一敲。恰巧蓮芯打院裡頭經過，見他來了，頓時眼睛一亮，招手讓他進去，輕聲道：「怎麼才來！姑娘都等急了！」說著，便將他往上房領去。

那看門的婆子眼見他二人的背影進了屋子，嘀咕道：「正經內宅婦人，哪有把男人往自個兒屋子裡頭領的，難怪大少爺從來不肯來這院裡，敢情是怕戴了綠帽子……」

說到這裡，她忽然想起上回眾人傳大少奶奶的謠言，這院裡的王婆子差點叫人給打死。箇中緣由別人不知道，她身為清秋苑的人哪裡會不曉得？這柳姑娘，看著嬌嬌弱弱，卻實實在在是個狠心的閻王呢。

她再不敢多說，只警醒了精神好好看門，那上房裡頭是怎麼個翻天覆地，她才管不著呢！看門的婆子雖腹誹，到底見他們並未關了房門，這大開四敞的，總不至於幹出男盜女娼的勾當。不過將無親無故的男人叫進屋，總歸還是容易落人話柄。

管如意在上房裡頭待了約有一個時辰才出來，蓮芯送他出門，他手裡還握了一捲畫軸。當著人的面，這婆子自然是什麼也沒說，裝啞巴罷了。蓮芯送走了管先生，問婆子這其間可有人來，婆子回說沒有。

管如意回到花園時，金秀玉一行人早就賞完桂花，回了明志院。他進了自個兒住的小樓，不多時揹了個書箱出來，裡頭裝了幾幅畫，捲軸直立著，冒了個頭出來。

小樓旁邊就是花園的角門，看門的是個小老頭兒，見管如意過來便問了一聲：「管先生要出門啊？」

「嗯，出門會友，回頭給您老爺子打二兩黃酒喝呀。」

「那敢情好！」

老頭兒開了門，目送管如意出去，關上門，上了門，自打盹起來。

明志院中，金秀玉和真兒、春雲正在商量，說天冷了，要給李承之、老太太、李婉婷等人做鞋子；正在這時，花兒進屋來了。

花兒身上是帶著差事的，如今回來，必是來回事了。

「奴婢在花園裡頭等了約莫一個時辰，才見管先生握了一捲畫軸回來，轉眼又收拾了書箱出門，倒沒見有什麼異常。」

原來金秀玉在花園的月洞門前遇到管如意之後，想到柳弱雲雖說如今不過是個侍妾，但自身卻是商賈大家出來的，也算得上千金小姐，怎麼會做出這樣不知禮數的事情，只怕其中有些緣故。如此她便存了疑心，特意留了花兒在園子裡頭等候，看管如意回來時可有異樣。

如今聽花兒說，管如意真的拿柳弱雲入了畫，然後帶上書箱出門會他那幾位打賭的朋友去了。金秀玉聽著似乎並未有什麼出格的地方，便也撩開了不再惦記。

第二日一大早，金秀玉正跟丫頭們商量著，明天李婉婷要被送去家廟，該給她準備什麼東西帶去。

真兒帶著一個丫鬟進來，俯身到金秀玉耳邊，輕輕說了句：「那人又放貸了。」

金秀玉聽到真兒這句話，又驚又喜。「這次又是誰借了貸？」

真兒道：「北市的一個妓子叫花娘的，年輕時也是花魁，攢下了不少的體己，如今年紀大了，也做不得皮肉生意，便找了個老實的男人姓喬的，替自己贖身從了良。不料她這位相公成親不到一個月就暴斃了，花娘便拿自個兒的銀子兒了間脂粉鋪子，專門做那青樓楚館的生意，因著從前交過許多姊妹，生意倒是紅火。只是她從前做花魁時得罪過一個落魄書生，那書生如今中了舉回來，使計報復，將她的鋪子一夜搬了個乾淨，花娘沒辦法，只得借錢重新開業。然她所結交的都是涼薄的風塵女子，錦上添花倒是常有的，雪中送炭卻從來不做，哪裡能夠借到錢？花娘最後只得借了印子錢，這就叫咱們的人給查出來了。」

金秀玉點點頭道：「查到是誰做的了嗎？」

「還沒呢，那人十分謹慎，如今還不知道錢是從哪裡來的，不過既然已經查到那印子錢確實是打著咱們家的旗號放出去，總歸有跡可循。奴婢吩咐了底下人盯著花娘這條線，順藤摸瓜，總能將那人給揪出來。」

金秀玉面色有些發沈，放印子錢這種事情放不到明面上來講，官府睜一隻眼閉一隻眼，但既然是打著李家的旗號，自然要查清楚，否則豈不是白白替人背了黑鍋？雖說真兒辦事素來細緻，她還是多叮囑了幾句，讓底下人謹慎些，莫要再打草驚蛇。

「這事兒可要稟報大少爺？」

金秀玉搖頭。「暫且不告訴他，等我瞧著時機吧。」

真兒有些意外，望著她的眼神多了一絲古怪，少奶奶，似乎不像大家想像中那樣毫無心機……

隔日一早，李府裡裡外外忙開了。李婉婷要去家廟，雖說是修身養性，到底並不是去苦修的，服侍的人也不能少。隨行的人員名單是金秀玉和老太太早就定下的，張嬤嬤自然要跟著，平日裡貼身服侍的兩個大丫頭並底下四個小丫頭，還有四個小廝、四個粗使婆子。

倒不都是為著李婉婷，王府裡的兩位供奉嬤嬤也只擔著教導之責，也得有人服侍才成。

金秀玉今日是頭一回見到兩位嬤嬤，一個姓王，容長臉；一個跟李家同姓，圓臉。兩個嬤嬤看上去都是不苟言笑的規矩人，一舉手一投足都帶著自然而然的嚴謹氣派。

李婉婷和張嬤嬤坐了一輛車，兩位嬤嬤坐了一輛車，丫頭婆子們又坐了三輛，還有被褥衣物等等日常用品，裝了兩車。李承之騎馬護送車隊出了城，往莊子上去了。

算著路程，車隊到了莊子裡大約也就得用午飯了，李承之必是趕不及回城的，因此金秀玉吩咐了大廚房，中飯只需準備她和老太太還有李越之的便罷。

不過李婉婷這一走，家裡顯得冷清了許多，天氣又越發涼了，人人都沒了精神，飯桌上縱然雞鴨魚肉樣樣齊全，幾個人也是沒什麼胃口，不過隨意挾了幾筷，金秀玉見老太太尤其吃得少，知道是想念孫女兒的緣故，有心活絡氣氛，便問起了李越之的功課。

李越之無精打采道：「管先生如今越來越忙了，三天裡倒有一天半是放假，這幾日攏共就講了一篇論語，作了一幅畫，餘下不過是叫我自己讀誦溫習罷了。」

金秀玉皺眉，對老太太道：「奶奶您瞧，我早說這管先生是個沒定性的，教學不如錢先生那般用心，咱們請先生不過為著阿平識字習文，能夠明白事理罷了，並不是盼著他考取功名，如今學了這幾年怕是也夠了。不如辭了這位先生，往後就叫相公帶著阿平往生意上走吧。」

老太太點點頭道：「妳說的極是，想必快年底了，管先生應酬多起來，顧不上教導阿平，不如就尋個日子結清他的束脩辭了去，這事兒妳掂量著辦，不必再知會我了。」

「是。」金秀玉應了，眼神一轉，看見柳弱雲正默默地站在人後，不顯山不露水的，想起前日管如意替她作畫的事情，因著這個又聯想到管如意作畫的那個習慣，便覺得很是奇特。

「其實聽外頭說這位管先生的學問雖是好的，倒不及他畫畫的本事有名，聽說老太太從前也愛讓他給家裡的人作畫。」

「可不是，他的的確確畫得一手好丹青，尤其擅長美人圖，咱們府裡這幾個大丫頭，青玉、真兒，都是入過他的畫的，如今那畫像她們還各自珍藏著呢。」

老太太一面說一面笑咪咪地打量青玉和真兒。青玉倒還好，素來是泰山崩於前也面不改色的。真兒卻微微紅了臉，啐道：「老太太還說呢，管先生畫工雖好，偏老愛篡改畫意，讓他給咱們作畫，不過是盼著得個小像，偏生他畫裡頭又是落英繽紛、又是青煙暮靄的，淨是他自個兒腦子裡生出來的東西，畫的雖是真人，總是與平時的模樣相差逕庭。」

老太太笑道：「管先生年輕，最愛那些個風花雪月的，他在外頭不是常替那些有名的美人作畫嗎，人人都愛看。」

真兒急道：「老太太怎麼拿我們同那些女子作比！」

老太太捂嘴笑道：「不過是日子過乏了，大夥兒互相取樂，那畫兒到底還是極好的，妳們不都自個兒藏著嗎？」

金秀玉忽然想起當初李婉婷和李越之給她送來的那幅畫，幸而李承之如今不在眼前，便問道：「奶奶，阿平、阿喜從前給了我一幅畫，裡頭的人物倒不是咱們家這些丫頭，而是相公。您可還記得？」

老太太尚未答話，青玉、真兒，連同秀秀這些丫頭，但凡有知情的都捂嘴笑起來。

「啊！」老太太一拍手掌，大叫一聲。「是了是了，我這會兒才想起，那回呀，都是青玉攛掇得我！」她拿手指狠狠一戳青玉的額頭。「那年正是七夕節，我說要尋個畫工來替咱們家這些正青春年少的丫頭們作畫，娘兒們過了七夕也都留個紀念，承之去外頭找的人，就是這位管先生。結果呢，這幾個丫頭得了畫像，一面埋怨畫得不好，一面又都各自收了起來。青玉丫頭使壞，就說這管先生愛捉弄人，都是承之給引進來的，咱們得把帳都算在他身上。那天晚飯，她就攛掇著大夥兒將承之給灌了個爛醉，特特叫管先生來替他畫了一幅像。畫成後，承之恰好酒醒，咱們哪裡敢叫他知道呢，只得藏起來，等著哪天才拿出來取笑他。我倒是忘了這回事，怎麼著，那畫如今在妳手裡？」

金秀玉點點頭，把李婉婷和李越之當時將這畫塞給她的情景說了一遍。她自然不會說出自個兒曾因這幅畫諸多困擾，最後差點拿去扔了。

李越之當初做的時候不覺得如何，如今聽著，才覺得自個兒做的事情實在可笑，不由紅了臉，恨不得找個地縫鑽了才好，坐在一旁要多安靜有多安靜。

光說阿平、阿喜兩個送畫的事情，老太太已經樂得不行，拍著手道：「怪不得妳要辭了那管先生，原來是惱他捉弄了妳相公。」

「奶奶說的哪裡話，管先生學問雖好，品行卻有些不妥，我是怕阿平叫他給帶壞了。」金秀玉又說了當初李婉婷和李越之從管先生那裡拿了藥，折騰得李承之生病的事；又說送畫的主意也是管先生給出的。「您瞧，這哪裡是為人師表該做的事兒？」

老太太只覺得好笑，半點惱意也沒有。

金秀玉見她心情大好，恰好方才吩咐廚房趕做的一道開胃羹也上來了，她趕緊盛了一碗給老太太。

老太太如何不曉得她方才是故意逗樂，感著她的孝心，兼著胃口確實比方才好了些，便接過來吃了。

真兒替金秀玉也盛了一碗，金秀玉用湯匙舀了一匙，剛放到嘴邊，只覺撲鼻一陣腥味，刺激得胃裡一陣翻湧，忍不住作嘔。旁邊的丫頭們頓時嚇了一跳，老太太也吃了一驚。

真兒反應快，立刻便遞了帕子上去掩住她的嘴，金秀玉丟開湯匙，轉過頭去方才好了些。

「怎麼？可是身子不舒服？」

老太太問了，她只是搖頭。「並沒有不適，不知為何覺得這羹有些腥。」

老太太看了看自個兒眼前的碗，見裡頭有魚肉，突然心中一動，望著金秀玉的目光便有些驚喜起來。

「孫媳婦兒，妳可是……可是有了？」她小心翼翼地問著，生怕哪個字說重了嚇到嬌弱的孫媳婦兒。

「有了？有什麼？」金秀玉先是一愣，見老太太滿臉期待地望著自個兒，突然就明白了這個問題。

頓時，她自個兒也驚呆了。

「大夫來了沒有?!」老太太再一次焦急地叫起來。

底下的小丫頭愁眉苦臉，青玉偷偷給她打眼色，袖子底下又做手勢，丫頭只得福了一福道：

「奴婢再去催。」

這丫頭出了二門，可巧小廝領著大夫來了。這位可不是上次那擅長治跌打損傷的許大夫了，而是換了一位蘇大夫。

小丫頭總算是盼來了救星，隔著老遠便大叫道：「可來了！老太太都問了三、四遍了，趕緊隨我來吧。」

蘇大夫本就是趕來的，大冷的天還出了一腦門子汗呢！幸虧他年紀不算大，身子骨硬朗，否則還沒給病人瞧呢，自個兒就得先累趴下。

這小丫頭如今也顧不得男女有別的，一把抓住大夫的手就往院子裡頭跑，蘇大夫在後頭一個勁地叫「慢點」、「慢點」，剛進了院門，滿院子的僕婦丫頭都叫起來。「大夫來了！大夫來了！」

蘇大夫進了門，顧不得擦汗，丫頭們擁上來搬凳子的搬凳子，接藥箱的接藥箱，取墊枕的取墊枕，伺候著大夫坐下了，人人都拿眼睛瞪著，生怕錯過一個字。

等這位蘇大夫三指一搭，兩眼一瞇，不過一會兒的工夫。

「恭喜少奶奶！恭喜老太太！府上又要添丁啦！」

老太太頓時歡天喜地，一個勁地向蘇大夫討要安胎的藥方，然後又叮囑春雲、真兒等要如何照顧孕婦。

青玉見她一高興什麼都忘了，便提醒道：「老太太，是不是該派人去通知大少爺一聲，叫他也早些知道這個好消息？」

青玉這麼一說，老太太立刻拍掌道：「對極對極，虧得妳提醒，妳趕快派小廝去給承之報個信。」

底下的小廝們手腳快嘴巴也快的頭一個就搶了這差事飛奔出去了，沒搶著的只得跺腳嘆息，好在老太太說了闔府上下都有賞錢，總算還是有盼頭的。

老太太高興完了，又絮絮地叮囑金秀玉，這懷胎十月，頭幾個月那得怎麼樣、後幾個月得怎麼樣，什麼東西不能吃、什麼活兒不能幹，什麼得忌諱、什麼得注意，拉拉雜雜一堆事情，直說得她頭都大了。真兒和春雲兩個站在床邊聽得極為認真，瞧那架勢，恨不得用紙筆將老太太說的每一個字都記錄下來。

有人歡天喜地，有人卻如墜冰窟。

蓮芯看著自家主子臉色不對，趁人不注意將她拉出了上房，躲到了一個僻靜的角落裡。

「姑娘……」她小心翼翼地喚了一聲，卻不知道該說點什麼。

柳弱雲面色異常蒼白，嘴裡翻來覆去喃喃道：「怎麼就這樣快？怎麼就這樣快？快？什麼快？少奶奶懷孕快？

蓮芯心裡著實納悶，忍不住就問道：「姑娘，蓮芯實在不明白，那少奶奶懷孕便懷孕了，與咱們又有什麼相干？姑娘何必如此模樣？」

柳弱雲大驚道：「不相干？怎麼不相干？她懷孕了，我要怎麼辦？他的心，我還要不要了？」

蓮芯糊裡糊塗，好歹還是聽清楚了「她」跟「他」是哪兩個人。

「姑娘，不是蓮芯說話不知分寸。自打姑娘進門到現在，大少爺何曾在清秋苑留宿過一夜？姑娘又何曾在大少爺跟前殷勤過一回？大少奶奶進了府，依規矩，姑娘原該抬了身分做個正經姨娘，如今這又是什麼光景？少奶奶讓姑娘當家，姑娘也沒替自己博個名分，奴婢以為姑娘的心早不在這府裡頭了，全記掛在柳家的產業上，姑娘如今說什麼心不心的話，如何不叫人糊塗？我倒要問問，姑娘妳到底是存的什麼心？」

柳弱雲頓時渾身一震。她存的是什麼心？

是啊，她既不爭寵也不奪權，老老實實地做著沒名沒分的侍妾。只是她又不甘心，原本是衣食無憂人人尊敬的千金小姐，如何落得這般光景，連自個兒的身家性命都不是自個兒的。

對那人，她哪裡就是無心了！但若是說有心，她又何曾表露過真心？

她忍不住恨起自個兒，柳弱雲啊柳弱雲，妳落到這般田地，如今渾渾噩噩，到底過的是什麼日子、安的什麼心？

第二十四章　柳姑娘的變化

「呵呵。」

金秀玉嘆息一聲，將手裡的針線放下了，無奈地看著李承之。「都一個時辰了，怎麼還傻笑呢？」

李承之摸了摸自己的臉，不以為忤，笑道：「作夢一般，這就要做爹了。」他一手攬著她的腰，一手將她覆在自個兒肚子上的手給握住。「往後可得注意自個兒的身子，再不能像以前那樣沒輕沒重了。」

金秀玉皺著鼻子道：「知道啦，我的大少爺！」

正說著，真兒進了屋，說道：「大少爺、少奶奶，清秋苑的蓮芯來報，說是柳姑娘病了，想請大夫給瞧瞧。」

金秀玉微微皺了皺眉，白日裡見她還好好的，怎麼就病了？她忍不住低頭看了看自己的肚子，莫非是心病？她抬頭看了看李承之的臉色，見並無異樣，便對真兒道：「蓮芯呢？」

「在外頭等著回話呢。」

真兒轉身到門口，掀簾子叫蓮芯進來。蓮芯進了屋，又給兩人行了禮。

「妳家姑娘怎麼了？白日裡我瞧著還好，怎麼突然就病了？怎麼個症候？」

蓮芯道：「回少奶奶，我們姑娘這幾日便有些食慾不振，原本以為只是小恙，並不在意的。

不料今兒晚飯姑娘便一口都沒吃，只躺在床上，懨懨地沒精神，臉色也很是蒼白，奴婢問了，姑娘只說是沒力氣，卻說不出個所以然來。奴婢怕是什麼病症才來稟少奶奶，求少奶奶給請個大夫瞧瞧。」

金秀玉點點頭道：「聽妳這般形容，妳家姑娘怕是真病了。真兒，妳派個人去請大夫來，麻利點。」

「是。」真兒領命去了。

蓮芯給金秀玉道了謝，支吾了半天又道：「奴婢斗膽，都說病由心生，我們姑娘這次生病，只怕也有一些心裡頭的緣故，所以奴婢想著，能不能請大少爺過去看一看我們姑娘？」

柳弱雲病得奇怪，偏偏就在她懷孕消息落實當天。金秀玉心裡頭不得不犯了猜忌，她也很想知道柳弱雲是真病還是假病，便對李承之道：「說來也是我思慮不周，這些天讓她多有操勞了，原本我也當過去瞧瞧的，只是如今剛有了好消息，大夫吩咐加倍小心，尤其不可過了病氣，我想著，不如你去清秋苑瞧瞧，替我慰勞慰勞她。」

李承之對她的心思心知肚明，抿了一口茶，這才點點頭。蓮芯歡天喜地引著他出了門。

到了清秋苑，大夫已經替柳弱雲診了脈，說了句思慮過甚、脾胃失調，因此沒了食慾，就下了方子吩咐蓮芯照方抓藥，按時煎服。

蓮芯滿口應了，若是平常，她必是要拉著大夫詳細詢問的，只是今兒個大少爺來看望，清秋苑好不容易盼到這位主子，這機會可不易得。她聽了大夫的吩咐便急著送客，跟著出了門，順帶將春雲也扯上。

春雲可擔負著重任呢，哪裡肯離開，只是蓮芯有把子好力氣，生生將她扯了出來。

「妳這是做什麼？」春雲甩開手就質問了。

蓮芯挑著眉頭道：「我倒要問問妳做什麼？這大半夜的，大少爺來到我家姑娘屋裡，妳既是做丫頭的，怎麼連這點子眼力勁都沒有？」

春雲冷笑道：「妳同妳們姑娘那點子心思，誰不知道呢！我們少奶奶是好性兒，妳們卻也別把她當成紙老虎，明白人心裡都有明白帳，誰也別想算計什麼！」

蓮芯何曾聽過這樣的話兒，立時就瞪了眼。「誰算計了？妳倒是把話說清楚！」

春雲嘴上沒個把門的，好在心裡頭不糊塗，知道有些事情眼下可說不得。況且她這會兒要幹的可不是敲打清秋苑這對主僕，而是盯著大少爺同柳姑娘，自然不肯同蓮芯多攀扯。

她不理睬她，也不答她的話，自管往那上房廊下一站，身子就貼著門簾外頭，裡頭說什麼也都能聽見。蓮芯自然是不肯讓她這般光明正大地聽牆角，又去拉她。

春雲眼睛一瞪道：「妳扯！妳扯！妳再扯，我就嚷起來，縱然主子怪罪，妳的算盤也決計打不響，妳要不怕就試試！」

蓮芯大怒，卻又不敢真箇拉扯她。這可是明志院頭一回同她們清秋苑表明了立場，雖然是透過一個下人的嘴，到底也叫她明白了，那個面上菩薩一般的大少奶奶果然不是個簡單的人物，心裡頭的算計只怕比她們想像中深得多呢。

姑娘實在是難得有跟大少爺獨處的機會，她這個做奴婢的盼著姑娘千萬莫要再這般渾渾噩噩，那麼這個機會就尤其顯得珍貴了。她因此便真的不敢再去扯春雲，只好跟著她一同在門簾子外頭守著，其餘的小丫頭和婆子僕婦有好奇張望的，自然也叫她們兩個丫頭怒目揮退了。

屋子裡頭，柳弱雲半躺在床上，背上枕頭墊得高高的，臉色果然有些不同以往的蒼白，李承之坐在床榻前，心裡頭著實有些尷尬。

這個侍妾原不是他想要的，當初是出了那說不清的事兒才抬了她進來，事後回想卻實在莫名其妙。他身為李家的家主，也不是那見識淺薄沒有心機的，自然也暗暗查過那天的事情，卻實在查不出什麼來，只是心裡頭疙瘩難免，始終不願過來清秋苑留宿。

如今見她這般消瘦憔悴，到底也有些愧疚，不論怎麼說，總歸名分上是他的女人，自打進了門，也是老老實實本本分分，並不曾替家裡惹麻煩，即便他娶了正妻，也是恪守妾的本分，沒有做出那些個爭寵的手段。他既沒有按照規矩替她抬了身分，又沒有給她什麼恩惠，她如今還替金秀玉擔著一部分管家的活兒，怎麼說也是有苦勞的。

他尷尬，柳弱雲卻比他更加難受。

看著眼前的男人，她實在是五味雜陳，說不清是苦還是恨，或者還有些愧疚。她本就風姿纖弱，如今越發顯得楚楚可憐。

「大少爺，賤……弱雲累你操心了。」柳弱雲斂著睫毛，慢慢開口道：「大少爺今兒一定正高興呢，少奶奶傳了喜訊，府裡頭又將添丁，老太太白日裡高興得什麼似的，底下人也是個個喜笑顏開，這喜慶的時刻，弱雲病得實在叫人掃興。」

李承之眉尖微蹙。「這話怎麼說的？人若是能控制自個兒的病情，還怕生什麼病呢？妳沒聽大夫說嗎，妳這病就是思慮過甚的結果，還得放開了心懷才好。」

柳弱雲別過臉去，輕聲道：「弱雲算什麼，哪裡能夠思慮過甚，那大夫必定是庸醫，連人的病症緣由也瞧不準。」

李承之皺著眉，咳了一聲。

柳弱雲回過頭，心裡一緊，咬住了嘴唇，幽幽道：「大少爺……竟是這般厭惡弱雲嗎？」

李承之挑眉道：「這是什麼話？」

「自打弱雲進了府，大少爺這才是第二回來清秋苑，弱雲以為，自個兒在大少爺心裡頭，大約是連影子都沒有的。」

李承之沈默著，半晌才開口道：「我瞧著妳的病著實不輕，連著心神也不定，說話也奇怪起來，只怕還是累著了，多歇息吧，少奶奶那頭我去交代，讓她放妳幾天假。」

柳弱雲倒吸一口氣，紅著眼眶道：「這就是大少爺要同弱雲說的嗎？」

這話已是十分幽怨了，李承之從來沒見過她這副模樣，不覺有些煩躁起來。

「難得大少爺來一回，弱雲有些話存在心裡很久了，只怕將來再難有這樣的時機，大少爺就允我今兒說說清楚吧。」

柳弱雲眉蹙如煙，眼泛霧氣，既清瘦又可憐，李承之雖是不悅，到底還是有些心軟。

「弱雲有句話想問大少爺，大少爺心裡……可有弱雲的位置？」

李承之大皺眉頭。「這話……逾矩了。」

「是，弱雲知道不該問這話，身為妾室，不該起爭寵的心，不該奢望大少爺的真情。妾不過是個奴才，身家性命都由不得自個兒，只是當初弱雲未嫁時，李家、柳家也有不菲的交情，弱雲與大少爺也曾談笑晏晏，難道大少爺從來不曾對弱雲起過一絲憐意嗎？」柳弱雲仰著臉，兩顆大大的淚珠從眼中滾落，一路滑下，垂在尖尖的下巴上。

李承之臉色已經發冷，站起身來。「妳今兒身子不爽利，且好好歇息吧，回頭得空，我再與少奶奶來看妳。」

他轉身而去，衣角一翻從床榻前劃過，柳弱雲撲倒在枕上失聲痛哭。

那門簾一掀，春雲和蓮芯都嚇得往牆壁上一貼，眼觀鼻、鼻觀心，目不轉睛作那老僧入定狀。李承之幾步下了臺階，頭也不回。

春雲先是一愣，立刻反應過來，忙一溜小跑跟了上去，忍不住還是回頭給了蓮芯一個同情的眼神。蓮芯此時哪裡還顧得上她的神情，方才姑娘和大少爺的對話她可都聽清了，如今心頭撲通亂跳，亂得不成樣子。

屋裡頭哭聲悽愴，幽咽悲恨。

鼻子一酸，眼眶一紅，她也忍不住咬住了嘴唇，輕輕掀開簾子，果然姑娘正撲在枕上，聳著肩膀，渾身顫抖。

「姑娘……」

她一聲呼喚未完，屋裡頭一個茶杯砸出來，擦著她的額頭過去。

「滾！」

蓮芯嚇了倒退一大步，差點一屁股坐在地上，只覺額頭上火辣辣作疼，眼中不由自主滾出淚來。

她忙一把捂住了嘴巴，爬起身來狼狽跑開，那嗚咽的聲音卻依然從指縫中洩漏出來……

第二天一早，蓮芯起床時驚愕發現，柳弱雲竟已經早於她起來了。

清秋苑這邊的規矩可與明志院不同，李承之和金秀玉是不耐煩有人守夜的，丫頭們都比其他院的要清閒些，夜裡能在自個兒屋裡睡個香甜。清秋苑這邊可是老規矩，柳弱雲睡時都是蓮芯守夜。因著李承之十月八月地也不大可能來一回，久而久之，蓮芯的小床便直接搬到了上房的內室裡頭，就在柳弱雲床腳邊。

往日裡都是蓮芯起身後喚柳弱雲起，今兒她一睜眼，就見窗紙濛濛發白，柳弱雲站在窗子底下，她只穿著睡衣，淺粉色的料子襯得人越發單薄，半側著臉，晨光打在她臉上，顯得面色比往常蒼白。

蓮芯一眼看見了，腦子裡什麼也沒有，只想到了那一片羽毛，彷彿風一吹，就要飛走了。

「姑娘！」

她一骨碌下床，隨手從衣架上取了披風，疾步上前裹住了她的身子。

「雖說還不到寒冬，早晚還是冷，姑娘怎的連衣裳也不披一件，昨兒大夫才吩咐過，怎的今兒還這般糟蹋起身子來？」蓮芯一面說著，一面想起了昨晚的事情，心裡頭便揪了起來。

柳弱雲慢慢地回過頭，臉上並無什麼表情。她瞧著蓮芯，慢慢地將手撫上了她的額頭。「蓮芯，這兒還痛嗎？」

蓮芯眼中一熱，憶起昨日的痛，又見她神思恍惚，眼神比往日都顯得遲鈍，忍不住便滾下淚來。

「蓮芯不是這裡痛，是心痛。」她握了柳弱雲的手放到自己心口。「姑娘，妳到底是怎麼了？就是昨兒大少爺說了重話，妳也不該這般糟踐自己，妳不是也曾說過嗎，縱使大少爺無心，咱們也有咱們自己的活法……」她咬著嘴唇，那淚珠一顆一顆滾下來，滴滴落在柳弱雲的手背上。

柳弱雲木然的臉上忽然展開一個笑容。「傻丫頭，哭什麼呢？我不過是問清了一些事情，作了一些決定罷了，哪裡就至於悲痛了？」

蓮芯見她說話倒是正常，只是那笑容實在有些罕見，不由怔怔地。

柳弱雲此時像是換了個人，方才那一笑，讓她整個人都鮮活了起來，她輕輕拍了蓮芯的臉，攏了攏身上的披風，抬臉望著外頭的日光，那紅日剛從雲間探出，圓圓火火的一輪。

蓮芯跟著她的目光往外頭看，只覺今兒的日頭甚好，卻仍然不明白，為什麼自家姑娘突然間就通透了？

「蓮芯妳瞧，今兒是個好天氣呢，快快更衣梳洗，咱們還得去給少奶奶請安呢。」

「嗳？哎！」

蓮芯愣了一下，還是穿了衣裳出門打水去了。

柳弱雲攏著衣領又望了一眼窗外，回頭開箱取了一件衣裳，看了看，搖搖頭，又放回去，重新揀了一件出來換了。

蓮芯端了水進門，見了柳弱雲的模樣，不由又是一愣。

桃紅色的襦裙，裹著鵝黃色的對襟襖子，襟口露出一抹桃紅色，鑲著銀紅色的邊。雖不豔麗，卻透著靈靈的鮮嫩。

柳弱雲正對著鏡子梳頭，從鏡裡頭見了蓮芯，回過頭笑道：「怎的傻了？」

蓮芯吶吶道：「姑娘，妳今兒怎麼……怎麼穿得這般、這般鮮活？」

柳弱雲眼睛一彎，道：「不好看嗎？」

「好看。」

柳弱雲又是一笑。「傻丫頭，快把盆子放下，來替我梳頭。」

蓮芯應了一聲，放了盆子，過來接了她手裡的梳子。

「梳個墮馬髻，將這些頭髮都替我攏上去。」

蓮芯又愣了一愣。

梳好了頭髮，選了兩個點翠的金鈿戴了，又插了一對翡翠的簪子，柳弱雲滿意地整了整自己的著裝，回頭對蓮芯道：「行了，咱們去給大少爺和少奶奶請安去。」

一連幾日，柳弱雲每次給金秀玉和李承之請安的時候都是這樣嬌豔的打扮，金秀玉和她身邊的丫鬟都不是蠢人，次數一多，也就看出不對勁來了。

這天，柳弱雲請完安走後，主僕們便議論起來，真兒道：「少奶奶有沒有注意到，那柳姑娘近來有什麼不同？」

金秀玉還沒說話，春雲先哼了一聲道：「怎麼沒注意，她近來穿得那叫一個妖豔呢！」

金秀玉道：「妳光顧著看她衣裳了，穿鮮亮點又怎麼了呢？」

春雲道：「少奶奶切不可掉以輕心，那柳姑娘嫋嫋婷婷妖妖嬌嬌的，哪裡像個安分的？我常聽底下婆子們說，男人吶，都是愛新鮮的主，錯眼看不見就能給人勾搭了去。」

真兒也道：「我瞧著柳姑娘是有些不同以往，眉眼之間像有些什麼變化，只是說不上來。」

春雲聽不懂真兒說的話，茫然道：「眉眼有什麼變化？不過是今兒的妝又鮮嫩了些，叫我說，她倒還沒逾越了分寸，方才沒見她往大少爺跟前獻殷勤，總算還守著規矩。」

「妳也把她瞧得太低了些。要我說，這柳姑娘的心思，只怕不在大少爺身上。」真兒說完這話，扭臉看著金秀玉。

金秀玉按了一下額角，不想再說柳弱雲的事，便轉移話題問真兒道：「北市花娘那邊，可有新的進展？」

真兒道：「我正要跟少奶奶說呢，花娘那邊的事有進展了，又扯出一個人來，少奶奶一定想不到是誰。」

「誰？」

「管先生。」

金秀玉驚訝道：「管先生？妳是說咱們府裡的管如意管先生？」

真兒說的就是他。

春雲嘖嘖有聲，搖頭道：「真是看不出來呢！那麼謫仙一般的人物，竟然、竟然也做這樣的勾當！」

真兒看著金秀玉，目露詢問。金秀玉擺手，她回頭就將幾個小廝揮退了。

金秀玉眉頭越發皺得深。「人不可貌相，這印子錢竟然能牽扯到管先生身上。」

管先生說起來並不算府中人，尤其與府中事務不相干，更別提銀錢上的瓜葛，怎麼順著花娘這根線，還能查到他身上呢？

「管先生不過是一介書生，就算有些才氣，也沒有這樣的餘錢，那放出去的印子錢可不是幾百幾千兩那麼簡單。他的錢，是打哪裡來的？」

這個真兒卻也說不出來。

金秀玉道：「上次說請示老太太辭了管先生，現在既然他跟這件事有關係，倒是不忙了，真兒妳去趟長壽園，跟老太太說先不辭了，另外再派人盯著管先生，看能不能找出更多的線索來。」

真兒應了，自去安排。

這日李承之回家的時候，給金秀玉捎來了金沐生的信，金秀玉少不得要回娘家給父母也看一下信，報一下弟弟的平安，李承之心疼她一個人勞累，便陪她一起坐馬車去了金家。

路上走不多時，便到了金家門口。金家的院子小，車夫將馬車往牆邊靠，在大樟樹底下停了，金老六和金林氏趕緊將女兒和姑爺給迎了進去。

大家在堂屋裡頭坐定，金林氏拿著兒子的信瞪大了眼睛看，李承之和金秀玉坐著吃茶，茶杯放在嘴邊卻一口沒喝，都挑著眉毛看著金林氏。

「娘，看出什麼來沒？」

金林氏臉一紅。「花老虎，老虎花，它認識我，我不認識它。妳給我唸唸。」她抖了抖信紙，塞回金秀玉手裡。

金老六坐在上首，見她如此出醜，白了一眼。金秀玉憋著笑，將她方才拿倒了的信紙順過來，清了清嗓子唸了起來。

信是阿東寫的，裡頭的內容倒是金沐生口述的，她先說明一下，金林氏便撇嘴道：「幾年的書都白唸了，連個信還得叫師父代寫，可見不是個讀書的料，活該去吃習武的苦頭。」

金秀玉和李承之相視一眼，哭笑不得。金老六擺手對女兒道：「豆兒莫理會她，妳只管唸。」

信裡的內容倒也沒旁的，不過是說自己在京城，寄居將軍府中一切安好，讓父母姊姊均不必擔心。阿東倒是在金沐生口述的內容後面又添加了一些，說是自己如今有差事在身，不便教導沐生，如今孩子是跟著爾盛將軍習武。爾盛將軍老當益壯，把他當成孫子栽培，文韜武略俱佳，阿東言語之間很是有些嫉妒父親對沐生比對他這兒子還親。

李承之聽著很欣慰，阿東並沒有因回京城了就疏遠李家，言語之間越是隨興真情，越是顯得兩邊親厚。

金林氏總是一面聽一面插嘴說幾句評語，言語之間雖多有調侃，到底還是透露出高興和欣慰。她雖是頭髮長見識短，起碼也知道兒子跟著這位老將軍前途定然無量，說不定將來金家要出個少年將軍呢！

金老六雖然不說話，聽著聽著，臉上便也露出了隱隱的笑容。

金秀玉唸完了，將信紙重新摺好塞進信封，放在金老六手邊。「這會兒，您二老總算可以放心了。」

金林氏沒好氣地道：「放心什麼？他一個小孩子家，吃苦頭的日子還在後頭呢！那將軍府是多氣派的人家，老將軍和阿東師父倒是對他好，底下的奴才指不定就有那踩低攀高欺負他的，誰說得準呢？」她絮絮叨叨，還是埋怨金沐生不該一聲不吭地跑了。

「妳這老娘兒們，叨叨叨，叨叨叨，能把人叨回來嗎？年輕人吃苦頭怕什麼！吃得苦中苦，方為人上人！有那工夫，倒不如替他多唸幾聲佛，保保平安。」

金老六把眼睛一瞪，嘴巴一張，金林氏便忍不住縮了縮脖子，順著他手指看了一眼龕上的彌勒佛，這還是李老夫人給送的呢。

金秀玉就是為著送信而來，順便看看父親、母親，同丈夫在家用了一頓午飯，午後又同父母聊了幾句閒話。

她剛懷孕的時候李府就已經派人給金家報過喜了，當時金老六感染風寒，金林氏一是撂不開手，二是不願過了病氣，因此沒有上李府看望女兒。如今女婿送女兒回娘家來，她自然少不得又嘮叨叮囑一回。

金林氏囑咐著囑咐著，便將李承之也給帶上了，也是因著這女婿好說話，不似別人家女婿那般跟個嬌客似的，她也就隨興了。李承之確實是好性兒，不嫌她嘮叨煩，也靜靜地聽著。

只是小夫妻兩個到底也只是做做樣子，金林氏說起來沒完沒了，他們可沒耐心聽上一個下午，也就一盞茶的工夫，兩人便坐不住，起身告辭了。

離了金玉巷，過了豆腐坊坊門，金秀玉在車中隔著窗子見久違的東市大街上商鋪似乎又多了一些，臉上流露出一種久違的親切來。馬車漸漸停了，她轉過頭來茫然道：「怎麼停了？」

李承之握了她的手，笑咪咪道：「母親剛才不是說嗎，孕婦不可久坐，得時常走一走。難得出來一回，坐車裡有什麼意思？倒不如下車去逛逛這東市大街。」

金秀玉知道他是諒解自個兒的心思，自然是覺得甜蜜貼心的，小夫妻兩個下了車，手挽著手，真兒和春雲跟著，吩咐馬車到前頭去等，除車夫外，其餘小廝都跟在後頭。

金秀玉原本還不好意思，見大街之上也有挽著手的年輕夫妻，這才想起這裡並不是禮教森嚴的宋明清，方安下心來。

一路慢慢逛過去，東市大街也不算長，卻喚起了金秀玉許多回憶，離開這裡不過才三個月呢！金秀玉的感嘆很快就叫各種新鮮的回憶給沖淡了，她一會兒指著這家的燒餅，說是淮安老字號最香最酥的；一會兒又指了那家的脂粉，說賣粉的老婆子慣會哄客人，許多大姑娘小媳婦都在她這裡忍痛花了大銀子；一會兒又指了那家的酒樓，說是裡頭的菜色遠遠比不上一品樓，就是跑堂小二最是機靈，說話著實招人喜歡。

李承之由著她指指點點，不時配合著露出笑容和驚嘆，見她小臉上紅撲撲的，甚是嬌豔，笑容也顯得比平日輕鬆多了，想著這小妮子原本是多麼的純真可人，如今因著管家慢慢變得世故老練起來，實在非他所喜。今兒也是難得見到她能有這般的光彩照人，心裡頭打定主意，往後可得多帶她出來走動走動。不過——

他看了一眼正仰頭張望的小妻子那扁平的肚皮，暗嘆恐怕近日是不成的了。

一行人走著看著，沒幾步路就到了路口，真兒原本是吩咐車夫在路口等候的，果然隔著人群就望見了李家馬車那石青色的車蓋，雖說路不長，但到底惦著金秀玉是雙身子，不願她勞累，看見了馬車，眾人都是眼前一亮，不過下一刻，臉上卻都露出驚詫來。

原來那馬車倒是好好的停著，車夫卻蜷縮在地上，渾身都是塵土，用手抱著頭哎喲哎喲地叫著，像是被誰給狠揍了一頓。

眾人忙趕上兩步將車夫給拉了起來，問是怎麼回事。

車夫嘴唇破了，嘴邊臉頰上青了一塊，說話漏風，原來是牙齒掉了一顆，一邊說一邊還吐出血水來。他的話也說不太清楚，只說是自個兒正看著馬車呢，不知被誰一石頭砸在面門上，一頭摔在地上，緊跟著被人一擁而上揍了個七葷八素，然後這夥人又馬上就一哄而散，他是什麼也沒來得及看清。

李承之皺眉，隱隱壓著怒氣。「在淮安竟有人不認得李家的馬車，竟有人敢打李家的人?!」

車夫捂著臉說道：「就希痛得李蝦來的。」

眾人都聽不清，問了好幾遍才總算弄明白，原來他說的是——

對方就是衝著李家來的！

被打的是為李承之駕車的車夫，是李家的家姓奴，叫李大腳，顧名思義，自然是因為有一雙大腳的緣故。另外那輛丫頭們坐的車，駕車的車夫姓王，方才不在，卻是買東西去了，這會兒回來見同伴被莫名其妙揍了一頓，主子們又都到了，不敢多說話，只悄悄地往人群中躲了。

好在李承之、金秀玉等人都顧著聽李大腳的話沒理睬他，李大腳一句話讓眾人都大吃一驚。

就是衝著李家來的?!

李家在淮安幾乎就是土皇帝，尤其如今跟長寧王府交好，就連知府都不敢得罪李家，有什麼人明知是李家的馬車、李家的車夫，還敢下狠手的？

而且據李大腳所說，還不是一個人，而是一群人！

「你怎麼知道他們是衝著李家來的？」

李大腳因牙齒被方才那一石頭給砸掉了一顆，說話漏風，好不容易才讓眾人聽明白了，原來是那夥人圍毆他時曾破口大罵，指他是李家的走狗，他們要打的就是李家的人。

李承之沈聲道：「除了這個，他們還說了什麼？」

這回李大腳沒直接回答，只是捂著臉，有些猶豫。

這個李大腳一直都是給李承之駕車的，平時辦事很是穩妥盡心，李承之知道他是個有腦子的，如今猶豫必定事出有因。

於是他將人招到一旁角落裡，問了話，回來的時候臉色越發黑沈了。

金秀玉見他神情，分明是壓抑了極大的怒火，不知李大腳說了什麼讓他如此震怒。李承之見她想問，只是擺擺手道：「上車再說。」

眾人該上車的都上了車，李大腳雖然牙齒掉了一顆，好在身上沒什麼重傷，不過是皮肉痛罷了，車還是能駕的。

李承之單單又指了一個小廝出來，悄悄吩咐了他什麼，這個小廝就沒有跟著眾人一起回府，而是留在了現場。

啟程後，金秀玉又問起李承之李大腳說了什麼，後者才冷著臉吐出三個字——

「印子錢。」

當日街上李大腳被當眾群毆的事查清楚了，原來是一戶因遇到難關借了印子錢的人家，因利息過高債臺高築，家中難關雖過，境況卻大不如前，每月的印子錢利息就像沈重的山壓在這家人的心頭上。家中老母為著省錢竟飢餓而暈倒，因此惹怒了家中的壯年漢子們，一時義氣，糾結了一幫子兄弟夥伴準備洩憤。因那放印子錢的打的正是李家的招牌，當日在街上看到李家的馬車，這夥人才先一石頭砸趴了李大腳，然後圍毆了一頓。

他們行事十分魯莽，街上人來人往怎麼可能沒人看見？況且同在一個城中，總有相識之人，李家的人沒費太大的力氣就打聽得一清二楚。

此時金秀玉聽了底下人的回報，暗暗心驚，果然這放印子錢的招來多少仇怨，若是任此發展下去，李家當真要被戳著脊梁骨罵了。

她又低頭摸了摸自個兒的肚子，三個月，雖還沒有顯懷，摸起來卻已經有些緊緊的，同以往不大一樣。如今她在這個時空待久了，漸漸地也就相信了因果報應一說，尤其自己懷孕以後，不知是母性天生的保護意識，還是女人生來的嫉妒心理，她越來越覺得，身邊但凡有隱患就該早日消除，以免將來釀成大禍。印子錢這事兒，她是該加快手腳了，網已經撒出去，何必非要慢慢地收呢？

「少奶奶。」

聽見有人叫，金秀玉回過神來，面前站的是真兒。

「何事？」

「帳本已經取來了，少奶奶請看。」

真兒將帳本遞上，金秀玉接過翻開，每條每款都一一查看，足足看了有頓飯工夫，最後才將帳本一合，若有所思。

這帳本是關於各個莊子的耗費產出紀錄，如今是柳弱雲打理的。

真兒小心地問道：「少奶奶，這帳目有問題嗎？」

金秀玉搖搖頭。「如今還不確定，我想著，得派人去那幾個莊子上先看看。」

她吩咐了真兒一些事情，命她安排人去，真兒應了，記在心上。

這時候，春雲打門口進來，福了一福道：「少奶奶，老太太有請，說是商量給三小姐送東西的事情。」

金秀玉點頭，扶了真兒的手起來，春雲忙上去扶了另一邊，主僕幾人出了明志院，往長壽園而去。

老太太屋子裡頭，青玉、秀秀正鋪開了一些藥材和大毛衣服，商量著挑揀。

「奶奶。」金秀玉進門來，先給老太太道了福。

「瞧著這天氣越來越冷，我叫人給做了幾件大毛衣裳，今兒裁縫做好送了來，妳來分派分派。」老太太挽了金秀玉的手，一件一件指著。

李承之和金秀玉都得了一件，真兒和春雲上前用包袱皮包好了。李越之也得了一件，青玉包起來放在一旁，回頭拿去偏院就使得。老太太自個兒也有一件，秀秀包好了。最後一件狐狸毛的大衣裳是給李婉婷留的，青玉也拿包袱皮包好了。

另外茶几上還有兩盒藥材，老太太指了盒子道：「天冷了，阿喜身子素來畏寒，家廟裡頭又比府裡越發冷清，這些藥材也是給阿喜備下的，回頭與那大毛衣裳還有一些個吃食，一併叫人給她送去。」

金秀玉想著正好要派人去莊子上探查實情，若打著給李婉婷送東西的名號，也可避免打草驚蛇。

「奶奶把什麼都準備好了，倒省了我這個做嫂子的心，回頭我就安排人給阿喜送去。」

說話間，李越之進了門。

「奶奶、嫂子。」

他給老太太和金秀玉先後問安，叫老太太給招到身邊坐了。

李越之今年下半年就跟那柳條兒似的一口氣抽長了不少，如今他往老太太旁邊一坐，金秀玉才發現他已經不適合再往老太太懷裡鑽了。想了想，她對老太太說道：「奶奶，我瞧著阿平、阿喜一年一年都大了，是不是該單給他們安排院子了？總不好一直在奶奶這園子裡擠著，雖說是奶奶心疼他們兩個小的，到底不能在身邊帶一輩子不是？」

老太太道：「妳說的也對，不過眼下還冷，又快到年關，不必再折騰。等過了年，天兒暖和了，再收拾院子吧。」

金秀玉點頭應了。

李越之心裡高興，臉上便帶了笑。「奶奶，不是說要辭了管先生嗎？怎麼還沒見著動靜？」

老太太道：「本是要辭的，上回你嫂子說，如今你還小，多學點功課也是將來立業的基礎，其他事兒不急的。」

李越之皺了眉道：「跟著先生學功課沒什麼意思，我倒想早點跟著哥哥學做生意。我聽說，哥哥原來十歲的時候就已經跟著奶奶出去巡商鋪了呢！」

老太太摸摸他的頭笑道：「你哪裡能跟你哥哥比，他那會兒，是父母都不在了，家中沒個當家的人，奶奶婦道人家能作得一時的主，卻不好長此以往，這才將你哥哥早早就帶在身邊，盼著他能早日撐起家業。你哥哥雖出息得早，吃的苦頭卻著實不少，如今你上頭有他撐著，何必還著急呢！」

李越之道：「奶奶，阿平也想早日替哥哥分憂。」

老太太愛孫心切，見他懇求，心一軟想答應，便問金秀玉。金秀玉想著，印子錢的事兒還著落在管如意身上調查，只是她自個兒也是下決心要在年前查清楚做了結的，老太太和李越之又這般懇求，便答應道：「等到了年關，給管先生放年假，便把束脩都結了，明年就不再聘請罷。」

老太太應了，李越之得償心願，也十分地高興。祖孫幾個一同又拉扯了一些家常，大廚房便派人來報，說是晚飯得了。幾人一道用了晚飯，便各自回院安置。

金秀玉回到明志院沒多會兒，李承之便回來了，進門時風風火火的，顯得很有精神。

金秀玉問了他用飯沒，又拿居家的衣裳來給他換，見他嘴角帶著笑，便問道：「有什麼好事兒？」

李承之捏了一下她的手，笑道：「妳倒是有眼力。」

他不願妻子多操勞，換了衣裳便拉了她的手坐下，想了一想，雖是大事，卻也是喜事，告訴她也無妨，便說道：「說起來，還是長寧王給牽的線，邀請咱們家參與一單子大生意。這次若是做成了，往後就能成長遠生意，年年都能添一筆大進項。」

金秀玉詫異道：「咱們家的生意已經不小，我倒是好奇，什麼樣的生意還能叫你這位淮安首富也這般動心？」

李承之抿嘴一笑，瞇著狹長的桃花眼，說了兩個字：「海運！」

——未完・待續，請勿錯過陶蘇／文創風051《小宅門》下集。

古代談情不全然轟轟烈烈沈重無比，
細數宅門二三事，這次要笑著出嫁！
咱們大宅小媳婦的日子，
和夫婿恩恩愛愛、平平安安就是福……

富貴再三逼人，第一次當家就上手?!
笑傲宅門才女／陶蘇年終鉅獻

小宅門

文創風 049 小宅門 上

金豆兒是豆腐坊金玉巷的小小蠟燭匠之女，
有著天命帶旺的八字命格，偏無心思攀高枝，
首富之家誠心求娶，媒婆都上門了，她大姑娘仍遲遲不點頭！
然而首富之家可不同凡夫俗子，不管人願不願意，
十歲的小叔小姑已認定她是嫂子，
成天擠在金家小宅院裡，還帶來一幅怪畫為媒下聘——
畫中是一片芍藥花，花叢下一張石床，石床上斜躺著一個男人，
男人衣襟微開、酒醉微醺，那慵懶之態躍然紙上……
這畫兒，看一眼讓人臉紅心跳，多看幾眼便讓人夜不能寐，
當小娃兒說這就是他們的兄長李承之時，少女芳心初動了！
但這可還不構成點頭的理由，女兒家自有自的矜持，
終於，求親的正主兒耐不住性子親自登門拜訪——

文創風 050 小宅門 中

昔日金家小院的金豆兒成了掌家媳婦金秀玉，
大戶人家眉角多，明面上看來丫鬟成群，卻各有地位不可欺，
樂觀的她第一次當家就上手，種種難題迎刃而解，
可成親後發現的夫家秘事卻令她耿耿於懷——
原來，李承之迎娶她之前早有妾室，此女來歷是府中的大秘密?!
他隻字未提，分明便是詐欺！
情投意合成了親，她卻像是中了引君入甕的局！
這大宅小媳婦的日子不知會漸入佳境還是鬧得更翻騰……

文創風 051 小宅門 下

過去是未嫁姑娘不知愁，成了媳婦才知當家有多少風險不安——
淮安連夜大雨造成佃戶流離失所，甚至出了人命，
金秀玉心頭火起，因為此事不只是天災、更是人禍！
首富之家樹大招風，內賊貪了修繕河堤的銀兩這才釀成大禍，
此刻她終於懂得了夫婿多年來的戰戰兢兢，
身為淮安望族中最年輕的家主，各房親戚眼紅暗中使絆子的大有人在。
就在抽絲剝繭將逮出幕後主使者之際，竟傳來當家失蹤的惡耗?!
富貴命盤此時又有何用？她需要老天爺賜予她扭轉一切的奇蹟……

年終最熱逗趣上映　極品好戲越讀越有味！

重量級好書名家／

非我傾城 墨舞碧歌

文創風032 8之1〈逆天〉

即便秦歌不愛她，但在王墓考古遇見盜墓者時，他捨命救了她是事實，
於是，當那個神秘的女子說他的前世是千年前榮瑞皇帝以後繼位的東陵王，
說若當時不修陵寢，秦歌就能重生時，她毫不遲疑地同意回去逆天篡改歷史，
當見到東陵太子時，那與秦歌一般的容貌讓她確定了他便是下任東陵王，
他承諾娶她，不料後來成為太子妃的卻是她的異母姊姊——傾城美人翹眉！
為了當面問他一問，也為了讓東陵派兵援救她母親陷入爭戰中的部族，
即便被下毒毀去絕世容顏，她仍攜二婢逃出，前去參加皇八子睿王的選妃大典，
八爺上官驚鴻，一個左足微瘸、鐵具覆面的男人，她無論如何都得成為他的妃……

文創風033 8之2〈醜顏妃〉

翹楚在太子府等待出嫁前，她的夫婿睿王卻親眼目睹太子吻了她，
而在隨後發生的行刺太子事件中，她為救太子，讓刺客誤以為他才是太子，
結果他因此受了傷，也一併褪去人前溫和不爭的假面，露出陰鷙狠戾的模樣，
她這才驚覺，他以前所有的溫情以待都是在作戲，娶她也不過是別有目的，
不過無妨的，此生只要完成來東陵及救母的任務，其他的都不重要，她不需愛情，
誰知她意外發現書房的秘密，進入一處地穴，看見一個俊美無儔的男人，
那分明是太子的臉，但他身邊不離身的鐵面卻昭示他是她的爺、她的丈夫！
老天，秦歌的前世究竟是太子上官驚灝，還是遭她背叛過的睿王上官驚鴻？

文創風036 8之3〈佛也動情〉

他是萬佛之祖飛天，本該心如明鏡、無慾無求的，
不料在親手接生了翹家二女若藍後，命運之輪便啟動了，
明知不可，他卻悄悄對貼心善良的她動了情，
他很明白這是不被允許的，因此他一直掩飾得很好。
對誰都好、看似有情卻無情，是他向來給眾神佛的印象，
直至他的佛殿祝融肆虐，她為救寶貴典籍而喪命，
至此，他再做不來喜怒不形於色，
為免她魂飛魄散，當下他使計讓兩大古佛施展捕魂咒救她，
事後，他及天界一干動了愛恨嗔癡念的眾神佛皆得下凡歷劫，
他成了睿王上官驚鴻，而若藍則化為翹楚，
倘若再愛上她以致歷劫失敗，那她將灰飛煙滅，於是，他只能對她狠了……

文創風037 8之4〈爺兒吃飛醋〉

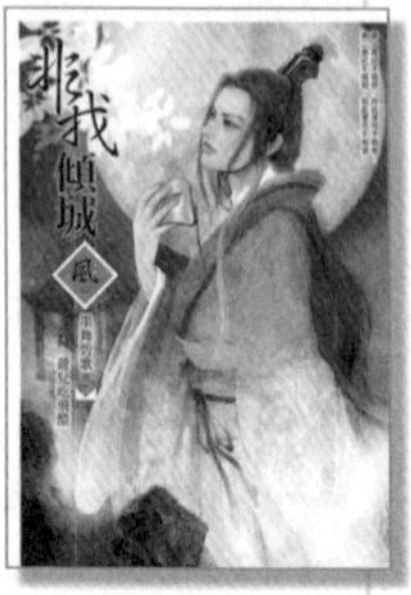

大婚前先是與他的太子二哥曖昧不清，大婚後又和九弟夏王眉來眼去？
想不到翹楚這姿色平平的女人，還真有活活氣死他的本事！
她那破敗身子毒病一堆，沒幾年命好活了，竟還有閒功夫到處勾搭他的兄弟？
民間姑娘、勾欄場所的花魁，幾時看九弟真心對待過一名女子了，
而今不僅一直戴著她給的荷包，還贈她千年白狐做成的名貴狐裘，這算什麼？
怎麼著，難不成九弟這次竟看上了自己的嫂嫂、看上他用過的女人嗎？
只是，他這個好弟弟似乎忘了一件事——翹楚是他的女人！
即便他上官驚鴻不愛，他上官驚驄也休想染指她一分一毫，
不論是死是活，這輩子她翹楚都只能是他八爺的妃！

文創風 040 8之5〈衝冠一怒〉

翹楚失蹤了！上官驚鴻知道，必定是太子將她縛走了，
為了立即救出她，他不顧五哥勸阻，點兵夜闖太子府，
他很清楚，此行若搜不出翹楚，父皇必定大怒，
而這些年來他辛苦建立的一切也將毀於一旦，但他管不了這許多，
毀了便毀了吧，他無法慢慢查探，他絕不讓她再受一點苦！
為著能早點救出她，甚至連九弟他都找來幫忙了，
只因他曉得夏九素來喜愛翹楚，定能完成所託，
然則，他終究是慢了一步，她被灌了滑胎藥，大量出血！
他早已立下誓言，必登九五之位，遇神殺神，遇佛弒佛，
自降生起，他從沒畏懼過什麼，如今，他卻怕極了失去她……

文創風 042 8之6〈赴黃泉〉

翹楚曉得，現如今的上官驚鴻是愛她的，很愛很愛，連命都能為她捨，
為了專寵她、得她信任，他甚至允諾不碰其他女人，他們要永遠在一起，
然則，她總會先他離開這世界的，哪能陪他到永遠呢？
她的身子幾經毒病，早便是懸在崖上的，若她死了，他怎麼辦？
或許他們不該在一起，不該要求他唯一的愛，畢竟她根本陪不了他多久……
宮裡傳來的消息，說翹楚昨夜在宮裡沒了，守護著她的老僕瘋了般見人便砍?!
一派胡言！她腹中還懷著他的孩兒，好端端的怎可能就沒了？
……是父皇！父皇不喜翹楚，定是他下的殺手！
母妃和妹妹都教父皇害死了，為何連他心愛的女人都不肯放過？
誰殺了翹楚，他就殺誰，便是當今聖上、他的父皇亦然！

文創風 045 8之7〈登基〉

他上官驚鴻步步為營、運籌帷幄，終於走到了爭奪王位的最後一步，
然則他機關算盡卻沒算到，此生最愛的女人翹楚會命喪宮中，
早先為了治好她的心疾，他不計一切手段取得解藥續了她的命，
兩人的一生理該久長下去的，怎麼突然間她就撒手離去了？
她說希望看見他君臨天下的模樣，一定很威風，
為了圓她心願，讓百姓歸於太平安樂，在奪位的路上，他大開殺戒，
可她已然灰飛煙滅，那他苦苦撐著這行將腐朽的身軀不死有何意義？
即便他最終擁有天下萬物又如何？這天下，終究不是她。
倘若世上真有神佛，轉世而來的她是否能再轉世回到他身邊呢？
這一次，換他來等她，直到不能再等了，他便去尋她……

文創風 046 8之8〈輪迴〉

等了這般久，翹楚終於重新回到他身邊了！
不僅如此，她腹中的胎兒、他們那屢屢沒死成的小怪物也還活著！
這一次，他不當佛祖飛天、不當秦歌、不當睿王，就只當她的男人，
往後的日子裡，他保證會好好愛她、護她、不惹她生氣了，
但……為何她身邊的男人老是走了又來、源源不絕！
趕走了夏九那個大的，現在又補上個小的是怎麼回事？
是，他知道那個小的是翹楚為他生的兒子，所以呢？
難不成這世上有人規定老子不能拈兒子的醋吃嗎？
而且這無齒小子居然當眾尿了他一身後，還露出得意的笑！
好，他上官驚鴻算是徹底討厭上這小怪物了，敢跟他爭翹楚，簡直找死！

《非我傾城》隨書附贈
東陵王朝人物關係表，
〈登基〉並附彩色地圖！

風 文創 050

小宅門

中

國家圖書館出版品預行編目資料

小宅門 / 陶蘇著. --
初版. -- 臺北市 : 狗屋, 民101.11-民101.12
冊 ; 公分. --（文創風）
ISBN 978-986-240-940-4（中冊 : 平裝）

857.7　　101020512

著作者　陶蘇
編輯　李佩倫
校對　黃亭蓁　周貝桂
發行所　狗屋出版社有限公司
地址　台北市104中山區龍江路71巷15號1樓
電話　02-2776-5889～0
發行字號　局版台業字845號
法律顧問　蕭雄淋律師
總經銷　知遠文化事業有限公司
電話　02-2664-8800
初版　101年11月
國際書碼　ISBN-13　978-986-240-940-4

原著書名：《小宅門》，由起点中文网（www.cmfu.com）授權出版。

定價250元
狗屋劃撥帳號：19001626
網址：love.doghouse.com.tw　E-mail：love@doghouse.com.tw